EX-LIBRIS

《瓦尔登湖》插画　藏书票

大地上的事情

（增订版）

苇岸　著

冯秋子　编

GUANGXI NORMAL UNIVERSITY PRESS
广西师范大学出版社
·桂林·

大地上的事情
DADI SHANG DE SHIQING

图书在版编目（CIP）数据

大地上的事情 / 苇岸著 ; 冯秋子编. --增订本. --桂林 : 广西师范大学出版社，2020.10（2024.7 重印）
ISBN 978-7-5598-3086-9

Ⅰ. ①大… Ⅱ. ①苇…②冯… Ⅲ. ①散文集－中国－当代 Ⅳ. ①I267

中国版本图书馆 CIP 数据核字（2020）第 141785 号

广西师范大学出版社出版发行
（广西桂林市五里店路 9 号　邮政编码：541004
网址：http://www.bbtpress.com）
出版人：黄轩庄
全国新华书店经销
湛江南华印务有限公司印刷
（广东省湛江市霞山区绿塘路 61 号　邮政编码：524002）
开本：889 mm × 1 194 mm　1/32
印张：15.625　插页：18　字数：303 千
2020 年 10 月第 1 版　2024 年 7 月第 5 次印刷
印数：28 001~33 000 册　定价：69.80 元

苇岸肖像　罗雪村 作

序一

未曾消失的苇岸

林贤治[1]

我与苇岸，说不上很深的交情，而且往来几年，全在纸片上。最先是因为一平的书稿，他充当联络人。说到关系，他还曾在一篇关于散文期刊的短评中，带及我与友人合编的《散文与人》，再就是一些零星的翻译事宜。此外，通过几回电话，我从此记住了一个风琴般浑厚的略显克制的男中音。最后一次通话，那传来的声音依旧平静，开始便说让他感到遗憾的两件事：一件是他答应要给一位我熟识的友人写评论，结果没写成，为此并要我代致歉意；另一件，是他手头有一个东西未及完稿。接着，才告诉我他得了肝病，次日就得住院，说是来日无多了，于是向我告别。这种诚意与笃定，使我长久地陷于无言。大约过了半年，北京便有消息说，苇岸不在人世了。

① 林贤治，诗人、学者、作家。广东阳江人。著有诗集、散文随笔集、评论集、文学史著作、政治学著作、传记、访谈录等多部。主编丛书、丛刊多种。

他在这个他并不满意却又热情爱恋着的喧嚣的世界上生活，总共不足四十个年头。

这是一颗充实的种子，但我怀疑他一直在阴郁里生长，虽然内心布着阳光。当他默默吐出第一枝花萼，直至凋谢，都未曾引起人们足够的关注。他的书，连同他一样是寂寞的。

蒙他见赠，《大地上的事情》在我的书架上蒙尘已久，一直未及翻阅。只是到了他去世前夕，我才打开它，来到他那旷阔的、安静的、经由他细细抚摩过的世界。这时，我沉痛地感受到了一种丧失：中国失去了一位懂得劳动和爱情的善良的公民，中国散文界失去了一位富于独创性的有为的作家。

说苇岸是一位作家，首先因为他是从人格出发，从心灵的道路上通往文学，而不同于一般的作家，是通过语言的独木桥走向文学的。至于文人无文，唯靠官职和手段谋取文名者就更不用说了。是爱培养了他的美感，所以，语言的使用在他那里才变得那么亲切、简单朴素而饶有诗意；所以，他不像先锋主义者那样变化多端，而让自己的文体形式保持了一种近于古典的稳定与和谐。对于他，写作是人格的实践活动，人格与艺术的一致性要求，使他一次又一次地回到历史原点。这样的作家，注定要留在趋骛新潮的批评家的视野之外。他不可能成为显赫的王子。

在苇岸的散文中，我们发现，关于具体的人事，他写得十分少，简直吝啬。而且这些文字，大体上是献给他的亲人和朋友的，完全出于情感的支配，仅是一个海子就有数篇之多。但是，对于大自然，对于其中的许许多多的小生命，他乃不惜笔墨，描写种种细枝末节，充满关爱之情。这里不是“齐物论”式的，不是物我两忘，也不是借物言志。他没有那种艺术的功利主义。把自然人格化，也许在他看来，这样的人类也太傲慢了。他的散文不是中世纪田园诗式的，没有陶潜一类中国士大夫的闲适与陶醉，他是清醒的。在他的作品中，人与自然是共时性的存在，是对等的、对话的，处在恒在的交流状态。在心灵的交流中，给予者同时也是获得者。爱作为观念，对苇岸来说是完全来自西方的，不是“三纲五常”的衍生物。这是博爱。平等、民主、公正，都是从这里辐射出去的。所谓人文精神，它的内核，就是对生命的爱。凡·高有一句话是苇岸喜欢的，说是“没有比对人类的爱更富于艺术性的事业”。他的散文写作，从发生的意义上说，无疑最接近艺术的本源。

苇岸自称“观察者”。他仔细耐心地观察大自然中季节的转换，对古老的时间有一种敏感。而他所掌握的时间，总是同播种、劳动、繁殖联系在一起的，直到生命终结，他仍然系念着与农事有关的二十四节气。没有形而上学的时间。他观察和赞美太阳、月亮、大地、小麦和自然中最可爱的生灵：胡蜂和各种蜂类、蝴蝶、麻雀、其他飞鸟、林木以及鸟巢……在《我的邻居胡蜂》中，他详细地记录了胡蜂的活动，还有极其悲壮的告别场景。在胡蜂离巢以后，文中这样写到书房窗外的情景：

“它们为我留下的巢，像一只籽粒脱尽的向日葵盘或一顶农民的褪色草帽，端庄地高悬在那里。在此，我想借用来访的诗人的话说：这是我的家徽，是神对我的奖励。”他写蜜蜂：“它们就在我们身边，似一种光辉，时时照耀、感动和影响着我们，也使我们经常想到自己的普通劳动者和舍生忘死的英雄。”他写到处流浪而与自然一体的放蜂人：“他滞于现代进程之外，以往昔的陌生面貌，出现在世界面前。他孤单的存在，同时是一种警示，告诫人类：在背离自然、追求繁荣的路上，要想想自己的来历和出世的故乡。”他去看白桦林，说：“我相信，白桦树淳朴正直的形象，是我灵魂与生命的象征。”在这里，正直是生存的首要条件、方向，同时构成了品质。他赞美羊，因为那是“人间温暖的和平精神”。由此，他谴责“羊奸”“贼鸥”之类，谴责强暴与阴谋，为动物界的不幸和无情的搏噬感到震惊、悲悯和愤慨。他的和平主义、非暴力主义是一贯的。托尔斯泰作为他一生崇拜的人物，曾经把非暴力主义比喻为“构成人类共同生活的全部学问的拱顶”。而他，则把自我牺牲精神看成为“人类精神衍进中的一次伟大变革，它的意义不会亚于火的使用和文字的诞生”。苇岸是崇高论者，因此，他无须“躲避”而由衷赞叹圣雄甘地和马丁·路德·金。尊重生命个体，彼此平等相待，是民主政治的人性基础。在生物界那里，他发现并描写了这种天性：善良，淳朴，谦卑，友爱，宽容，和平，同时把它们上升为一种“世界精神”，从而加以阐扬。

苇岸把非暴力主义与自我牺牲视为“新的真理”，应当不是概念的简单演绎；在付出了几代人巨大的代价之后，爱和同情成了解毒剂。对于他作为一个理想主义者经由内心的探索所得到的结论，虽然不敢完全赞同，但我必须承认，这是一个负责任的结论。

为了拥抱大地，人们选择旅行。美国国家公园之父、环境保护运动的发起者约翰·缪尔，就是著名的旅行家。苇岸也喜欢旅行，而且常常独自上路。他借此亲近大自然，从有名的风景区到偏僻的角落，亲近日常生活中的人们。他赞美他们。我们看到，那接受赞美的一切，都是他所关注和信仰的。小镇上的人在见面时的小小握手礼，是那般地叫他感动，甚至认为，一个天边小镇的存在，便足以让喧嚣的商业世界感到卑微。他的有关旅行的文字，并非山川风物的随行的投影；而是从行进中发现那些渐渐变得遥远的、陌生的事物，业已失落的东西。他把这些记录下来，那意思，大约总该是为了保存人类精神世界的原质。在《美丽的嘉荫》里，他写道：“望着越江而过的一只鸟或一块云，我很自卑。我想得很远，我相信像人类的许多梦想在漫长的历史上逐渐实现那样，总有一天人类会共同拥有一个北方和南方，共同拥有一个东方和西方。那时人们走在大陆上，如同走在自己的院子里一样。”在旅行中，他会切实获得一种家园感，更深入地领悟如利奥波德——被誉为“二十世纪的梭罗”——所称的“大地道德”。

梭罗在瓦尔登湖，利奥波德在沙乡，他们都在共同阅读大地，书写大地。至今，地球作为一个共同体的观念，已经被愈来愈多的人所接受。环境保护运动，作为国际性的运动方兴未艾。但是，与生态学和一般的有机论者不同的是，他们所提倡的不仅仅是科学和哲学；土地应当被热爱和被尊敬，这种观念，在他们这里已经做了伦理学的延伸。于是，最重要的，不容回避的问题，到最后变成了对自身的道德要求。如何看待生命的原则？如何看待物质与精神？如何做一个诚实的人，而且彻底地诚实？在持久性的价值探索的旅途中，苇岸随同伟大的灵魂一起艰难跋涉。

在题为《作家生涯》的数十则随笔中，温和的苇岸以热烈的爱憎臧否人物，裁判世上的事物和事件，这是他的其他散文所少见的。他高度赞赏坚持“正义第一”的托尔斯泰、毛姆、索因卡，拥有与大地相同的心灵的梭罗，素食主义者萧伯纳，而不满于意识形态化的诗人。面对历史上上百万妇女儿童由于政府的暴行而归于毁灭和死亡的事实，他严肃地探讨并肯定非暴力主义的可能性，赞成把悔过和自我克制作为国家生活的准则，但决不主张在暴君面前保持沉默。他赞赏苏联作家发起的“贝加尔湖运动”，为了大地的安全，认为有必要辨明人类生存的危机点，积极创造“新神话”。“农村永恒”，这是他所不断祈祷和呼唤的。他反对美国式的农村城市化的做法，主张在改善农村生活条件的同时，保留农业文明的美好的遗产。这不是乌托邦。至少苇岸确信，一个作家，只有生活在俄罗斯乡村那样的地方才会写得好。他敢于幻想，但是深知希望的限度。在《进程》《马贡多与癞花村》等文章里，他反复揭示人类文明进程中的物质与精神的相悖现象。而他，是始终自奉俭省而忠于精神的。“在西方思想家那里，有一种说法：只有那些生活在一七八九年以前的人，才能体会出生活的美满和人的完整性。”他感慨地说道，“我觉得新时期以来的一二十年内，在精神的意义上，中国再现了西方几个世纪的进程……这是一个被剥夺了精神的时代，一个不需要品德、良心和理想的时代，一个人变得更聪明而不是美好的时代”。世界为什么需要作家？如果作家不能够使自己变得美好的话。于是，我们见到，苇岸对自己的要求是那般严格，简直近于苛刻。临终前，他让他妹妹记下最后的话：“我平生最大的愧悔是在我患病、重病期间没有把素食主义这个信念坚持到底（就这一点，过去也曾有人对我保持怀疑）。在医生、亲友的劝说及我个人的妥协下，我没能将素食主义贯彻到底，我觉得这是我个人在信念上的一种堕落。”为了免于堕落，在内心的战场里，他对自己做着何等残酷的斗争！然而，对于他人，对于世界，他一直坚持着奉献。同样在临终前，他请求说，在撒骨灰的时候，让友人能为他朗诵他所心爱的法国诗人雅姆的一首诗。诗的题目是《为他人得幸福而祈祷》，是十四篇祈祷组诗之一：

天主啊，既然世界这么好地做着自己的事情
既然集市上膝头沉沉的老马
和垂着脑袋的牛群温柔地走着：
祝福乡村和它的全体居民吧。
你知道在闪光的树林和奔泻的激流之间，
一直延伸到蓝色地平线的，
是麦子、玉米和弯弯的葡萄树。
这一切在那里就像一个善的大海洋
光明和宁静在里面降落……
天主啊，既然我的心，鼓胀如花串
想迸发出爱和充盈痛苦：
如果这是有益的，我的天主，让我的心痛苦吧……

把我没能拥有的幸福给予大家吧，
愿喁喁倾谈的恋人们
在马车、牲口和叫卖的嘈杂声中
互相亲吻，腰贴着腰。
愿乡村的好狗，在小旅馆的角落里，
找到一盘好汤，在阴凉处熟睡，
愿慢吞吞的一长溜山羊群
吃着卷须透明的酸葡萄。
天主啊，忽略我吧……

最后的瞬刻，凝聚了一个人的一生的全部光华。在中国，有哪一个青年，哪一个人，曾经采取与此相类似的迎接死亡的仪式？

这就是苇岸，二十世纪最后一位圣徒。

联合国人类环境会议组织的报告，有一个有意味的题目是：《只有一个地球》。大地使苇岸辽阔，而个人在大地上的位置，又使他如此地朴实谦卑。他说："我是生活在托尔斯泰和梭罗的'阴影'中的人。"正是向善、勤劳和节制，使他们一起成为恪守"大地道德"的人。显然，苇岸没有完全被先哲的影子所笼罩。他毕竟生长在中国的大地上。他有他独特的忧思。

苇岸的存在，给中国文学的一个最直接而明白的启示是：作家必须首先是一个优秀的人。他曾经说过"艺术和写作是本体的"，就是说：写作取决于人的存在，是生存的一部分，是生存状态本身。没有第二种状态。艺术不是生命的派生物，更不是意识形态或其他外在于人的事物的仿制品，人生和艺术是二而一的。在中国，如果说曾经存在过少数诚实的、严肃的、坚卓的写作者，那么，我必须指出：苇岸的全部作品所奔赴的关于"大地道德"的主题，在中国现代文学中，具有开创的意义。冰心是单纯的母爱的赞颂者；周作人笔涉花鸟虫鱼，都是博物学意义的；郁达夫游记，不过是柳宗元山水小品的放大罢了；丰子恺和许地山有一些泛爱主义的散文，其实是从释道的遗教，属于“东方文明”。一九四二年以后，“人类之爱”在左翼文坛中成了批判的对象，几十年来无人进入禁区。直到一九七九年以后，文坛始见“人性”的复苏；即使在这个时候，“博爱”的宣传仍付阙如。正如苇岸批评的：中国文学只有聪明、智慧、美景、意境、技艺、个人恩怨、明哲保身等等，“唯独不见一个作家应有的与万物荣辱与共的灵魂”。二十世纪八十年代中期，主要在九十年代，有个别关于环保题材的报告文学出现，但是，这些作品都是明显地与道德和心灵无关的。苇岸是一个异数。他丝毫不理会主流意识形态，以及争夺霸权话语的嚣音，而沉静地居于心灵中间，开拓自己的内视野。在艺术上，他赋予它以相当高的品位，从来不曾粗率从事，像一些自命不凡的才子。从材料到语言，都是经他严格选择过的，十分注意整饬。由于精神的充盈，简单的空间结构便有了无比的丰富与宏阔。

苇岸的作品，体现了托尔斯泰对于真理的宗教般的追求，平易而朴素。梭罗给了他以一种务实的哲学，他却舍弃了梭罗的烦琐，和爱默生时代特有的英雄的说教，虽然那时的梭罗已经相当的英雄化。约翰·缪尔的文字不知他接触过没有？除了对大自然的热爱，那美国式的开敞，欢乐，享受，等等，应当很难为他所吸收。但是，他肯定受过法布尔的影响。他们都一样尊重渺小的昆虫。只是法布尔局限于昆虫形态生活的描摹，少有人事的补充与诗意的润泽。利奥波德是他所崇仰的，他称引的“大地道德”，可是直接来自《沙乡年鉴》的阅读？其中抗议的激情，好像是苇岸所缺少的；但在指南花之死中，我说是能够读出一种唯苇岸所有的哀伤。苇岸的书，内容和形式都不划一，却恰好保持了生物共同体般的谐美，具有情感的深度。对于生命的爱，就其来源而言，我认为，对于苇岸这样的人，恐怕更多地得自天赋和神赐；如若仅仅是观念的产物，他怎么可能凭着柔韧的美学触角，穿越如此巨大的历史沉积物，把感知能力修建到尚不美丽的人类思想之中呢？

然而，苇岸写得太少了。思想和文学的创造，刚刚开始便告结束，无论如何是可遗憾的。他只出版了一部书。唯一的一部书。但是，中国几千年，近百年，关于“土地道德”，不也是只有这唯一的一部书吗？关于土地的伦理学和美学，不是因为这部书的阐发，才显现了它的最初的原则的吗？许多伟人、圣者，如果是著作家的话，都往往只遗一部书。杨朱无书。我们如何评价他们的存在呢？如何评价他们的精神遗产？英国一位女作家提到一个“知识分子势利”问题，一直为我所铭记。而今，许许多多的文人和非文人都出版了多卷本文集，镶金镂花，装帧讲究，相形之下，苇岸薄薄的一部书，难道我们不该替他感到寒碜吗？但是，如果我们仅仅以数学和物理学的量度，去评估苇岸的分量，我们还会不会因为感觉到了我们的势利而羞耻？

好在这一切与苇岸无关。他是喜欢简单的。他的谦卑，他的对生命自身的尊重，已使一切关于声名的议论变得多余。

苇岸走了。他的品质和精神留了下来。苇岸的存在是大地上的事情。他与大地同在。

苇岸的《太阳升起以后》序言，一九九九年

序二

自 序①

古希腊诗人卡利马科斯说：“一部大书是一大灾难！”当我整理数年的心血之作，最后结一册小集时，我想到了这句话。我心里说：“还好，我没有成为一个‘大灾难’的制造者。”

《胡萝卜须》的作者，也说：“一个用得好的词儿，比一本写得坏的书强。”这样的说法，给我印象都很深刻。几年前，我在一篇短文中这样写过：就我个人来讲，我更倾向散文文字的简约、准确、生动、智性；我崇尚以最少的文字，写最大的文章。

还是古希腊，哲学家毕达哥拉斯以奥林匹克运动会为喻，将全部社会成员分为三类人：最低层是做买卖交易的，其次是参加竞赛的，最后是旁观者。“旁观者”即是哲学家和诗人的本

① 《大地上的事情·自序》，中国对外翻译出版公司出版，一九九五年四月。——编者注

义。后来，在另一本美国学者著的小书《世界名诗人传》中，我又看到了类似的意思。这里作者将“旁观者”更恰当地称为“观察者”。“观察者”就是阐明世界精神，宣扬新的真理的人。与往世比较，看看当代，到处都是“做买卖交易的”和“参加竞赛的”，没有什么比“观察者”更少。

“人皆可以为尧舜”，这是我们的一句古话。时代变了，现代人放弃了这种难为自己的努力。消遣与放纵，已成为一种时尚。连我们的曾被誉为“人类灵魂的工程师”的作家，也已染上以调侃为荣，以俗人自诩的市井习气。仿佛世界走到今天，一切关于人的改善的努力，都已徒劳无益。

在西方思想家那里，有一种说法：只有那些生活在一七八九年以前的人，才能体会出生活的美满和人的完整性。我觉得新时期以来的一二十年间，在精神的意义上，中国再现了西方几个世纪的进程。现在，我们已经在“一七八九年”之后了。这是一个被剥夺了精神的时代，一个不需要品德、良心和理想的时代，一个人变得更聪明而不是美好的时代。仿佛一夜之间，天下只剩下了金钱。对积累财富落伍的恐惧，对物质享受不尽的倾心，使生命变成了一种纯粹的功能，一切追求都仅止于肉体。

梭罗说，文明改善了人类的房屋，但并没有同时改善居住在房屋里的人。我相信这一点。对于人类这一整体的改善，我也许不再抱有信心。但明天并不是世界末日，每一代都是重新开始的，就个体来说，都是可能趋于完善和完美的。我很喜欢泰戈尔这样两句话：“每一个孩子生出时所带的神示说：上帝对于人尚未灰心失望呢。”“上帝等待着人在智慧中重新获得童年。”在这个世界上，我觉得真正的作家或艺术家，应是通过其作品，有助于世人走向“尧舜”或回到“童年”的人。

一九九四年十月

目　录

第一辑

大地上的事情 …………003

一九九八　廿四节气 …………052

第二辑

去看白桦林 …………119

秋天的大地 …………122

从汤旺河到黑龙江

——边防检查站一日 …………124

美丽的嘉荫 …………132

库车笔记 …………135

天边小镇 …………138

放蜂人 …………142

一件小事 …………145

观《动物世界》…………148

上帝之子 …………151

鸟的建筑 …………156

进　程 …………160

我的邻居胡蜂（一）…………163

我的邻居胡蜂（二）…………166

海日苏 …………170

武汉的东湖 …………173

第二条黄河 …………175

第三辑

少数的意义

——致一平 …………181

梭罗意味什么

——致树才 …………185

艺术家的倾向

——致宁肯 …………189

散文的殊荣

——致谢大光先生 …………193

作家的着眼点
——致楼肇明先生 ············200
谨读赠书 ············204

第四辑
人必须忠于自己 ············217
我与梭罗 ············220
一个人的道路
——我的自述 ············230
太阳升起以后 ············235
现代的孩子 ············237
素食主义 ············240
四　姑 ············244
作家生涯 ············248
人道主义的僭妄 ············290
土地道德 ············293
马贡多与癞花村 ············296
幸　福 ············299
没有门户的宝库 ············302
答《美文》"九十年代散文写作随访"问 ············316

在散文的道路上
——答《新生代散文选》问 320
关于《蔚蓝色天空的黄金》............324
作家与编辑
——答《散文天地·名家荐散文》栏 328
散文的可能
——《蔚蓝色天空的黄金·散文卷》跋 331
我喜爱的五本散文集 333
关于一平散文的推荐语 335

第五辑
我热爱的诗人
——弗朗西斯·雅姆 339
去看食指 343
诗人是世界之光
——关于海子的日记 350
我认识的海子 361
“童话诗人”
——记青年诗人顾城 368
本土歌手 372

你们的悲剧

——致诗人们 …………374

最后的浪漫主义者

——诗人黑大春 …………375

写诗是我保留的一种权利

——诗人田晓青访谈录 …………390

第六辑

大地短诗 …………419

三　月 …………420

结　实 …………421

东　方 …………422

秋　分 …………423

冬日的田野（外二首）…………425

五　月 …………428

图像与花朵（组诗）…………430

冬　天 …………432

诗二首 …………434

美好如初 …………436

人　类

——献给和平 …………438

诗三首 …………439

诗二首 …………442

第七辑

英国当代诗人
——格林·琼斯答问录 …………447

索尔仁尼琴自传 …………452

附录一　苇岸生平及创作年表 …………457

附录二　苇岸作品的后续传播 …………476

最后几句话 …………493

后　记 …………496

编后记　有成与未尽 …………498

第一辑

大地上的事情

大地上的事情

一

我观察过蚂蚁营巢的三种方式。小型蚁筑巢，将湿润的土粒吐在巢口，垒成酒盅状、灶台状、坟冢状、城堡状或松疏的蜂房状，高耸在地面；中型蚁的巢口，土粒散得均匀美观，围成喇叭口或泉心的形状，仿佛大地开放的一只黑色花朵；大型蚁筑巢像北方人的举止，随便、粗略、不拘细节，它们将颗粒远远地衔到什么地方，任意一丢，就像大步奔走撒种的农夫。

二

下雪时，我总想到夏天，因成熟而褪色的榆荚被风从树梢吹散。雪纷纷扬扬，给人间带来某种和谐感，这和谐感正来自纷纭之中。雪也许是更大的一棵树上的果实，被一场世界之外的大风刮落。它们漂泊到大地各处，它们携带的纯洁，不久即繁衍成春天动人的花朵。

三

写《自然与人生》的日本作家德富芦花，观察过落日。他记录太阳由衔山到全然沉入地表，需要三分钟。我观察过一次日出，日出比日落缓慢。观看日落，大有守侍圣哲临终之感；观看日出，则像等待伟大英雄辉煌的诞生。仿佛有什么阻力，太阳艰难地向上跃动，伸缩着挺进。太阳从露出一丝红线，到伸缩着跳上地表，用了约五分钟。

世界上的事物在速度上，衰落胜于崛起。

四

这是一具熊蜂的尸体，它是自然死亡，还是因疾病或敌害而死，不得而知。它偃卧在那里，翅零乱地散开，肢蜷曲在一起。它的尸身僵硬，很轻，最小的风能将它推动。我见过胡蜂巢、土蜂巢、蜜蜂巢和别的蜂巢，但从没有见过熊蜂巢。熊蜂是穴居者，它们将巢筑在房屋的立柱、檩木、横梁、椽子或枯死的树干上。熊蜂从不集群活动，它们个个都是英雄，单枪匹马到处闯荡。熊蜂是昆虫世界当然的王，它们身着的黑黄斑纹，是大地上最触目的图案，高贵而恐怖。老人们告诉过孩子，它们能蜇死牛马。

五

麻雀在地面的时间比在树上的时间多。它们只是在吃足食物后，才飞到树上。它们将短硬的喙像北方农妇在缸沿砺刀那样，在枝上反复擦拭。麻雀蹲在枝上啼鸣，如孩子骑在父亲的肩上高声喊叫，这声音蕴含着依赖、信任、幸福和安全感。麻雀在树上就和孩子们在地上一样，它们的蹦跳就是孩子们的奔跑。而树木伸展的愿望，是给鸟儿送来一个个广场。

六

穿越田野的时候，我看到一只鹞子。它静静地盘旋，长久浮在空中。它好像看到了什么，径直俯冲下来，但还未触及地面又迅疾飞起。我想象它看到一只野兔，因人类的扩张在平原上已近绝迹的野兔，梭罗在《瓦尔登湖》中预言过的野兔："要是没有兔子和鹧鸪，一个田野还成什么田野呢？它们是最简单的土生土长的动物，与大自然同色彩、同性质，和树叶，和土地是最亲密的联盟。看到兔子和鹧鸪跑掉的时候，你不觉得它们是禽兽，它们是大自然的一部分，仿佛飒飒的木叶一样。不管发生怎么样的革命，兔子和鹧鸪一定可以永存，像土生土长的人一样。不能维持一只兔子的生活的田野一定是贫瘠无比的。”

看到一只在田野上空徒劳盘旋的鹞子，我想起田野往昔的繁荣。

七

在我的住所前面，有一块空地，它的形状像一只盘子，被四周的楼群围起。它盛过田园般安详的雪，盛过赤道般热烈的雨，但它盛不住孩子们的欢乐。孩子们把欢乐撒在里面，仿佛一颗颗珍珠滚到我的窗前。我注视着男孩和女孩在一起做游戏，这游戏是每个从他们身边匆匆走过的大人都做过的。大人告别了童年，就将游戏像玩具一样丢在了一边。但游戏在孩子们手里，依然一代代传递。

八

在一所小学教室的墙壁上，贴着孩子们写自己家庭的作文。一个孩子写道：他的爸爸是工厂干部，妈妈是中学教师，他们很爱自己的孩子，星期天常常带他去山边玩，他有许多玩具，有自己的小人书库，他感到很幸福。但是妈妈对他管教很严，命令他放学必须直接回家，回家第一件事是用肥皂洗手。为此他感到非常不幸，恨自己的妈妈。

每一匹新驹都不会喜欢给它套上羁绊的人。

九

黎明，我常常被麻雀的叫声唤醒。日子久了，我发现它们总在日出前二十分钟开始啼叫。冬天日出较晚，它们叫得也晚；夏天日出早，它们叫得也早。麻雀在日出前和日出后的叫声不同，日出前它们发出“鸟、鸟、鸟”的声音，日出后便改成“喳、喳、喳”的声音。我不知它们的叫法和太阳有什么关系。

十

在山冈的小径上，我看到一只蚂蚁在拖蜣螂的尸体。蜣螂可能被人踩过，尸体已经变形，渗出的体液粘着两粒石子，使它更加沉重。蚂蚁紧紧咬住蜣螂，它用力扭动身躯，想把蜣螂拖走。蜣螂微微摇晃，但丝毫没有向前移动。我看了很久，直到我离开时，这个可敬的勇士仍在不懈地努力。没有其他蚁来帮它，它似乎也没有回巢去请援军的想法。

十一

麦子是土地上最优美、最典雅、最令人动情的庄稼。麦田整整齐齐摆在辽阔的大地上，仿佛一块块耀眼的黄金。麦田是五月最宝贵的财富，大地蓄积的精华。风吹麦田，麦田摇荡，麦浪把幸福送到外面的村庄。到了六月，农民抢在雷雨之前，把麦田搬走。

十二

在我窗外阳台的横栏上，落了两只麻雀。那里是一个阳光的海湾，温暖、平静、安全。这是两只老雀，世界知道它们为它哺育了多少雏鸟。两只麻雀蹲在辉煌的阳光里，一副丰衣足食的样子。它们眯着眼睛，脑袋转来转去，毫无顾忌。它们时而啼叫几声，声音朴实而亲切。它们的体态肥硕，羽毛蓬松，头缩进厚厚的脖颈里，就像冬天穿着羊皮袄的马车夫。

十三

下过雪许多天了，地表的阴面还残留着积雪。大地斑斑点点，仿佛一头在牧场垂首吃草的花斑母牛。

积雪收缩，并非因为气温升高了，而是大地的体温在吸收它们。

十四

冬天，一次在原野上，我发现了一个奇异的现象，它纠正了我原有的关于火的观念。我没有见到这个人，他点起火走了。火像一头牲口，已将枯草吞噬很大一片。北风吹着，风头很硬，火紧贴在地面上，火首却逆风而行，这让我吃惊。为了再次证实，我把火种引到另一片草上，火依旧溯风烧向北方。

十五

我时常忆起一个情景，它发生在午后时分。如大兵压境，滚滚而来的黑云，很快占据了整面天空。随后，闪电迸绽，雷霆轰鸣，分币大的雨点砸在地上，烟雾四起。骤雨像是一个丧失理性的对人间复仇的巨人。就在这万物偃息的时刻，我看到一只衔虫的麻雀从远处飞回，雷雨没能拦住它，它的窝在雨幕后面的屋檐下。在它从空中降落飞进檐间的一瞬，它的姿势和蜂鸟在花丛前一样美丽。

十六

五月，在尚未插秧的稻田里，闪动着许多小鸟。我叫不出它们的名字，它们神态机灵，体形比麻雀娇小。它们走动的样子，非常庄重。麻雀行走用双足蹦跳，它们行走是像公鸡那样迈步。它们的样子，和孩童做出大人的举止一样好笑。它们飞得很低，从不落到树上。它们是田亩的精灵。它们停在田里，如果不走动，便简直认不出它们。

十七

秋收后，田野如新婚的房间，已被农民拾掇得干干净净。一切要发生的，一切已经到来的，它都将容纳。在人类的身旁，落叶正悲壮地诀别它们的母亲。看着它们决绝的样子，我忽然想，树木养育了它们，仿佛就是为了此时重现大地上的勇士形象。

十八

在冬天空旷的原野上，我听到过啄木鸟敲击树干的声音。它的速度很快，仿佛弓的颤响，我无法数清它的频率。冬天鸟少，鸟的叫声也被藏起。听到这声音，我感到很幸福。我忽然觉得，这声音不是来自啄木鸟，也不是来自光秃的树木，它来自一种尚未命名的鸟，这只鸟，是这声音创造的。

十九

一九八八年一月十六日，我看到了日出。我所以记下这次日出，因为有生以来我从没有见过这样大的太阳。好像发生了什么奇迹，它使我惊得目瞪口呆，久久激动不已。哥伦比亚作家加西亚·马尔克斯在《百年孤独》中这样描述马贡多连续下了四年之久的雨后日出：“一轮憨厚、鲜红，像破砖碎末般粗糙的红日照亮了世界，这阳光几乎像流水一样清新。”我所注视的这次日出，我不想用更多的话来形容它，红日的硕大，让我首先想到乡村院落的磨盘。如果你看到了这次日出，你会相信。

二十

已经一个月了，那窝蜂依然伏在那里，气温渐渐降低，它们似乎已预感到什么，紧紧地挤在一起，等待最后一刻的降临。只有太阳升高，阳光变暖的时候，它们才偶尔飞起。它们的巢早已失去，它们为什么不在失去巢的那一天飞走呢？每天我看见它们，心情都很沉重。在它们身上，我看到了某种大于生命的东西。那个一把火烧掉蜂巢的人，你为什么要捣毁一个无辜的家呢？显然你只是想借此显示些什么，因为你是男人。

二十一

太阳的道路是弯曲的。我注意几次了。在立夏前后，朝阳能够照到北房的后墙，夕阳也能够照到北房的后墙。其他时间，北房拖着变深的影子。

二十二

立春一到，便有冬天消逝、春天降临的迹象和感觉。此时整整过了一冬的北风，到达天涯后已经返回，它们告诉站在大路旁观看的我：春天已被它们领来。看着旷野，我有一种庄稼满地的幻觉。天空已经变蓝，踩在松动的土地上，我感到肢体在伸张，血液在涌动。我想大声喊叫或疾速奔跑，想拿起锄头拼命劳动一场。我常常产生这个愿望：一周中，在土地上至少劳动一天。爱默生认为，每一个人都应当与这世界上的劳作保持着基本关系。劳动是上帝的教育，它使我们自己与泥土和大自然发生基本的联系。

但是，在这个世界上，有一部分人，一生从未踏上土地。

二十三

捕鸟人天不亮就动身，鸟群天亮开始飞翔。捕鸟人来到一片果园，他支起三张大网，呈三角状。一棵果树被围在里面。捕鸟人将带来的鸟笼，挂在这棵树上，然后隐在一旁。捕鸟人称笼鸟为“圝子”，它们的作用是呼喊。圝子在笼里不懈地转动，每当鸟群从空中飞过，它们便急切地扑翅呼应。它们凄怆的悲鸣，使飞翔的鸟群回转。一些鸟撞到网上，一些鸟落在网外的树上，稍后依然扑向鸟笼。鸟像木叶一般，坠满网片。

丰子恺先生把诱引羊群走向屠场的老羊，称作“羊奸”。我不称这些圝子为“鸟奸”，人类制造的任何词语，都仅在他自己身上适用。

二十四

平常，我们有“北上”和“南下”的说法。向北行走，背离光明，称作向上；向南行走，接近光明，称作向下。不知这种上下之分依据什么而定（纬度或地势？）。在大地上旅行时，我们的确有这种内心感觉。像世间称官为上、民为下一样。

二十五

麻雀和喜鹊，是北方常见的留鸟。它们的存在，使北方的冬天格外生动。民间有“家雀跟着夜猫子飞”的说法，它的直接意思，指小鸟盲目追随大鸟的现象。我留意过麻雀尾随喜鹊的情形，并由此发现了鸟类的两种飞翔方式。它们具有代表性。喜鹊飞翔，姿态镇定、从容，两翼像树木摇动的叶子，体现着在某种基础上的自信。麻雀敏感、慌忙，它们的飞法类似蛙泳，身体总是朝前一耸一耸的，并随时可能转向。

这便是小鸟和大鸟的区别。

二十六

一次，我穿越田野。一群农妇，蹲在田里薅苗。在我凝神等待远处布谷鸟再次啼叫时，我听到了两个农妇的简短对话：

农妇甲：“几点了？”

农妇乙：“该走了，十二点多了。”

农妇甲：“十二点了，孩子都放学了，还没做饭呢。”

无意听到的两句很普通的对话，竟震撼了我。认识词易，比如“母爱”或“使命”，但要完全懂得它们的意义难。原因在于我们不常遇到隐在这些词后面的，能充分体现这些词含义的事物本身；在于我们正日渐远离原初意义上的“生活”。我想起曾在美术馆看过的美国女画家爱迪娜·米博尔画展，前言有画家这样一段话，我极赞同：“美的最主要表现之一是，肩负着重任的人们的高尚与责任感。我发现这一特点特别地表现在世界各地生活在田园乡村的人们中间。”

二十七

栗树大都生在山里。秋天，山民爬上山坡，收获栗实。他们先将树下杂草刈除干净。然后环树刨出一道道沟垄，为防敲下的栗实四处滚动。栗实包在毛森森的壳里，像蜷缩一团的幼小刺猬。栗实成熟时，它们黄绿色壳斗便绽开缝隙，露出乌亮的栗核。如果没有人采集，栗树会和所有植物一样，将自己漂亮的孩子自行还给大地。

二十八

进入冬天，便怀念雪。一个冬天，迎来几场大雪，本是平平常常的事情，如今已成为一种奢求（谁剥夺了我们这个天定的权利？）。冬天没有雪，就像土地上没有庄稼，森林里没有鸟儿。雪意外地下起来时，人间一片喜悦。雪赋予大地神性；雪驱散了那些平日隐匿于人们体内，禁锢与吞噬着人们灵性的东西。我看到大人带着孩子在旷地上堆雪人，在我看不到的地方，一定同样进行着许多欢乐的与雪有关的事情。

可以没有风，没有雨，但不可以没有雪。在人类美好愿望中发生的事情，都是围绕雪进行的。

二十九

一只山路上的蚂蚁，衔着一具比它大数倍的蚜虫尸体，正欢快地朝家走去。它似乎未费太多的力气，从不放下猎物休息。在我粗暴地半路打劫时，它并不惊慌逃走。它四下寻着它的猎物，两只触角不懈地探测。它放过了土块，放过了石子和瓦砾，当它触及那只蚜虫时，便再次衔起。仿佛什么事情也未发生，它继续去完成自己庄重的使命。

三十

我把麻雀看作鸟类中的"平民"，它们是鸟在世上的第一体现者。它们的淳朴和生气，散布在整个大地。它们是人类卑微的邻居，在无视和伤害的历史里，繁衍不息。它们以无畏的献身精神，主动亲近莫测的我们。没有哪一种鸟，肯与我们建立如此密切的关系。在我对鸟类做了多次比较后，我发现我还是最喜爱它们。我刻意为它们写过这样的文字：它们很守诺言　每次都醒在太阳前面　它们起得很早　在半道上等候太阳

然后一块儿上路　它们仿佛是太阳的孩子　每天在太阳身边玩耍　它们习惯于睡觉前聚在一起　把各自在外面见到的新鲜事情　讲给大家听听　由于不知什么叫秩序　它们给外人的印象好像在争吵一样　它们的肤色使我想到土地的颜色　它们的家族　一定同这土地一样古老　它们是留鸟　从出生起　便不远离自己的村庄（《麻雀》）。

三十一

下面的内容，是我在一所小学见到的，为众多的学生保证书之一。原文抄录如下：

1. 老师留的作业要认真按时完成。
2. 下课不追跑打闹。
3. 不管是不是低声日都不大声说话。
4. 不管什么时候都不能骂人。
5. 学校举行什么活动都要听老师的。
6. 老师提问要积极举手发言。
7. 不逃学，积极参加课外活动，为班争光。
8. 不管上什么课都不搞小动作，在考试上得到九十分以上。
9. 自己的事要自己做。

三（四）班　孙蕊

我把这二十世纪末中国少年的誓言记在这里，但不想多说什么。唯愿我们的少年长大后，不再写出类似鲁迅先生曾写过的话：“长辈的训诲于我是这样的有力，所以我也很遵从读书人家的家教。屏息低头，毫不敢轻举妄动。两眼下视黄泉，看天就是傲慢；满脸装出死相，说笑就是放肆。”（鲁迅《忽然想到（五）》）

三十二

一架直升机，从小镇的上空呼啸而过。我看到街上三个孩子蹦跳着高喊：“飞机、飞机，你下来，带我们上动物园。”

孩子们不说去别的什么地方，这是缘于生命的、在因袭与指导之外的选择。

三十三

世界上的事物，往往有两种以上的称呼。

这里讲的，不指西方分类学上物种的“二名法”（用两个拉丁字母构成某一物种名称的命名法，第一字是属名，第二字是种加词），或“三名法”（用三个拉丁字母表示生物亚种或变种的命名法，由属名、种加词和变种加词构成），而指我们认识的事物，大多拥有数个名称，分别称作学名、别名和俗名。它们各自有着神秘的来历，在不同的场所，体现自己独特的作用。比如太阳，亦称日，我还知道北方的农民称之“老爷儿”；鸱鸮，亦称枭，民间则称之“猫头鹰”或“夜猫子”。

学名是文明的、科学的、抽象的，它们用于研究和交流，但难于进入生活。它们由于在特征和感性上与其所指示的事物分离，遭到泥土和民间的抵触；它们由于缺少血液和活力，而滞在学者与书卷那里。

别名是学名的变称，与学名具有同一命运。

俗名是事物的乳名或小名，它们是祖先的、民间的、土著的、亲情的。它们出自民众无羁的心，在广大土地上自发地世代相沿。它们既体现事物自身的原始形象或某种特性，又流露出一地民众对故土百物的亲昵之意与随意心理。如车前草，因其叶子宽大，在我的故乡，称作“猪耳朵”；地黄，花冠钟状、甘甜，可摘下吮吸，故称“老头喝酒”。俗名和事物仿佛与生俱来，诗意，鲜明，富于血肉气息。它们在现代文明不可抵御的今天，依然活跃在我们的庭院和大地。它们的蕴意，丰富、动人，饱含情感因素。无论什么时候，无论走到哪里，只要我们听到这样的称呼，眼前便会浮现我们遥远的童年、故乡与土地。那里是我们的母体和出发点。

俗名对人类，永远具有“情结”意义。

三十四

在北方的林子里，我遇到过一种彩色蜘蛛。它的罗网，挂在树干之间，数片排列，杂乱联结。这种蜘蛛，体大、八足纤长，周身浅绿与橘黄相间，异常艳丽。在我第一次猛然撞见它的时候，我感觉它刹那带来的恐怖，超过了世上任何可怕的事物。

相同的色彩，在一些事物那里，令我们赞美、欢喜；在另一些事物那里，却令我们触目、悚然，成了我们的恐怖之源。

三十五

每次新月出现，只要你注意，你会在它附近看到一颗亮星。有时它们挨得极近，它们各自的位置，身处的背景，密切的情形，都让我将它们看作大海上的“船”与“撑船人”。可是不久，“撑船人”便会弃船而去。后来，我查阅了天文方面的书，始知这个“撑船人”原来是大名鼎鼎的金星，我们熟悉的太阳系第二位行星，地球最近的邻居。由于金星是地内行星，因而它的行踪往往漂泊不定。黄昏在西方最早显现，凌晨在东方最迟隐去的星，就是这个活跃的“撑船人”。在古代，中国人给它起了很优雅的名字：黄昏称它“长庚”，凌晨称它“启明”。希腊人比较粗爽，他们本能地、形象地、诗化地、亲昵地、直截了当叫它“流浪者”。

三十六

尽管我很喜欢鸟类，但我无法近距离观察它们。每当我从鸟群附近经过，无论它们在树上，还是在地面，我都不能停下来，不能盯着它们看，我只能侧耳听听它们兴高采烈的声音。否则，它们会马上警觉，马上做出反应，终止议论或觅食，一哄而起，迅即飞离。

我的发现，对我，只是生活的一个普通认识；鸟的反应，对鸟，则是生命的一个重要经验。

三十七

在樗树（臭椿）上，有一种甲虫，体很小，花背，象形，生物学称它为象鼻虫或象甲，乡下的孩子叫它“老锁”。它们通常附在樗树的干上，有时很低，伸手可及。只要有人轻轻一碰，它们便迅速蜷起六足，象鼻状的长喙紧贴胸前，全身抱在一起。此时，孩子们抓起一只，对着它不断呼唤：“老锁，老锁，开门！”情真意切，永不生厌。仿佛精诚所至，它最终总会松开肢身，然后谨慎地，像一头小象，开始在孩子们的手上四下走动。

三十八

秋天，大地上到处都是果实，它们露出善良的面孔，等待着来自任何一方的采取。每到这个季节，我便难于平静，我不能不为在这世上永不绝迹的崇高所感动，我应当走到土地里面去看看，我应该和所有的人一道去得到陶冶和启迪。

太阳的光芒普照原野，依然热烈。大地明亮，它敞着门，为一切健康的生命。此刻，万物的声音都在大地上汇聚，它们要讲述一生的事情，它们要抢在冬天到来之前，把心内深藏已久的歌全部唱完。

第一场秋风已经刮过去了，所有结满籽粒和果实的植物都把丰足的头垂向大地，这是任何成熟者必致的谦逊之态，也是对孕育了自己的母亲一种无语的敬祝和感激。手脚粗大的农民再次忙碌起来，他们清理了谷仓和庭院，他们拿着家什一次次走向田里，就像是去为一头远途而归的牲口卸下背上的重负。

看着生动的大地，我觉得它本身也是一个真理。它叫任何劳动都不落空，它让所有的劳动者都能看到成果，它用纯正的农民暗示我们：土地最宜养育勤劳、厚道、朴实、所求有度的人。

三十九

人类与地球的关系，很像人与他的生命的关系。在无知无觉的年纪，他眼里的生命是一口取之不尽、用之不竭的井，可以任意汲取和享用。当他有一天觉悟，突然感到生命的短暂和有限时，他发现，他生命中许多宝贵的东西已被挥霍一空。面对未来，他开始痛悔和恐惧，开始锻炼和保健。

不同的是，人类并不是一个人，它不是具有一个头脑的整体。今天，各国对地球的掠夺，很大程度上已不仅仅为了满足自己国民的生活。如同体育比赛已远远超出原初的锻炼肌体的意义一样，不惜牺牲的竞争和较量，只是为了获得一项冠军的荣誉。

四十

我的祖父、祖母，两个年逾八十的老人。一次在我回乡下去看望他们时，他们向我讲了这样一件事：

一天深夜，他们突然被响动的院门惊醒。借着微弱的月光，他们看到进来一个人，推着自行车。这个人来到屋前，拍着屋门，含混地叫着：“大爷您开开门！大爷您开开门！”他的叫声不断，声音可怜。听着这陌生而又哀求的叫声，起来的祖父给他打开了门。这是一个壮年汉子，喝了酒，自称走错了门，说了几句什么，不久便退出去了。

有着一生乡村经验与阅历的祖父、祖母，依然保持着人的最初的心和他们对人的基本信任。

四十一

与其他开端相反，第一场雪大都是零乱的。为此我留意好几年了。每次遇到新雪，我都想说："看，这是一群初进校门的乡下儿童。"雪仿佛是不期而至的客人，大地对这些客人的进门，似乎感到一种意外的突然和无备的忙乱。没有收拾停当的大地，显然还不准备接纳它们。所以，尽管空中雪迹纷纷，地面依旧荡然无存。新雪在大地面前的样子，使我想象一群临巢而不能栖的野蜂，也想象历史上那些在祖国外面徘徊的流亡者。

四十二

在生命世界，一般来讲，智慧、计谋、骗术大多出自弱者。它们或出于防卫，或出于猎取。

假死是许多逃避无望的昆虫及其他一些弱小动物，灾难当头拯救自己的唯一办法。地巢鸟至少都要具备两种自卫本领：一是能使自身及卵的颜色随季节变化而改变；二是会巧设骗局引开走近己巢的强敌。蛛网本身就是陷阱，更有一种绝顶聪明的蜘蛛，会分泌带雌蛾气味的小球，它先把小球吊在一根丝上，然后转动，引诱雄蛾上钩。在追捕上低能的蛇，长于无声地偷袭；澳大利亚还有一种眼镜蛇，能以尾尖伪装小虫，欺骗蛙鼠。强者是不屑于此的。非洲的猎豹出猎时，从不使用伏击。动物学家说，鲨鱼一亿年来始终保持着它们原初的体形。没有对手的强大，使它抵制了进化。

看历史与现实，人类的状况，大体也是这样。

四十三

命名，是一种前科学的事情。在科学到来之前，每个事物都有它们自己土生土长的名称。这些名称身世神秘，谁也无法说清它们的来历，它们体现着本土原始居民的奇异智力、生动想象、无羁天性和朴素心声，与事物亲密无间地结为一体。科学是一个强大的征服者，它的崛起，令所有原生事物惊恐。它一路无所顾忌的行径，改变了事物自体进程。科学的使命之一，就是统一天下事物的名称。它以一种近似符号的新名，取代了与事物有着血肉联系的原始名称。比如，美洲印第安人所称的“饮太阳血的鸟”，被科学家定名为蜂鸟；西方农夫所称的“魔鬼的信使”，被科学家定名为狐蝠；非洲部落猎人们所称的“黄色的闪电”，被科学家定名为猎豹。

科学的使命还远远没有完成，而各地的“原生力量”，也从未放弃过抵抗。

四十四

《百年孤独》的第一页，有这样一个细节。在表演了磁铁的魔力后，神秘的吉卜赛人墨尔基阿德斯对老布恩地亚讲：“任何东西都有生命，一切在于如何唤起它们的灵性。”

季节也是有生命的。为了感受这一点，需要我们悉心体验，也许还需要到乡村生活一年。以冬天为例，在北方，在北京，每年一进入公历一月，我就会感受到它显著的变化。此时的冬天，就像一个远途跋涉后终于到达目的地的、开始安顿下来的旅人。它让我想象乡村的失去光泽和生气，不再驾车的马和三年以上的公鸡。一个活泼的、冲动的、明朗的、敏感的、易变的冬天，已一去不返。而另一个迂缓的、安稳的、沉郁的、灰暗的、阴冷的冬天，已经来到我们身边。这是生命悲哀的转折。由此开始的，是冬天的一段让我们最难耐的时期。它给我们造成的心境，与我们从手上不再有书籍，心中不再有诗歌，已获取了一定财富或权力的人那里，领略的大体相同。

四十五

自从出现了精神分析学家，人类似乎便彻底改变了对自己的看法。二十世纪的现代主义作家们笔下的人，更让读者害怕。德国女作家沃尔夫在她的小说《一只公猫的新生活观》中，借公猫麦克斯之口说：“有些人希望使自己心地善良，乐于助人，忘记自己是动物的后裔，这是同他们缺乏生理知识有关。”

其实，这是对动物的曲解和污蔑。在影视上或书本里或生活中，人们知道了多少动物互助和利他的感人事迹！最近我从科教片《燕子》里知道，燕子在喂雏期，为了觅食，每天要飞出去二百多次，如果你想帮帮它，它回来也会将你放在巢边的昆虫叼走。雏燕出巢后，在野外，会受到任何一只成燕照顾。这仅是一个简单的例子。新闻中不是也有关于“狼孩”和“熊孩”的报道吗？最近它还告诉人们，一群骆驼抚养了死于沙暴中的阿拉伯牵驼人的两个婴儿。

在这则随笔中我是想说，如果人抱定人类的本性就是动物，从而做任何事情都心安理得，原谅自己，那么他其实是应验了中国民间的一个说法：禽兽不如！

四十六

一九九一年元旦，一个神异的开端。这天阳光奇迹般恢复了它的本色，天空仿佛也返回到了秋天。就在这一天，在旷野，我遇见了壮观的迁徙的鸟群。在高远的天空上，在蓝色的背景下，它们一群群从北方涌现。每只鸟都是一个点，它们像分巢的蜂群。在高空的气流中，它们旋转着，缓慢地向南推进。一路上，它们的叫声传至地面。

我没有找到关于鸟类迁徙的书籍，也不认识鸟类学家。这是我有生以来第一次遇到鸟类冬季迁徙，我不明白这是什么原因，也不知道这是些什么鸟。在新年的第一天，我遇见了它们，我感到我是得到了神助的人。

四十七

一次，我乘公共汽车，在我的邻座上，是一位三十几岁带小孩的母亲。小孩还很小，正处在我们所说的咿呀学语时期。一个漂亮的、机灵的小男孩。在车里，母亲不失时机地教他认识事物，发音说话。他已经会说些什么了，一路上我都听着他初始的声音。忽然他兴奋地高喊："卖鱼的！卖鱼的！"原来在自行车道上，有两个蹬平板三轮车的小贩。两个三轮车上驮的都是囤形的盛着水的大皮囊，与我们在自由市场常见的一样。

到站下车时，我问那位母亲："您的小孩有一岁吗？"答："一岁多了。"

四十八

三月是远行者上路的日子，他们从三月出发，就像语言从表达出发，歌从欢乐出发。三月连羔羊也会大胆，世界温和，大道光明，石头善良。三月的村庄像篮子，装满阳光，孩子们遍地奔跑，老人在墙根下走动。三月使人产生劳动的欲望，土地像待嫁的姑娘。三月，人们想得很远，前面有许许多多要做的事情。三月的人们满怀信心，仿佛远行者上路时那样。

四十九

梭罗说，文明改善了房屋，却没有同时改善居住在房屋中的人。关于这个问题，我这样想过：根本原因也许就在于孩子们与成人混在了一起（这里暂不涉及人性因素）。

可以打个比方：孩子们每天在课堂精心编织着他们的美丽的网，但当他们放学后，这张网即遭到社会蚊蚋的冲撞。孩子们置身在学校中，实际就是一个不断修复他们破损了的网的过程，直至某一天他们发现这种努力的徒劳性。

成人世界是一条浊浪滚滚的大河，每个孩子都是一支欢乐地向它奔去的清澈小溪。孩子们的悲哀是，仿佛他们在世上的唯一出路，便是未来的同流合污。

五十

我看过一部美国影片，片名已想不起来了。影片这样开的头，一个在学校总挨欺负的男孩，仿佛被神明选定，得到了一部巨大的书。这是一部童话，讲的是一个名叫“虚无”的庞然怪物，吞噬幻想国的故事。当最后的毁灭逼近，女王即将死亡时，书告诉这个男孩，拯救幻想国和女王的唯一办法，是由他大声为女王起一个新名。

这是一部寓意很深的影片，它让我想到泰戈尔讲的那句话：“每一个孩子生出时所带的神示说：上帝对于人尚未灰心失望呢。”

五十一

七十年代，北方的平原上曾相继开展过平整土地运动和农田水利基本建设。

这些运动，改变了古老田野的原始面貌：荒地开垦了，池塘填平了，密布田间的百年老树被伐倒，木草丛生的巨大坟丘被搬掉。田地的平坦和整齐，给世代繁衍其间的鸟兽，带来了灭顶的危机。野兔绝迹了，鹰也消失了踪影。无处饮水和筑巢的鸟儿，日渐稀少。很久以来，在田野人们几乎已看不到任何鸟巢。

十年早已过去了，那时在调直的田间道路两旁栽下的新树，已经长起。令人欣慰的是，近年来在这些尚不高大的树上，又星星点点地出现了留鸟喜鹊的巢（喜鹊以往一直选择高大的乔木筑巢）。鹊巢高度的降低，表明了喜鹊为了它们的生存而显现出的勇气；同时，也意味着被电视等现代文明物品俘获的乡下孩子，对田野的疏离。

五十二

在旅途上，我们或许都注意过这样一种现象：在无数变动的陌生人之中，我们有时会忽然发现一张熟识的面孔。不过，不是我们真的在异地遇见了熟人，而是这张面孔使我们想到了一位我们所认识的人。

每当这个时候，我往往会想起哲学家柏拉图的那个说法：万物是“理念”的摹本。也会想起宗教讲的造物的主。我想，造物主造人时，是使用模具的。每个模具，只造一人。当他因故疏忽，他会重用同一模具造出第二个或第三个人。这些出自同一模具有着相似面孔的人，散布在各地。如果他们启程远行，他们便可能在旅途彼此惊讶地相遇。

五十三

在全部的造物里，最弱小的，往往最富于生命力。

我居住的这个尚未完备的小区南侧，有一块微微隆起的空地。为了小区的地势一致，春天建设者用铲车和挖掘车，将布满枯草的整个地表，掀去了一米多。但是，当夏天来到时，在这片裸露的生土层上，又奇迹般地长出了茂密的青草。

在造物的序列中，对于最底层的和最弱小的“承受者”，主不仅保持它们数量上的优势，也赋予了它们高于其他造物的生命力。草是这样，还有蚁、麻雀，我们人类中的农民也是其中之一。

五十四

散文作家冯秋子，为了表达她对巴顿将军的崇敬，给她的儿子取名巴顿。在她的眼里，恨二十世纪、对政治一无所知的“血胆老将”巴顿，即象征人类日益淡漠的正直、坦荡、朴素、坚忍、疾恶如仇及牺牲精神。

巴顿已经八岁了，正在他的母亲深切意愿的道路上，健康生长。关于男孩巴顿，有两件事情给我印象很深：一是在我将我为他制作的一只弹弓送给他时，他把这件他第一次见到的玩具叫作“弓弹”；二是在他跟他的母亲春天来昌平玩时，他几乎一直被他从书架上抽出的《伊索寓言》吸引。

五十五

已经很难见到它了。这是五月，我坐在一棵柳树下面，我的眼前是一片很大的麦田。梭罗说，人类已经成为他们的工具的工具了，饥饿了就采果实吃的人已变成一个农夫，树荫下歇力的人已变成一个管家。我不是管家，我是一个教员。我经常走这条田间小路，我是去看病卧在炕上的祖父和祖母。

正是这个时候，从远处，从麦田的最北端，它过来了。它飞得很低，距麦田只有一两米。麦田像荷戟肃立的士兵方阵，而它是缓步巡视的戎装将军。它不时地停住（除了蜂鸟，鸟类中似乎只有它具备这种高超的空中“定点”本领），它在鼓舞士气，也许是在纠察风纪。由北至南，它两翅平展，这样缓慢地向前推进。它始终没有落到地上，终于它又向它的另一支军团赶去。

（这个威风凛凛的将军就是雀鹰，它又名鹞子。在我的故乡，人们都叫它“轻燕子”。）

五十六

在旷野，我完整地观察过星星的出现。下面，是我多次观察的简略记录：

太阳降落后，约十五分钟，在西南天空隐隐闪现第一颗星星（即特立独行的金星）。三十二分钟时，出现了第二颗，这颗星大体在头顶。接着，三十五分钟时，第三颗；四十四分钟，第四颗；四十六分钟，第五颗。之后，它们仿佛一齐涌现，已无法计数。五十分钟时，隐约可见满天星斗。而一个小时后，便能辨认星座了。整体上，东、南方向的星星出现略早，西、北方向的星星出现略晚（注：一九九五年八月十八日记录，翌日做了复察修正）。

从太阳降落到满天星斗，也是晚霞由绚烂到褪尽的细微变化过程。这是一个令人感叹的过程，它很像一个人，在世事里由浪漫、热情，到务实、冷漠的一生。

五十七

威廉·亨利·赫德逊，是我比较偏爱的以写鸟类著称的英国散文作家。

赫从小生长在南美大草原上，他称那里为鸟类名副其实的大陆。“没有任何地方像我的出生地那样有这么多的鸟类”，以至从童年时代起，鸟类就成为世界上使他最感兴趣的东西。在《鸟类的迁徙》一文中，他向我们详细描述了童年他看到的各种鸟类大规模迁徙的壮阔情景。他最喜爱的，最令他难忘的，是一种名叫高地鸻的鸟。它们飞过时，从早到晚都可听到它们从空中传下的美妙啼叫。他说，这个声音依然活在他的记忆里，只是再也不会听到了。因为这种鸟到他写这篇散文时，已列在“下一批绝灭”的名单上了。“在这么短短的时间内，只不过一个人的一生岁月里，这样的事就可能发生，似乎是难以置信的。”

我也是在乡下长大的，且与我的出生地，依然保持着密切的关系。因此，当我读到这句话时感触很深（它是我写这则随笔的主要原因）。我在我的《鸟的建筑》里，也曾这样写过：“在神造的东西日渐减少、人造的东西日渐增添的今天，在蔑视一切的经济的巨大步伐下，鸟巢与土地、植被、大气、水，有着同一莫测的命运。在过去短暂的一二十年间，每个关注自然和熟知乡村的人，都已亲身感受或目睹了它们前所未有的沧海桑田性的变迁。”

大约在一九九三年初，我在已经消失的原王府井书店，买到过一册大开本的中国鸟类图谱。从这册图谱，我可以辨认出小时我熟悉的鸟类，近三十种。但是今天，在我的家乡，除了留鸟麻雀和喜鹊，已经很难见到其他鸟类了。

赫在他的这篇散文最后，感慨写道：“美消逝了，而且一去不复返。”在人类一意营造物质繁荣的进程中，我们这个世界已经和正在消逝的，岂止是美？赫只活到一九二二年，如果今天他仍然在世，我相信，他会指明这一点的。

五十八

十月的一天，在我的居所附近、一座已经收获的果园里，诗人黑大春为我和一平做过一个与算命有关的游戏。游戏很简单，他先让我们各自说出三种自己最喜欢的动物，然后给出答案。我想了想，依次列举了麻雀、野兔和毛驴（相对说来，我不太喜欢强大的、色彩鲜明的动物；而较偏爱卑弱的、颜色与土地贴近的动物）。游戏的答案是这样的：第一个动物是你爱的人，第二个动物仿佛是你，第三个动物实际才是你自己。我为这个游戏，将我与毛驴连在一起，没有产生丝毫的不快之感。这个结论，我愿意认同。

回来后，我找出生物学词典，第一次特意查了“驴”的条目。上面很富散文化地写道：“性温驯，富忍耐力，但颇执拗；堪粗食，抗病力较其他马科动物强……”同时我还记得，我喜爱的西班牙诗人希梅内斯对驴子的深情赞颂：你耐劳，深思，忧郁而又亲切，是草地上的马可·奥勒留。

五十九

鸟儿的叫声是分类型的。大体为两种，鸟类学家分别将它们称作“鸣啭”和“叙鸣”。鸣啭是歌唱，主要为雄鸟在春天对爱情的抒发。叙鸣是言说，是鸟儿之间日常信息的沟通。鸣啭是优美的，抒情的，表达的，渴求的，炫示的；叙鸣则是平实的，叙事的，告诉的，交流的，琐屑的。需要说明的是，在众多的鸟类中，真正令我们心醉神迷的鸣啭，一般与羽色华丽的鸟类无关，而主要来自羽色平淡的鸟类。比如著名的云雀和夜莺，它们的体羽的确有点像资本主义时代那些落魄的抒情诗人的衣装。

这种现象，不仅体现了主的公正，也是神秘主义永生的一个例证。

六十

我是在早晨散步时看到它的。当时，第一场寒流刚刚在黎明逝去，太阳正从大地的东南角缓缓升起，万物都在回暖的阳光中骄傲地亮出影子。它们的样子，很像古代的大王们借着时势纷纷树起自己的旗帜。

而它俯伏在那里，一动不动。它的体色鲜明，仍同夏天的草叶一样。它的头很小，为三角形，两只大大的复眼，凸在头顶。它有一对壮硕的镰刀状前足，为此世代的农民都亲昵地叫它“刀螂”。它平常总是昂着头，高悬前足，姿态非常威武。在孩子们的眼里，它是昆虫中的男儿、大力士和英雄。它被这场猝不及防的寒流冻僵了，它的肢还可伸展，体还有弹性。我将它放下，并安置妥当。我深信凭着太阳的力量和生命的神圣，它能苏醒过来。

第二天早晨，我再次路过那里的时候，它已经不见了。它是真的甦生了，还是被一只麻雀或喜鹊发现了呢？时至今日，我还是不时想到这个力士。

六十一

它们在鸣叫时，发出的是“呱、呱、叽”的声音。这种声音，常常使我想到民间的一种曲艺艺人。每到夏初的时候，当苇丛长起，它们便带着它们的竹板儿从南方迁至这里。它们只栖居在苇塘，它们的造型精巧的杯状巢就筑在距水面一两米的苇茎上。它们的数量必然有限，且很易滑向濒临绝灭的边缘：平原上的苇塘在逐年减少；它们的巢历来也是杜鹃产卵首选的目标。它们不能分辨哪是自己的卵，哪是杜鹃的卵。它们也不会料到它们所哺育的杜鹃的雏鸟，要将它们自己的雏鸟从巢内全部拱掉。它们每天毫无疑虑不停地往返，填充着巢中这个体形已经比它们还大的无底深渊。它们有一个很美的名字，叫作苇莺。它们的命运，比莎士比亚的悲剧更能刺痛人心。

六十二

在北方，每年一进入阳历的十二月份，如果你居住在北纬四十度以上的地区，如果你早晨散步时稍稍留意，你会发觉太阳不是从东方升起来的，而像是从南方升起来的。

每到这个时候，我就觉得太阳很像一个巨大的永不止息的钟摆，我们的祖先天才地将它摆动的幅度标识在“夏至”与“冬至”之间，而它呈现在大地上的两个端点，即是应该立碑明示的北回归线和南回归线。

六十三

鸟类的丰富，使它们的分类呈现多种角度。除了生物学上纲、目、科、属、种的划分以外，鸟类学家对它们也有多重区分。比如，依据它们的生理特征，将它们分为鸣禽、攀禽、游禽、涉禽及猛禽；依据它们的栖息环境，将它们分为森林鸟、旷野鸟、沼泽鸟和水泊鸟；依据它们的迁徙习性，将它们分为候鸟、留鸟、旅鸟和漂鸟等。

从本质上讲，旅鸟是一种候鸟，漂鸟是一种留鸟。我是最近才看到“漂鸟”这一富于意韵的名称的，它是指由于食源关系随季节变化而做较短距离漫游的鸟类，它的命名映现了作为科学工作者的鸟类学家可贵的诗意心灵。在全部的留鸟中，最典型的漂鸟是仿佛身负重大使命的，从一棵树到另一棵树，从一片树林到另一片树林的啄木鸟。它们夏在山林，冬去平野。它们迅疾的、灵动的、优美的、波浪般起伏的飞行，使大地上到处都投下过它们漂泊的身影。

啄木鸟一般被人们喻为树木的医生，而我更多地想到的是被陀思妥耶夫斯基称作“漂泊者”的俄罗斯历史上的知识分子。俄罗斯知识分子的始祖是拉吉舍夫（十八世纪俄罗斯最卓越的人物。他的卓越之处不在于独创的新颖思想，而在于他对实现正义、公道和自由的努力），他预见到并且规定了俄罗斯知识分子的基本特点。二十世纪俄国的“黑格尔”——尼·别尔嘉耶夫在他的著作《俄罗斯思想》里讲道：“当他（拉吉舍夫）在《从彼得堡到莫斯科的旅行》中说‘看看我的周围——我的灵魂由于人类的苦难而受伤’时，俄罗斯的知识分子便诞生了。”俄罗斯知识分子的神圣特性，决定了“俄罗斯作家进行创作不是由于令人喜悦的创造力的过剩，而是由于渴望拯救人民、人类和全世界，由于对不公正与人的奴隶地位的忧伤与痛苦”。

六十四

在昌平和我的出生地之间，有一条铁路线（京包线）。过了这条铁路线，往西便是开阔的田野了。我出生的那座名叫北小营的村庄，也遥遥在望。

一次，我刚过了铁路，忽然从铁路边的树上，传来啄木鸟叩击树干的声响。它激烈、有力，自强而弱，仿佛一段由某种尚未命名的乐器奏出的乐曲。我停了下来。我想在树上找到这位乐手，看看它是如何演奏的。就在我寻找它时，我隐约觉得我在树上看到了另一只大鸟。但我不能断定，因为它又像一截粗枝。我继续寻找啄木鸟。这时，我意外地听到了一声“咕、咕、鸟”的啼叫，那截粗枝在动：我看到了一只猫头鹰。由于距离较远，光线也暗，我只能看清它的轮廓。为了接近它，我不动声色慢慢向那棵树走去。将近一半距离，它似乎有所察觉，我看到它一跳便消失在树干背后了。到了那棵树下，我绕着树干来回察看，没有发现可容一只猫头鹰匿身的树洞，但它已消失得无影无踪（我一直目不旁视地盯着它，它没有飞走，也没有降落到地面）。我捡起一块石头震了震树干，没有任何反应。

那天恰好是春分，天也有些晦暗。在上午九点三十分左右，我遇见了这件富于神秘色彩的事情。这是我第一次实地看到昼伏夜出的猫头鹰，回来后便做了这个记录。

六十五

在鸟类中，无论北方还是南方，除了部分地区的渡鸦外，鸦科鸟一般均为留鸟。但我曾遇到过一次寒鸦与秃鼻乌鸦的混群迁徙，并把它写进了当天的日记。

一九九三年一月二十四日，农历正月初二，在京北以温泉著称的小汤山，上午约十一点，我和妻子到一家疗养院内散步。这个园林化的疗养院面积很大，里面有水、有树，还有一座十数米高的小山。在北方树木稀疏的平原，这里是鸟类的黄金乐园，也是旅鸟迁徙征途的理想驿站。起初是一片喧噪的鸦鸣，吸引了我们。我们走了过去，惊奇地发现小山周围的树上有许多颈部及胸、腹部呈灰白色的寒鸦，和通体辉黑、泛着金属光泽的秃鼻乌鸦（乌鸦的鼻孔大多广被鼻须。秃鼻乌鸦鼻孔裸露，有别于其他鸦类，故得此名。秃鼻乌鸦在冬季常常与寒鸦混群活动）。它们像累累的果实，缀满了枝头，在冬天光裸的树上，非常醒目。更令我们兴奋的，从北方，从旷远的天边，鸦群依然在不时涌现。它们一群群飞来，鸣噪着降落在这里。而先行到来的鸦群，经过短暂的休整，已陆续开始启程。仿佛这里汇聚了北方所有的乌鸦，一些鸦群离去，一些鸦群到达。在春天即将降临的时候，它们集结起来，令人不解地浩浩荡荡向南方赶去。

六十六

（美国生态学家杰·内贝尔在他的《环境科学——世界存在与发展的途径》一书中指出，地球对人口数量的承载能力——在维持人们基本生活，并且不会使环境退化到未来某时期因缺乏食物和其他资源而突然出现人口减少的情况下，地球所能负担的人口数量——约在五亿至一百五十亿之间，即如果人人都过类似非洲居民那样的简单生活，地球对人口数量的承载能力可达到一百五十亿；如果人人都过西方发达国家国民那样的富裕生活，地球对人口数量的承载能力为五亿。美国另一位生态学家欧·拉斯洛也测算过，一个预期寿命为八十岁的普通美国人在目前的生活水平下一生要消费约两亿升水，二千万升汽油，一万吨钢材和一千棵树的木材，如果五十五亿人都这样毫无顾忌地消耗自然财富，那么地球“在一代人的时间里就会流尽最后一滴血”。而温哥华大学教授比·里斯的结论是：“如果所有的人都这样地生活和生产，那么我们为了得到原料和排放有害物质至少还需要二十个地球。”）

有一天，人类将回顾他在大地上生存失败的开端。他将发现是一七一二年，那一年瓦特的前驱、一个叫托马斯·纽科门的英格兰人，尝试为这个世界发明了第一台原始蒸汽机。

六十七

（我在《上帝之子》一文中这样写过：“在所有生命里，我觉得羊的存在蕴义最为丰富。‘你们要防备假先知，他们到你们这里来，外面披着羊皮，里面却是残暴的狼。’羊自初便位于对立的一极，它们草地上的性命，显现着人间温暖的和平精神；它们汇纳众厄的懦弱躯体，已成人类某种特定观念标准的象征和化身。”）

它们在 J. H. 摩尔的著作中，被称作天空的孩子。它们是从文明之前的险峻高山，来到平原的。它们的颜色和形态，至今依然像在天上一样。它们没有被赋予捍护自己的能力，它们唯有的自卫方式便是温驯与躲避。它们被置于造物序列的最低一级，命定与舍身联在一起。它们以其悲烈的牺牲，维系着众生的终极平衡。它们是一支暴力与罪恶之外的力量，微弱而不息地生存在世界上。

六十八

在雀形目鸟类中，体形最大的是鸦科。鸦科鸟下分两支，一支是鸦，一支是鹊。鸦的种类较多，如寒鸦、松鸦、星鸦、渡鸦、白颈鸦、秃鼻乌鸦、大嘴乌鸦、小嘴乌鸦等。鹊主要为喜鹊和灰喜鹊两种（还有一种数量较少、分布不广的红嘴蓝鹊）。

喜鹊的躯体比灰喜鹊壮实，粗拙。它们站立时惯有的警觉动作和那身从早到晚的燕尾服，使它们被儒勒·列那尔戏谑地称作“最有法国气派的禽类”。它们仿佛拥有一副金属的喉咙，叫声锐利、干燥、毛糙，一派大巧若拙的气度。灰喜鹊的形体柔美，羽色具有灰蓝和苍蓝的光泽。它们的叫声娇媚、委婉、悠然。它们聚在一起的时候，很像一群古代仕女。

这是两种北方典型的留鸟。在冬季，看着它们，你会想到一个王国：喜鹊是王，灰喜鹊是后（它们喜欢在山地和树林活动，如在后宫），而那些在它们周围起落的、时而尾随它们飞行一程的麻雀，则是数量众多的国民。其他偶尔出现的鸟类，如乌鸦啦，老鹰啦及啄木鸟等，都像国外来的旅行者。

六十九

“四十岁以前的相貌上帝负责，四十岁以后的相貌自己负责。”这是十九世纪林肯的一个说法。它的直接意思是说，一个人的容貌在四十岁之前取决于他的双亲，在四十岁之后取决于他的心灵。即一个人的心质、灵魂能够影响他的容貌，或者说一个人的心质、灵魂能够通过他的容貌得到准确反映。

莎士比亚曾经让哈姆雷特向他的母亲指出两个兄弟肖像的天壤之分：一个堂堂的先王，一个猥琐的篡位者。在《心灵史》中，我也读到过这样一段文字：“关里爷是一位坚毅而善良的白须老者，永远手握一支竹笔，满腹阿拉伯和波斯词汇，一脸圣洁的苏莱提之光。”“苏莱提”，阿拉伯语，意即信仰者特有的容貌之美。

传统的“文如其人”（“人之邪正，至观其文则尽矣”）的结论，由于存在古今一些作家“言行不一”的反证，正受到愈来愈多的现代读者质疑。我想，这一富有真理色彩的成语，也许将来会被“貌如其人”代替。

七十

在放蜂人的营地，我曾看到过胡蜂（即我们通常所称的马蜂）同蚂蚁一起在蜜桶偷食蜂蜜。这个经验，导致我后来犯了一个无法弥补的过错。

胡蜂在我的书房窗外筑巢期间，为了酬劳它们，我在巢下的窗台为它们放过一只尚有余蜜的空蜂蜜瓶。我是下午放上的，但到了傍晚，也未见一只蜂触动蜜瓶。晚上九点，我突然发现外面蜂巢大乱，只见窗户上，瓶子里，到处是蜂。可能它们天黑停止工作后，部分蜂出来吃蜜，这些带有蜜味的蜂回巢后遭到了攻击。直到夜里十一点，蜂巢才渐渐安静下来。我打开纱窗，将瓶子放倒，因为里面还有七八只蜂无法出来。这些满身是蜜的蜂，艰缓地沿窗向上爬去，它们小心翼翼地接近蜂巢，身后的玻璃上留下了道道蜜痕。

翌日一早，蜂群又正常地开始了它们紧张有序的建设工作。一种预感，使我忽然想到楼下看看。在楼下，我找到了十余只死蜂。由于愧怍，我没有将这件事情写进《我的邻居胡蜂》里。但我当天写了日记，我在最后写道："请原谅，胡蜂！"

七十一

一双谛听的比脑袋还长的耳朵，两条风奔的比躯干还长的后腿，以及传统的北方村庄的颜色、鱼一样的寂哑无声，这些大体构成了一只野兔的基本特征（同时也喻示了它们的黑暗命运）。

这是一种富于传奇色彩和神秘气氛，以警觉和逃遁苟存于世的动物。它们像庄稼一样与土地密不可分，实际它们看上去已经与土地融为一体（我将野兔视作土地的灵魂）。传说白天见到一只野兔的地方，夜晚便会出现一群。而误伤同伙或自伤，往往是那些捕猎野兔的猎手的最后下场。在西方，野兔不仅曾经与月亮女神有关，也曾被民间当作遭到追逐而无处躲藏的女巫化身。

野兔本有一种令人惊异的适应环境的能力，它们在全球的分布比麻雀更为广泛和普遍（上至海拔四千九百米的山地，远至两极的冻原），但是现在人们却很难见到它们的踪迹了。我一直居住在北京郊区，且常深入田野，但我对野兔的印象主要来自童年的记忆。一次愚人节，我打电话庄重地告诉城里一位朋友，说我赤手抓到了一只野兔。其实，甚至今年春天在河北霸州，我提着望远镜在平原上徒步走了一上午，也未发现一只。是的，野兔已从我们的土地上销声匿迹，正如它们在一支西方民歌中所“慨叹”的：“这是人的时代。”

七十二

“杜鹃”更像一个人的名字，一个在向日葵、碾盘和贫匮院落长大的农家姑娘的名字。我喜欢它们的别称：布谷（尽管在鸟类学家那里，杜鹃属中只有大杜鹃才被这样称呼）。“布谷”一词，让人联想到奇妙的、神异的、准确无比的二十四节气，它从字形发音以及语意都像二十四节气，洋溢着古老的土地和农业气息。在鸟类中，如果夜莺能够代表爱情的西方，布谷即是劳作的东方的最好象征。

就像《伊索寓言》里夏天沉迷于歌唱、冬天向蚂蚁乞粮而遭到嘲笑的蝉，唯一不自营巢而巧借他巢繁衍的鸟，即是引吭沥血高歌的杜鹃（杜鹃可产出与寄主的卵酷似的拟态卵，它将卵放入寄主的巢后，便会衔走寄主一个或多个卵，以免被寄主觉察卵数的异常）。如冠军或独裁者，杜鹃在世上的数量不多。我从未听到过三只以上的杜鹃同时啼叫，通常只是一只。每一个巧取的富人须有若干本分的人做他的财富基础，而每一只杜鹃后面必有一个牺牲寄主满巢子代的血腥背景（出壳后的杜鹃幼雏，会将同巢寄主的卵或幼雏全部推出巢外，独享义亲哺养）。

杜鹃的胆子，与其智能、体形均不相称。它们一般隐匿于稠密枝隙，且飞行迅疾，使人闻其声却难见其形。华兹华斯即曾为此感叹：“*你不是鸟，而是无形的影子，/是一种歌声或者谜。*”迄今我只观察到过一次杜鹃，当时它在百米以外的一棵树上啼鸣。我用一架二十倍望远镜反复搜寻，终于发现了它。它鸣叫的样子，正如我们通常在鸟类图谱中看到的：头向前伸、微昂，两翼低垂，尾羽上翘并散开，身躯上缘呈弧形。在望远镜里，这羞怯的、庄重的、令整个田园为之动容的歌手，无论大小、姿态及羽色都像一只凶猛的雀鹰。

七十三

过去，我一直认为麻雀行走只会向前蹦跳，因为我从未看到过它们像其他鸟类那样迈步。这种怪异的、仿佛两腿被绊住的行走方式也许是麻雀所独有的，我注意过比麻雀体形更小的鸟在地面行走时也是迈步。

一次在北京西站候车，正是清晨，旅客稀少，在候车大厅外面的小广场上，我看到一只正在觅食的麻雀。我观察着它，它啄一下，便抬一次头，警觉地向四周瞧瞧。我忽然发现它会迈步：当它移动幅度大时，它便蹦跳；而移动幅度小时，它则迈步。法布尔经过试验推翻了过去的昆虫学家“蝉没有听觉”的观点（蝉听不到低频的声音，但能听到高频的声音），此时我感到我获得了一种法布尔式的喜悦和快感。

我想，作为一种在人类周围生息的“蓬间雀”、一种地面鸟，麻雀在危机四伏的环境里觅食需要大步快速走动，但是“企者不立，跨者不行”，由此便形成了它们像袋鼠一样跳跃行走的习性。

七十四

在张家界，有一晚夜宿天子山。晚上我独自出来在漆黑的山路散步，听着近在咫尺的汩汩水声，我忽然想到了一个水系与一个国家的“对应”关系。

就像任何水流都开始于水滴，任何人类社会行政单位的构成都需要有它若干数量的个体。一滴水，即一个人。当若干水滴喜悦相遇，连成一泓水线时，便出现了一个村。而若干水线形成的溪流，即是一个乡。若干溪流结成的已具备拥有自己名称资格的小河，则是一个县。若干小河汇成的仿佛能够划地独立的支流，就是一个省。最后，支流合成干流；省合成国家。一条干流的流域，就是一个国家的领土面积。

从存在的角度讲，一个孤立的水滴意味着什么呢？死亡！故每个水滴都与生俱来地拥有一个终极愿望或梦想：天下所有的水滴全部汇聚在一起。在这个伟大梦想的驱动下，河流最终消失了，诞生了海洋。在人类这里，自古以来他的个体同样怀有与水滴相似的梦想，但他的废除了边界、海关和武器的“海洋”，至今尚被视作乌托邦。

七十五

在世界上，现在有两种事物的循环或轮回比较相像。一种是树叶，一种是水。

这是两种壮美的、周而复始的运行：树叶春天从土地升到树上，秋天它们带着收集了三个季节的阳光又复归土地。而水从海洋升到天空，最终通过河流带着它们搬运的土壤又返回海洋（江河就是它们的永恒的道路和浩荡的队伍）。

不同的是，对于水来讲，以前它们从海洋出发最后再回到海洋，只是完成了一次次轻松愉快的旅行（它们徒手而来，空手而归）。后来，由于人类的崛起及其对地表的无限开掘和占据，他们便沦为了苦难的往返搬运不息的奴隶。

一九九八　廿四节气[①]

立　春

【日期：农历正月初八；公历二月四日。时辰：辰时八时五十三分。天况：晴。气温：5℃～ -5℃。风力：四五级。】

对于北半球的农业与农民来说，新的一年是从今天开始的。

古罗马作家瓦罗在他的著作《论农业》中写道："春季从二月七日开始。"瓦罗所依据的日历，是当时的古罗马尤利乌斯历（尤利乌斯历即后来的公历前身）。在公历中，立春则固定地出

---

① 一九九八年二月，苇岸开始为创作《一九九八　廿四节气》拍照和记录。每一节气的上午九点，在其居住的小区东部田野的一个固定位置，对同一画面拍摄一张照片，记录下天气情况及所见所闻。一九九八年十月二十四日开始写作此文，一九九九年三月二十七日完成前六节（每六节为一组）。为完成完整的春季六个节气，抱病写出清明、谷雨。但未能如愿修订完后面夏、秋、冬三季十八个节气，成为终生遗憾。——编者注

现在二月四日或五日。这种情况，至少在二十世纪的一百年如此。一个应该说明的现象是，二十世纪上半叶立春多在二月五日，下半叶立春多在二月四日。

能够展开旗帜的风，从早晨就刮起来了。在此之前，天气一直呈现着衰歇冬季特有的凝滞、沉郁、死寂氛围。这是一种象征：一个变动的、新生的、富于可能的季节降临了。外面很亮，甚至有些晃眼。阳光是银色的，但我能够察觉得出，光线正在隐隐向带有温度的谷色过渡。物体的影子清晰起来（它们开始渐渐收拢了），它们投在空阔的地面上，让我一时想到附庸或追随者并未完全泯灭的意欲独立心理。天空已经微微泛蓝，它为将要到来的积云准备好了圆形舞台。但旷野的色调依旧是单一的，在这里显然你可以认定，那过早的蕴含着美好诺言的召唤，此时并未得到像回声一样信任的响应。

立春是四季的起点，春天的开端（在季节的圆周上，开端与终结也是重合的）。这个起点和开端并不像一个朝代的建立，或一个婴儿的诞生那样截然、显明。立春还不是春天本身，而仅仅是《春天》这部辉煌歌剧的前奏或序曲。它的意义更多地在于转折和奠基，在于它是一个新陈更番的标帜。它还带着冬天的色泽与外观（仿佛冬季仍在延伸），就像一个刚刚投诚的士兵仍穿着旧部褪色的军装。我想古希腊诗人赫西俄德《工作与时日》里的那句“灰色的春季”，正是从这个角度讲的。

雨 水

【日期：农历正月廿三；公历二月十九日。时辰：寅时四时四十三分。天况：阴，雨雪。气温：3℃～ -2℃。风力：一二级。】

在二十四节气的漫漫古道上，雨水只是一个相对并不显眼的普通驿站。在我过去的印象里，立春是必定会刮风的（它是北京多风的春天一个小小的缩影），但雨水并不意味着必定降雨。就像森林外缘竖立的一块警示标牌，雨水的作用和意义主要在于提醒旅人：从今天起，你已进入了雨水出没的区域。

今年的雨水近乎一个奇迹，这种情形大体是我从未经历过的（它使“雨水”这一节气在语义上得到了完满的体现）。像童年时代冬天常有的那样，早晨醒来我惊喜地看到了窗外的雪。雪是夜里下起来的，天亮后已化作了雨（如古语讲的“橘逾淮为枳”），但饱含雨水的雪依然覆盖着屋顶和地面。雨落在雪上像掉进井里，没有任何声响。令人感到惊奇和神秘的是：1. 雨水这天准确地降了水；2. 立春以后下了这么大的雪；3. 作为两个对立季节象征的雨和雪罕见地会聚在了一起。

在传统中，雪是伴随着寂静的。此时的田野也是空无一人，雪尚未被人践踏过（“立春阳气转，雨水送肥忙。”以化肥和农药维持运转的现代农业，已使往昔的一些农谚失去了意义）。土地隐没了，雪使正奔向春天和光明的事物，在回归的路上犹疑地停下了脚步。由于吸收了雨，雪有些塌缩、黯淡，减弱了其固有的耀眼光泽。这个现象很像刀用钝了，丧失了锋芒。几只淋湿了羽毛的喜鹊起落着，它们已到了在零落乔木或高压线铁架上物色筑巢位置的时候了。面对这场不合时令的雪，人们自然会想到刚刚逝去不久的冬天；但在一个历史学家眼里，他也许会联想到诸如中国近代的袁世凯昙花一现的称帝时期。

惊 蛰

【日期：农历二月初八；公历三月六日。时辰：寅时三时三分。天况：晴。气温：14℃～－2℃。风力：二三级。】

二十四节气令我们惊叹和叫绝的，除了它与物候、时令的奇异吻合与准确对应，还有一点，即它的一个个东方田园风景与中国古典诗歌般的名称。这是语言瑰丽的精华，它们所体现的汉语的简约性与表意美，使我们这些后世的汉语运用者不仅感到骄傲，也感到惭愧。

“惊蛰”，两个汉字并列一起，即神奇地构成了生动的画面和无穷的故事。你可以遐想：在远方一声初始的雷鸣中，万千沉睡的幽暗生灵被唤醒了，它们睁开惺忪的双眼，不约而同，向圣贤一样的太阳敞开了各自的门户。这是一个带有“推进”和“改革”色彩的节气，它反映了对象的被动、消极、依赖和等待状态，显现出一丝善意的冒犯和介入，就像一个乡村客店老板凌晨轻摇他的诸事在身的客人：“客官，醒醒，天亮了，该上路了。”

仿佛为了响应这一富于“革命”意味的节气，连阴数日的天况，今天豁然晴朗了（不是由于雨霁或风后）。整面天空像一个深隐林中的蓝色湖泊或池塘，从中央到岸边，依其深浅，水体色彩逐渐减淡。小麦已经返青，在朝阳的映照下，望着满眼清晰伸展的茸茸新绿，你会感到，不光婴儿般的麦苗，绿色自身也有生命。而在沟堑和道路两旁，青草破土而出，连片的草色已似报纸头条一样醒目。柳树伸出了鸟舌状的叶芽，杨树拱出的花蕾则让你想到幼鹿初萌的角。在田里，我注意到有十数只集群无规则地疾飞鸣叫的小鸟（疑为百灵）；它们如精灵，敏感、多动，忽上忽下；它们的羽色近似泥土，落下来便会无影无踪；我曾试图用望远镜搜寻过几次，但始终未能看清它们（另一吸引我注意的，在远处高新技术产业开发区外缘公路边的人行道上，一个穿红色上衣的少女手捧一本书，由北至南不停地走过来走过去）。可爱的稚态、新生的活力、知前的欢乐、上升的气息以及地平线的栅栏，此时整个田野很像一座太阳照看下的幼儿园。

“惊蛰过，暖和和。”到了惊蛰，春天总算坐稳了它的江山。

春　分

【日期：农历二月廿三；公历三月二十一日。时辰：寅时三时五十七分。天况：晴。气温：8℃～－2℃。风力：二三级。】

“四时八节”，在二十四节气里，春分是八个基本节气之一。西方古代为了便于农事，曾将一年划分成八个分季，第二分季即“从春分到维尔吉里埃座七星升起”。春分是春季的中分点，同时就一年来说，“春分者，阴阳相半也，故昼夜均而寒暑平”。春分这天太阳正当赤道上方，它将自己的光一丝不苟地均分给了地球南北。人们平日常说：像法律一样公正。实际就此与春分或秋分相比，这是个并不十分恰当的比喻（因为法律最终都要通过法官体现）。在春分前后，如果你早晨散步稍加留意，会发觉太阳是从正东升起的。过了春分，“幽晦不明，天之所闭”的北方人民便明显感到，太阳一天天近了。

在春天的宫廷里，还是发生了一次短暂的政变。三月十八日深夜，大风骤起，连续两天风力五六级，白天的最高气温降至3℃。关于世间类似这种突发的、一时的、个别的、偶然的“倒行逆施”，它的最大消极作用，主要还不在其使率真勇为的先行者遭受了挫折和打击，而在其由此将使世间普遍衍生以成熟和大家风度自诩的怀疑、城府、狡黠、冷漠等有碍人类愉快与坦诚相处的因素。

仿佛依然弥漫着政变刚刚被粉碎的硝烟，今天尽管大风已息，气温回升，但仍有料峭的寒意。与惊蛰对照，春分最大的物候变化是：柳叶完全舒展开了，它们使令人欣悦的新绿由地面蔓延上了空间；而杨树现在则像一个赶着田野这挂满载绿色马车的、鞭子上的红缨已褪色的老车夫。另外一个鲜明变化，即如果到山前去，你可以看到盛开的总与女人或女人容貌关联的桃花。

“九尽杨花开，农活一起来。”每年到了三月中旬，一般便出九了。但眼下农田除了零星为小麦浇返青水的农民外，依然显得空旷、冷清。现代农业作物种植的单一和现代农业机械器具的运用，不仅使农业生产趋于简便，也使农民数量日渐减少。随着工业文明的推进，人口学家预测，二〇一〇年世界人口达到七十亿，其中城市居民将逾三十五亿，有史以来首次超过农村人口。在人类的昨天，无论东方还是西方，农业和农民都曾备受尊崇。古希腊罗马时期，人们曾用“好农民”或“好庄稼人”来称赞一个好人（“受到这样称赞的，就被认为受到了最大的称赞”）。古罗马作家加图在他的《农业志》中这样赞美农民：“利益来得最清廉、最稳妥，最不为人所嫉视，从事这种职业的人，决不心怀恶念。”如果加图的说法成立或得到我们认同，那么看来人类社会由农业文明向工业文明的转化，不光污毁了自然，显然也无益于人性。

清　明

【日期：农历三月初九；公历四月五日。时辰：辰时八时六分。天况：晦。气温：17℃～8℃。风力：零或一级。】

作为节气，清明非常普通，它的本义为，“万物生长此时，皆清洁而明净，故谓之清明”。但在二十四节气中清明后来例外地拥有了双重身份，即它已越过农事与农业，而演变成了一个与华夏人人相关的民间传统节日。就我来说，清明是与童年跟随祖母上坟的经历和杜牧那首凄美的诗连在一起的，它们奠定了我对清明初始的与基本的感知、印象和认识。我想未来也许只有清明还能使已完全弃绝于自然而进入“数字化生存”的人们，想起古老（永恒）的二十四节气。

二十四节气的神奇、信誉与不朽的经典性质，在于它的准确甚至导致了人们这样的认识：天况、气象、物候在随着一个个节气的更番而准时改变。与立春和立秋类同，清明也是一个敏感的、凸显的显性节气，且富于神秘、诡异气氛。也许因其已经演变为节日，故清明的天况往往出人意想地与它的词义相反（这在二十四节气里是个特例），而同这一节日的特定人文蕴涵紧密关联。在我的经验里，清明多冽风、冥晦或阴雨；仿佛清明天然就是“鬼节”，天然就是阳间与阴界衔接、生者与亡灵呼应的日子。

今年的清明，又是一个典型例证。延续了数日的阴天，今天忽然发生了变化：天空出现了太阳。这是可以抬头直视的太阳，地面不显任何影子（与往日光芒万丈的着装不同，太阳今天好像是微服出访）。整个田野幽晦、氤氲、迷蒙，千米以外即不见景物，呈现出一种比夜更令人可怖的阴森气氛。麦田除了三两个俯身寻觅野菜的镇里居民外，没有劳作的农民。渲染着这种气氛的，是隐在远处的一只鸟不时发出的“噢、噢、噢”单调鸣叫。它的每声鸣叫都拉得很长，似乎真是从冥界传来的。这是一种我不知其名、也未见过其形的夜鸟，通常影视作品欲为某一月黑之夜杀机四伏的情节进行铺垫时，利用的就是这种鸟的叫声。

从田野返回的路上，我在那片高新技术产业开发区一家药业公司圈起待建的荒地内，看到一群毛驴，大小约二十头，近旁有一位中年农民。我走了进去，和中年农民攀谈起来。他是河北张北人，驴即来自那一带。这是购集来供应镇里餐馆的。我问：驴总给人一种苦相感，农民是不是不太喜欢它们？中年农民答：不，农民对驴还是很有感情的，甚至比对马还有感情；驴比马皮实，耐劳，不挑食，好喂养，比马的寿命也长。

谷　雨

【日期：农历三月廿四；公历四月二十日。时辰：申时十五时十六

分。天况：晦。气温：26℃～14℃。风力：零或一级。】

从词义及其象形看，“谷”首先指山谷。瑞典汉学家林西莉在她的著作《汉字王国》中即讲：“我只要看到这个字，马上就会想起一个人走进黄土高原沟壑里的滋味。”当谷与雨并联以后，它的另一重要含义“庄稼、作物”无疑便显现了。

像“家庭”一词的组构向人们示意着只有屋舍与院子的合一，才真正构成一个本原的、未完全脱离土地的、适于安居的“家”；“谷雨”也是一个包含对自然秩序敬畏、尊重、顺应的富于寓意的词汇，从中人们可以看出一种神示或伟大象征：庄稼天然依赖雨水，庄稼与雨水密不可分（僭越的、无限追求最大产值的现代农业对地下水的过度采掘，后果是导致了全球淡水资源的危机）。

谷雨是春季的最后一个节气，也是一年中最为宜人的几个节气之一。这个时候，打点行装即将北上的春天已远远看到它的继任者——携着热烈与雷电的夏天走来的身影了。为了夏天的到来，另外一个重要变化也在寂静、悄然进行，即绿色正从新浅向深郁过渡。的确，绿色自身是有生命的。这一点也让我想到太阳的光芒，阳光在早晨从橙红到金黄、银白的次第变化，实际即体现了其从童年、少年到成年的自然生命履历。

麦子拔节了，此时它们的高度大约为其整体的三分之一，在土地上呈现出了立体感，就像一个十二三岁的男孩开始显露出了男子天赋的挺拔体态。野兔能够隐身了，土地也像骄傲的父亲一样通过麦子感到了自己在向上延续。作为北方冬天旷野的一道醒目景观的褐色鹊巢，已被树木像档案馆对待自己的秘密一样用叶子悉心掩蔽起来。一只雀鹰正在天空盘旋，几个农民在为小麦浇水、施撒化肥。远处树丛中响起啄木鸟的只可欣赏而无法模仿的疾速叩击枯木的声音，相对啄木鸟的鸣叫，我一直觉得它的劳动创造的这节音量由强而弱、频率由快而慢的乐曲更为美妙迷人。

立 夏[①]

【日期：农历四月十一；公历五月六日。时辰：丑时一时四十分。天况：阴（云无形态，太阳偶尔能显出圆形）。气温：22℃ ~ 13℃。风力：三四级（近午刮起来）。】

麦子已经抽穗了，麦芒耸立着，剑拔弩张的样子，但剥开，尚未形成麦粒，空的。听到了远处“四声杜鹃”的声音。树木的叶子已充分舒展开来，绿色也由浅绿、新绿向深绿和墨绿过渡。洋槐花已开放约十天，似盛期已过，叶子已遮掩了花。农民正在麦田拔一种类似野艾的草，水也刚浇过。依然是喜鹊。

① 从《立夏》往后所写节气为草稿。——编者注

飞过两只乌鸦。

小　满

【日期：农历四月廿六；公历五月二十一日。时辰：未时十四时三十八分。天况：晴转阴，小到中雨。气温：25℃～14℃。风力：一二级。】

八点前还有阳光，它的阴不是从某个方向开始，而是整面天空渐渐烟雾浓云起来，阳光是渐渐淡化、消失的，可以仰视太阳，但它不是圆形，而是一团棉絮状。

麦田成形（定型）了，立体、挺拔，颜色尚未转变，麦芒上挂着柳（杨）白絮，麦粒成形，白色的，还无质感。春天的新鲜、活泼已消失，平静的、稳重的夏天正在衍进。泡桐还有花，一切叶子已舒展开来。全部的绿色。听到远处的布谷鸟声，灰喜鹊与喜鹊。

芒　种

【日期：农历五月十二；公历六月六日。时辰：卯时六时二分。天况：晴，傍晚有雨。气温：29℃～15℃。风力：零或一级。】

一周前已显进入雨季，下雨频且持续长，花期已全部结束，对于自然事物来说。麦田处在由青而黄的过渡中，它是绿与黄的综合色。麦田是由下部向上黄的。麦粒已形成青白色，果肉很嫩。

青草已覆盖地面，新绿，寸草的样子。

麦田的黄色，首先是叶子黄了，然后根部。

早种的玉米已高出麦田，晚种的还不及三分之一高（五六片叶子）。远山后埋伏着白红色云团，仿佛随时会带一阵雨来。小白蝴蝶翻飞。

在我身边的不高大的柳树（或更远），我忽然听到苇扎子（苇荚）微弱的叫声，像雏鸟。很奇怪，因为并无苇塘。一两只喜鹊。麻雀。

《工作与时日》P18：

这时候，山羊最肥……

黄色是太阳、黄金成熟的颜色，是帝王偏爱的颜色，是结束、最后的颜色。

“色有五章，黄其主也”。

夏　至

【日期：农历五月廿七；公历六月二十一日。时辰：亥时二十二

时四十四分。天况：半阴半晴（天空云量渐多，傍晚有雷阵雨天气）。气温：33℃～19℃。风力：一二级。】

麦子已收割完毕，田野尚弥漫着麦秸的气息，田地因麦秸而有些凌乱，像客人刚刚离去或退潮，一个季节的逝去。

麻雀信意地起落、鸣叫，它们拥有田里遗落的麦粒。全是麻雀，未见喜鹊。听到远处一两声杜鹃叫，还有啄木鸟啄枯树的声音（雏雀大概已会飞了）。

种的早的玉米已一人高了，它们接替麦子成了田野的主角。菜田开着黄花，白蝴蝶翻飞。

几个戴草帽的农民，在田里为玉米、豆秧除草。

天空弥漫着灰黑色的烟雾（尘），没有云形。地面有影子。远处渐渐隐没烟雾中，没有地平线。

河南登封的“无影台”：夏至日见不到影子。

夏至，意一个客人到了。

一个不受欢迎的客人进了大门。

小　暑

【日期：农历闰五月十四；公历七月七日。时辰：申时十六时二十五分。天况：晴，午后到傍晚，北部山区有雷阵雨。气温：

34℃～21℃。风力：三四级。】

倾盆大雨后的第二天（我从未经历过这样的大雨，下时有恐怖气氛）。世界干干净净，树叶及地面都闪亮，水流的痕迹。天空很蓝，自中及边缘渐渐减淡，现微白色。只有东南方边缘的天空有白云铺开来。蜻蜓低飞。积水像块块镜子。

玉米已抽穗扬花，新挺出的玉米果顶着淡黄及粉红的缨（接纳授粉）。这是早种的玉米。其下部的叶子已普遍被虫子吃成条状。晚种的玉米刚半人高。

听到个别的微弱的蝉鸣，这是先行步出地面的先驱。

田野沉寂，除偶尔飞过的麻雀及一两只喜鹊，未见其他鸟。

一个农民在扶倒伏的玉米，一个农民在为玉米除草。

也见了一两只燕子飞。

雷雨随时发生的节令，西北天际随时可涌上云团，像在森林随时可遇上野兽。

住宅区树上还未响起蝉鸣。

大　暑

【日期：农历六月初一；公历七月二十三日。时辰：巳时九时三十七分。天况：阴，中到大雨，局部暴雨。气温：27℃～22℃。风力：零或一级。】

夜里刚下过雨。仍有雨待降。雨无云形，似灰色刷过一样均匀。有蛙鸣。喜鹊和灰喜鹊在附近鸣噪。

天空五只鸟（不明其名）自东北向西南飞，四只成一线纵队，另一只在队右侧数米远，像城中巡逻的士兵，由警官带队。带队者不时发出“哇”或“嘎”的叫声，这鸣叫声介于“哇”或“嘎”之间，它们向西南飞，又转了回来飞向北，但队列中的一只出列了，未回转，只有四只仍保持原来队形飞向北，领队者叫着，后又飞向东北方向。它们可能是亲鸟在教幼鸟练习。它们可能是鸦，也可能是别的鸟。

玉米的方阵已初成，两米高，方叉直指天空。孤独的青蛙（单声鸣叫）和群体的蛤蟆（群声鸣叫）。

九点时（差两三分钟），我调好相机，准备拍照。我站立的地点是一条田间路边，我面向正南，左侧是一棵高大的杨树。这个时候，在左侧即东面的路上，出现了一只褐色野兔。我注视着它，一动不动。它向我这个方向过来了，且从路边玉米地里又出现了一只跟在其后。它们走走停停，很警觉，离我越来越近。我屏息凝神，目不转睛，我想它们一定将我当成了一棵树，它们一直到了我身边一两米的样子，已在我身后，我只能用余光看到它们，我不敢转头。它们没有继续向前走，而是转回来，一前一后又返回了，它们在我身边稍有停顿。直到它们走远了，我才想起我一直举着相机，但为不惊动它们未敢拍照。

当我为野兔拍照时，一只已进麦田。我又等了近二十分钟，期待这两只再次出现，想拍一张照片，但它们消失在玉米地中了。

阴雨天，蝉是哑的。草木碧绿茂盛。

立　秋

【日期：农历六月十七；公历八月八日。时辰：丑时二时八分。天况：晴，傍晚有雷阵雨。气温：32℃～23℃。风力：零或一级。】

连续阴天（至少两天）后的晴天。

天空今天又呈现了典型的大海或池塘的景象：无一丝云彩，正中蓝（也蒙有淡淡的烟霭），向边缘延伸蓝色渐渐减淡，直到混浊的灰白色。远山隐现。

有凉爽的气流，身体能感到这股气流，明显地感到。像在河中游泳，水流的感觉。凉意、滑动，侵入周身（早立秋，凉飕飕）。

蝉鸣覆盖了八月，寒蝉已出现。蝉的金属片，一只蝉像一台机器。机器轰鸣。玉米扬花授粉已毕，棒可煮食。

蜻蜓、蝴蝶翻飞。青草覆盖了每一寸土地。

今天是一个转折点（始皇登基，婚礼，太阳能够到达的南北回归线），身体与环境空间已有分离感，身体似乎开始收缩了。凉爽气氛。

仿佛火熄灭了。

农历六月十七的月亮很圆，在几缕白云的天空。一派秋天景象。夜，秋虫鸣。

处　暑

【日期：农历七月初二；公历八月二十三日。时辰：申时十六时三十三分。天况：晴。气温：30℃～19℃。风力：零或一级。】

空间不透明，充填着雾、岚、烟气，稀薄的气体。看不到远山，天空中央微蓝。边缘灰黄色相混。天空有锅的感觉。

草已结籽秀穗，开始泛黄。鸣叫的秋虫潜伏其间。有凉爽气流，让人想到秋凉。攀上围栏的牵牛花，向阳盛开。芝麻的花已开到顶端，地下落英一片。

一种秋虫的鸣叫，让我想到是眼睛转动的声音。

局部的玉米已被收获。我记这则文字时，在一棵柳树下，一条逃走的黄绿色小蛇，叫我站了起来，吓了我一跳。

晚种的玉米，吐出红缨（车夫鞭子上的）。而叉几上的粉已授毕。

路边三个长者，其中一个正在读报，我骑车经过他们身边时，我听到了读的一句话：“是解放军救了这孩子，就叫军生吧。”（南北正在抗洪。上午近九点。）

白 露

【日期：农历七月十八；公历九月八日。时辰：寅时四时五十二分。天况：多云转阴，有阵雨。气温：27℃～20℃。风力：零或一级。】

阴，天空布满灰色的层云，它的形状像汛期涌动不平的湖水，有薄有厚。薄处能现白色太阳的圆盘。

一种白色的小型蝴蝶，在植物上方无目的地地随意飞舞，姿态像乡下娶亲上下左右晃动的轿子，也似急流的溪水中漂浮的树叶。它们飞得很高，跃上了六层楼。它们飞得无任何规则，方向在不断变换中，慢而不易捕获。我见过追捕它们的麻雀和喜鹊失败过。（蛾子）

一架飞机飞过，轰隆声很重，但不见其影，它在云层上方。

油葫芦鸣声一片，一种像轻吹哨子的声音。蝉已哑了，它们在草丛中代替了蝉的声音。没有虫鸣的秋天是无生命的。

一个农民在掰玉米，我说："您开始收了？"他说："是呀，大秋了嘛。"

草的种子仍在孕育。树叶已有早凋。牵牛花盛开。

喜鹊。没有蝉声。

（晋人崔豹《古今注·鱼虫》："促织，一名投机，谓其声如急织也。"）

秋 分

【日期：农历八月初三；公历九月二十三日。时辰：未时十四时八分。天况：阴转晴（二十日阴，二十一、二十二日晴）。气温：24℃～13℃。风力：一二级。】

天空四周是无形的灰白云。近中央有蓝天显出，是鱼鳞云，水纹云。

南瓜的花，开着蔬花，黄色的。

玉米已收获，地已犁，小麦刚种上。农民在接地头。一只刺猬从玉米秸堆中跑出，它没有奔逃的姿态，有危险它即缩成一团。刺是它的保障。

拖拉机耕地时，惊慌的蜘蛛、油葫芦等像洪水中的灾民向一旁奔逃。

土地翻过来了，新的一轮的开端。

本质显露。种麦后便水浇地。

那屠格涅夫的休耕地不见了。

土地是现代农业摧折至极限的奴隶。

地空旷后，空间感诞生了。

地面黄色的庄稼收获后，似洪水退去。

蟋蟀的叫声稀了，它们的鸣叫似从地洞中传出，特别是白天。蟋蟀是夜晚的昆虫，它们在白天鸣叫似……

丝瓜的五瓣黄花仍然向阳开放，蜜蜂、蝴蝶依然在采蜜。

绿色渐渐消退，似秋水渐渐清澈。毛草已枯黄。

关于休耕地：

“土地应该每隔一年休耕一次……”《论农业》P74。

“休耕地是生活的保障，孩子们的安慰。”穿上了魔力的红舞鞋（《工作与时日》）。

寒　露

【日期：农历八月十八；公历十月八日。时辰：戌时二十时十六分。天况：阴。气温：25℃～15℃。风力：二三级。】

阴，但无凉意，橘黄色的太阳尚能直视，但已有它的光与热的感觉（不能直视太久）。

瓜类植物及洋芋仍有残花，金黄色的，金黄是花朵在秋天首选的颜色。

早晨，树下已有一层落叶（洋槐），它的叶子不是全体渐黄，而是绿色的主体中，斑斑点点出现黄叶。

农民在公路两旁晒玉米粒，红黄色。

秋虫仍在鸣叫，蟋蟀的纺车声及拉长声音的单声的不知名虫的鸣叫。

麦子已长出三四个叶了。三四寸高。麦田一片新绿，这绿的颜色（幼绿），也如小兽一样可爱悦人。露珠凝在叶子上，闪光时似水晶体。色也有生命。

一个老年农妇来到田里，看麦情。她说今年的麦子收得不好，但玉米大丰收，比往年都好。

喜鹊散布在麦田里，零零落落，不时从某个地方发出它们的叫声。

近九点天阴加重。太阳完全隐没。雨意很浓，远方已被岚气笼罩。雾气弥漫至地面，气温也降了。有冷意。

只闻其声，难见其影的云雀。

霜降

【日期：农历九月初四；公历十月二十三日。时辰：子时二十三时三分。天况：晴。气温：20℃～7℃。风力：二三级。】

昼夜温差很大，室内已有阴冷感，特别是晚上。连续的晴天。

树叶主体色依然是绿色。杨、槐、柳等尤为明显。椿的叶子，掉得多，枫夹杂些许红叶。

天空湛蓝，一尘不染（无一丝云）。从中央到边缘，蓝色淡化。这与历史恰好相反——当代史混浊，古代史清晰。

上午已是人们寻求阳光的时候，人们站在向阳处，仿佛冬天已来临一样。

秋虫已完全绝迹，没有了它的鸣声。在果园内走，我惊飞了两只喜鹊。它们惊叫着。

麦田一片新绿，麦苗已高过田埂，似水溢上来。休耕地上的野草有一种遥看草色的绿色，浅浅的一层覆盖在土地上。

远山清晰，蓝紫色。空旷的田野，村庄隔着道路两旁的树木相望。杨树大半部叶子已近落光，鸟巢在渐渐显露出来。

飞行无常的褐色云雀、灰喜鹊。

一切都很醒目，大地上的绿色压住了晚秋的枯黄杂草、庄稼，仿佛像早春。

红旗，烟囱吐出的烟，一块玻璃的反光。建筑。

（老头说，霜降应降冰碴。）

立　冬

【日期：农历九月十九；公历十一月七日。时辰：子时二十三时十一分。天况：晴（透明度不大）。气温：15℃～4℃。风力：一二级。】

茅草彻底枯黄了，曼陀罗的果壳已裂开，籽粒已余不多，以它们的方式四散开去。但在枯黄背景中，一些艾、（蕨类）、地黄又已长出，隐隐现出翠绿色，从枯草中。但没有草萌生。

柿子已摘光。苹果在卖，枝头尚有。臭椿树上的花媳妇，行动迟缓，不飞。臭板子蹲在地上，还能看到零星的黑蚁，四肢僵硬地爬动，叼着食物。这是中型蚁。

柳、槐树叶子掉得慢，杨树掉得多。

以上是霜降一周后所见。

影子伸长，炊烟显蓝的时候（是炊烟变蓝，高高直直的时候了）。应该到来的寒流和风尚未发生，柳叶仍在枝上很坚固，呈绿色。枫叶一碰可掉，它集黄、红、橙于一树。

烟凝滞，久久不扩散，隐见远山轮廓，远处瘴气四布，空间不清朗，给田野以生气的是集群的喜鹊。

麦子浓密已遮住泥土，漫上田埂。由于温度降低，叶呈卷曲状，叶面蒙雪霜，叶尖悬露珠。少量叶尖已黄萎（无露）。虫已蛰伏。

阳光照在身上暖融融的。像女人的体温。云雀婉转鸣叫。一切在衰落下去，在偃旗息鼓。远处传来一阵猫头鹰的叫声。有蚯蚓的排泄物，惊动的土色小蜘蛛。比蚊小的围绕头顶上方的飞虫。喉音重的小鸟。一种发喉音的鸟，喉间仿佛有水珠，这声音叫“水音儿”。

枫叶的颜色是复合的，银杏（纳博科夫称之“中国的圣树”，人工养的）呈金黄色，两种色彩美的树。

厄尔尼诺导致暖冬、暖秋。

小 雪

【日期：农历十月初四；公历十一月二十二日。时辰：戌时二十时二十五分。天况：阴，有小雪。气温：3℃～－6℃。风力：二三级。】

昨天，一早醒来看到了雪，雪仍在下，应称中到大雪或中雪。中午时候雪停，我说雪早下了一天。

但今早醒来，又下着雪粉，仍然呼应了“小雪”这个节气。我步行到田野，有微风，自东南向西北吹，雪粉呈倾斜状。天阴，天空四周有下垂的铅灰色烟雾。

由于初冬和深秋都偏暖，小麦长得旺盛，高些，这场雪没能覆盖住麦苗。有野兔的脚印，印痕会出现刨开雪觅食的现象。在雪的背景（映衬）下，地面乌云雀忽上忽下，鸣叫着。也看到了喜鹊和灰喜鹊。

这是今年的第一场雪。

（二十四日我和刘烨园去我拍节气的地方分别照了相。）

寒流来得突然了些。有些树的叶子尚未掉光，如洋槐、柳，还有许多叶子，雪积在上面，似雪松。

雪后的空气似水，令人想深呼吸。

大　雪

【日期：农历十月十九；公历十二月七日。时辰：申时十六时二分。天况：晴。气温：−1℃～ −9℃。风力：四五级间六级。】

（如果没有雪，就不能称真正的北方。在陵区，还有雪未化，踏在已半冰化的老雪上，它的声音似家庭破裂的声音，脚下的雪也似北方男子一样有力。）

像“小雪”时一样，雪提前一天下了。“小雪”前一天的雪比昨天的雪大些。上次是中雪，这次是小雪。

昨天的雪有一寸厚，如果地面凹凸不平，如田里，雪便不能覆盖住一切。田埂和旺盛的麦子都斑斑驳驳。麦苗显得很绿，似乎不是冬天（麦苗本该在正常到来的寒流中停止生长，但它们在暖初冬中多生长了）。

今天是晴天，太阳从东南方向照来，有明显暖意，树木的影子向西北方伸得很长。

尽管还裸露一些东西，但大地色调依然是雪色，在远方与天边的灰白色，界线不分。

风尚未刮起来。

冬至

【日期：农历十一月初四；公历十二月二十二日。时辰：巳时九时三十八分。天况：晴。气温：10℃～-1℃。风力：一二级。】

“太阳回归时”（冬至）。——《工作与时日》P15

（“大雪”后，天气渐暖，白天最高气温常在10℃左右，夜里温度仅在-1℃～-5℃之间。电台说这是一九四一年以来最暖的一个冬天。拨开枯叶，可发现土地上又长出新绿的不知名的植物。像春天到了。）

现在是最像冬天的节气了，滞留在树上的叶子几乎全光了，冬天像一只野兔，我是指其颜色：土地、枯草、灰暗的天。

上午九点，尚日上三竿的样子，太阳从薄云中显露出来，它升于东方与南方之间，一切影子都投向西北，阳光照在脸上毫无感觉。麦苗蜷曲着，密密的，像羊毛（冬天的），颜色暗绿，有零落的白色塑料袋挂在上面。田埂上萌生出许多艾之类的植物，叶子已伸得很长，它们白天生长，夜晚则像童话中被施了魔法一样失去光泽和笑容。

是烟雾缭绕的季节，烟在白天是唯一鲜明的色，仅逊于日出与日落时的色彩。烟造成冬天空旷但不清远。

四处都有喜鹊的呼叫，它们在田里阔步行走。

苇岸《一九九八　廿四节气》

摄影作品及相关日记手稿

立 春

日期：

农历正月初八；公历二月四日

时辰：

辰时八时五十三分

天况：

晴

气温：

5℃～ -5℃

风力：

四五级

雨 水

日期：

农历正月廿三；公历二月十九日

时辰：

寅时四时四十三分

天况：

阴，雨雪

气温：

3℃～ -2℃

风力：

一二级

惊 蛰

日期：

农历二月初八；公历三月六日

时辰：

寅时三时三分

天况：

晴

气温：

14℃～ 2℃

风力：

二三级

春 分

日期：

农历二月廿三；公历三月二十一日

时辰：

寅时三时五十七分

天况：

晴

气温：

8℃～ -2℃

风力：

二三级

清 明

日期：

农历三月初九；公历四月五日

时辰：

辰时八时六分

天况：

晦

气温：

17℃～ 8℃

风力：

零或一级

谷 雨

日期：

农历三月廿四；公历四月二十日

时辰：

申时十五时十六分

天况：

晦

气温：

26℃～ 14℃

风力：

零或一级

立 夏

日期：

农历四月十一；公历五月六日

时辰：

丑时一时四十分

天况：

阴（云无形态，太阳偶尔能显出圆形）

气温：

22℃～ 13℃

风力：

三四级（近午刮起来）

小 满

日期：

农历四月廿六；公历五月二十一日

时辰：

未时十四时三十八分

天况：

晴转阴，小到中雨

气温：

25℃～ 14℃

风力：

一二级

芒 种

日期：

农历五月十二；公历六月六日

时辰：

卯时六时二分

天况：

晴，傍晚有雨

气温：

29℃～ 15℃

风力：

零或一级

夏 至

日期：

农历五月廿七；公历六月二十一日

时辰：

亥时二十二时四十四分

天况：

半阴半晴（天空云量渐多，傍晚有雷阵雨天气）

气温：

33℃～ 19℃

风力：

一二级

小 暑

日期：

农历闰五月十四；公历七月七日

时辰：

申时十六时二十五分

天况：

晴，午后到傍晚，北部山区有雷阵雨

气温：

34℃～ 21℃

风力：

三四级

大 暑

日期：

农历六月初一；公历七月二十三日

时辰：

巳时九时三十七分

天况：

阴，中到大雨，局部暴雨

气温：

27℃～ 22℃

风力：

零或一级

立 秋

日期：

农历六月十七；公历八月八日

时辰：

丑时二时八分

天况：

晴，傍晚有雷阵雨

气温：

32℃～ 23℃

风力：

零或一级

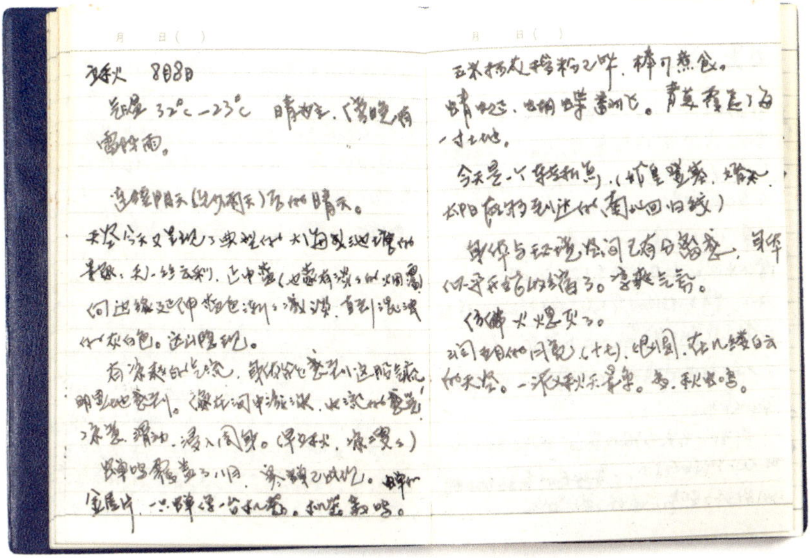
立秋 8月8日

气温32°C—23°C 晴热，傍晚有雷阵雨。

处 暑

日期：

农历七月初二；公历八月二十三日

时辰：

申时十六时三十三分

天况：

晴

气温：

30℃～ 19℃

风力：

零或一级

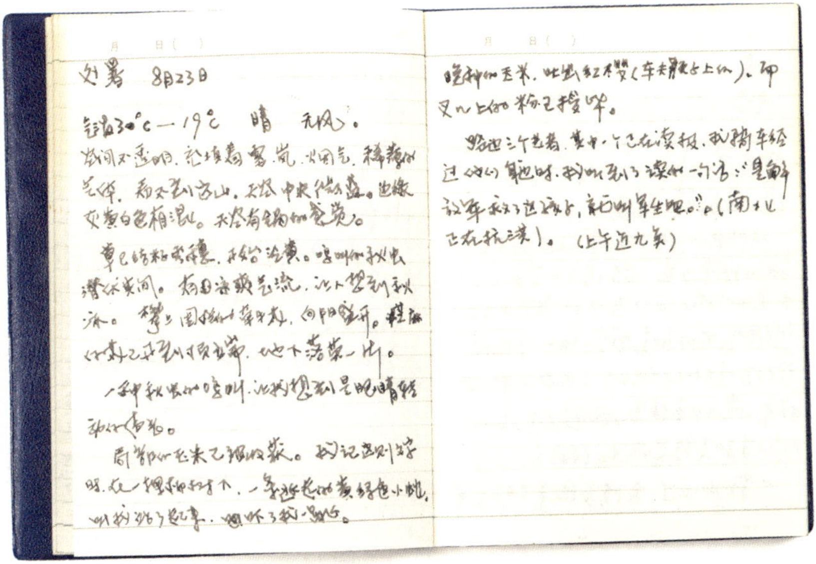

月 日（ ）
处暑 8月23日
30°C—19°C 晴
月 日（ ）
（上午近九点）

白露

日期：

农历七月十八；公历九月八日

时辰：

寅时四时五十二分

天况：

多云转阴，有阵雨

气温：

27℃～ 20℃

风力：

零或一级

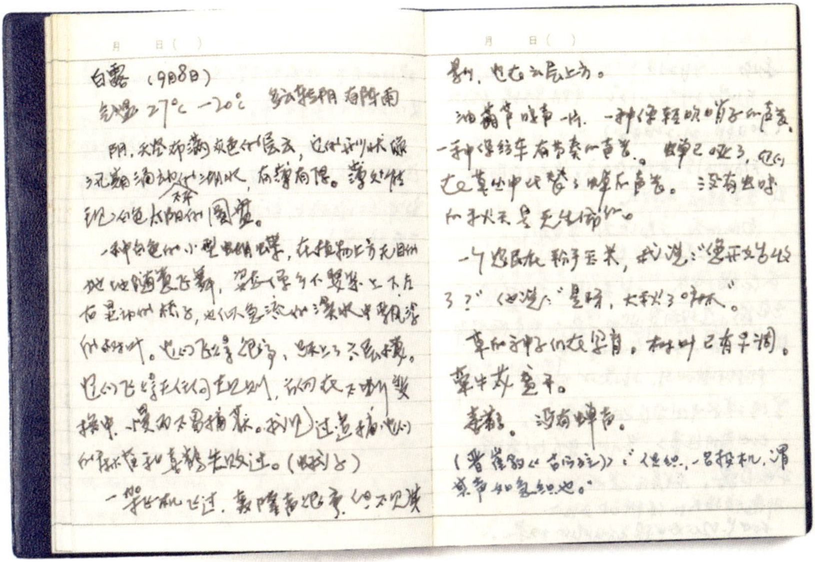
月　日（　）

白露（9月8日）

气温 27°C—20°C　多云转阴　有阵雨

阴。天空布满灰色的层云，这种积状云就像滴在天空的湖水，有薄有厚。薄处能现出白色太阳的圆盘。

一种白色的小型粉蝶，在植物上方无目的地随意飞舞，翅膀像很多个碎片上下左右晃动的样子，也似鱼游动的漂水中飘落的树叶。它们飞得很缓，路线不规则。它们飞行无任何章法，所以我不断要捕捉，一直都不易捕获。我试过捕它们的翅膀和身体失败过。（如蜜蜂）

一架飞机飞过，轰隆声很响，但不见其影，它在云层上方。

月　日（　）

油葫芦鸣声一片。一种像轻吹哨子的声音，一种像纺车有节奏的声音。蝉已哑了，它们也已藏在叶中代替了蝉的声音。没有蝉鸣的秋天是无生命的。

一个农民在收玉米，我说："这么早就收了？"他说："是呀，太秋了呀。"

草和树叶仍在生长。树叶已有早凋。紫叶草变干。

夜静。没有蝉声。

（晋崔豹《古今注》）："促织，一名投机，谓其声如急织也。"

秋 分

日期：

农历八月初三；公历九月二十三日

时辰：

未时十四时八分

天况：

阴转晴（二十日阴，二十一、二十二日晴）

气温：

24℃～ 13℃

风力：

一二级

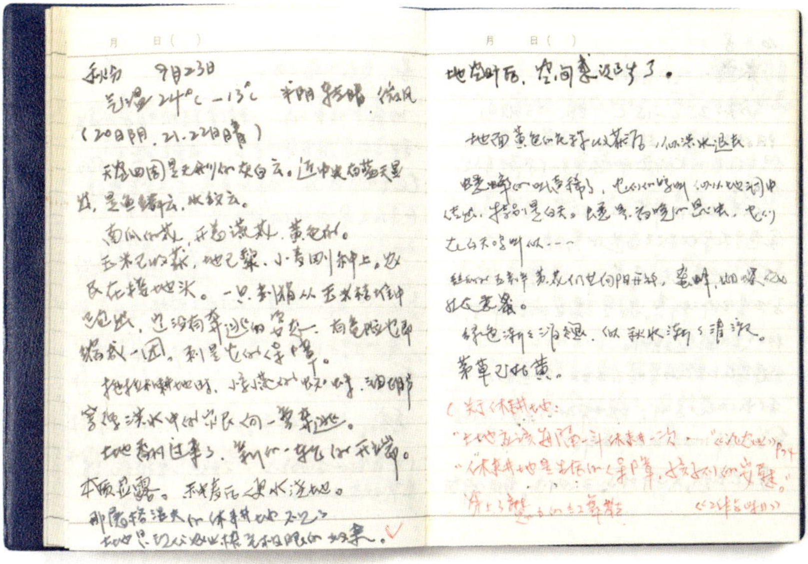

月　日（　）
秋分　9月23日
气温24°C－13°C　半阴转晴　微风
（20日阴，21、22日晴）
月　日（　）
茅草已枯黄。
关于休耕地：

寒露

日期：

农历八月十八；公历十月八日

时辰：

戌时二十时十六分

天况：

阴

气温：

25℃～ 15℃

风力：

二三级

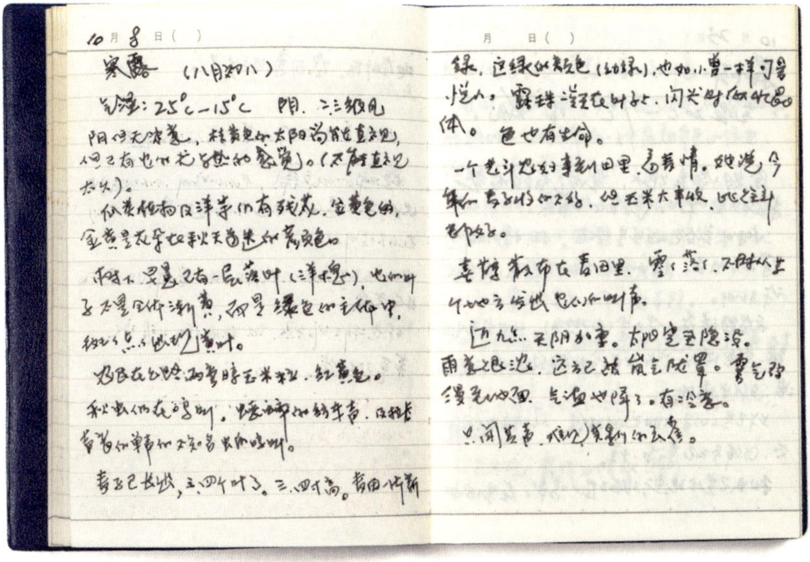
10月8日（ ）
寒露（八月初八）
气温：25°C—15°C 阴。二三级风
阴但无浓云，橘黄色的太阳尚能直视，但已有些光与热的感觉。（不能直视太久）。
[illegible]及洋芋们有残花，金黄色的，金黄是花朵如秋天菊类的黄颜色。
杨树、[illegible]已有一层落叶（洋槐多），也们叶子大量变得渐黄，却是绿色的主体中，斑斑点点地[illegible]黄叶。
[illegible]在[illegible]晾晒玉米粒，红黄色。
秋虫们在鸣叫，[illegible]声，[illegible]的叫声。
麦子已长出，三、四个叶了。三、四寸高。麦田一片新
月 日（ ）
绿，这绿的颜色（幼绿），也如小草一样可爱悦人。露珠凝在叶子上，闪光时似水晶体。色也有生命。
一个老头儿坐在麦田里，看麦情。他说今年麦子长得不大好，但玉米大丰收，比去年都好。
喜鹊散布在麦田里，零零落落，不时从[illegible]发出它们的叫声。
近九点，天阴加重。太阳完全隐没。雨意已很浓，这[illegible]笼罩。雾气弥漫[illegible]，气温也降了。有些冷意。
只闻[illegible]。

霜 降

日期：

农历九月初四；公历十月二十三日

时辰：

子时二十三时三分

天况：

晴

气温：

20℃～ 7℃

风力：

二三级

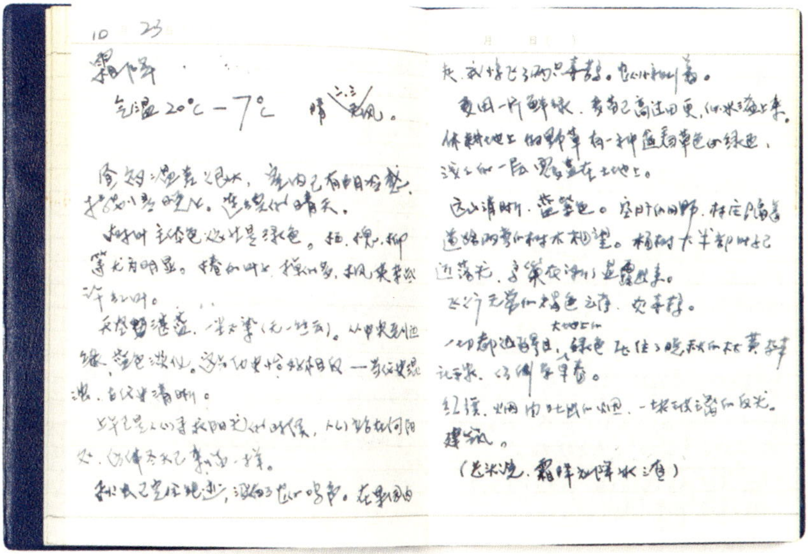
10 23

霜降

气温20°C—7°C 晴 二三级风。

今年温差之悬殊，室内已有明显冷意，特别是早晚。这是典型的晴天。

树叶主体色还是绿色。杨、槐、柳等尤为明显。榆的叶子掉的多，枫叶少许红叶。

天空特别湛蓝，一碧如洗（无一丝云）。从中央到四边缘，蓝色淡化。这与仰望时相反——[illegible]，[illegible]清晰。

此时已是人们享受阳光的时候，人们站在向阳处，仿佛冬天已来临一样。

秋虫已完全绝迹，没有了它们的鸣声。在郊外的田野，我只看见了两只喜鹊。这很有秋意。

麦田一片鲜绿，麦苗已高过田埂，似水漫上来。休耕地上的野草有一种黯淡草色的绿色，浅浅的一层覆盖在土地上。

远山清晰，蓝紫色。窄叶的田野，树在路旁，道路两旁的树木相望。杨树大半部叶子已经落光，鸟巢在树间显露出来。

近处无数的褐色之中，[illegible]。

一切都近在眼前，（大地上的）绿色上住了晚秋的枯黄和紫褐，似乎即将萧条。

红旗，烟囱冒出的炊烟，一块玻璃的反光。建筑。

（无冰凌，霜降初降水之[illegible]）

立 冬

日期：

农历九月十九；公历十一月七日

时辰：

子时二十三时十一分

天况：

晴（透明度不大）

气温：

15℃～ 4℃

风力：

一二级

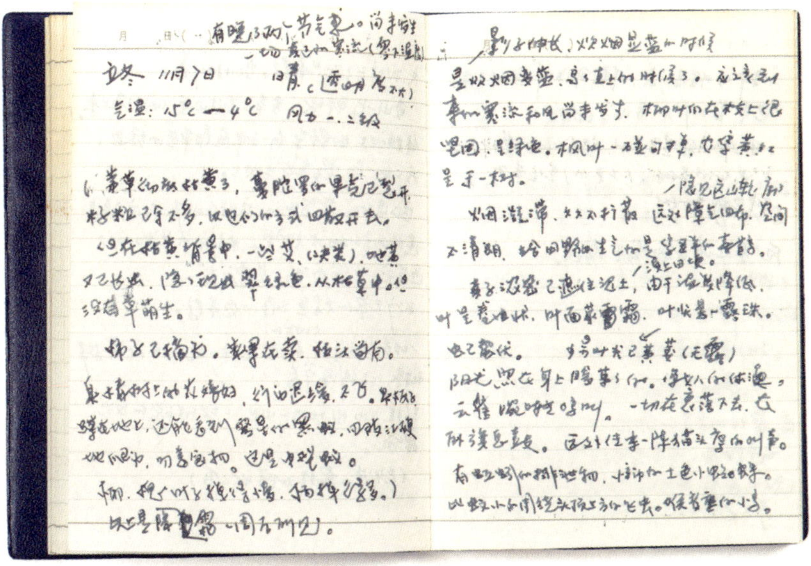
有暖阳的节气里。尚未落尽的一切都已在寒流(零下温度)

立冬 11月7日 晴(透明度不大)
气温：15℃—4℃ 风力一、二级

1、萧草已初秋枯黄了，蒿陛果实已绽开，籽粒已经不多，从它们的子或四散开去。

但在枯黄背景中，一些艾、(决明)，叶芽又已长出，除了细嫩翠绿色。从枯草中，但没有草萌生。

棉子已播种。麦子在菜。[illegible]

是个成群的[illegible]蚂蚁，行的退缩，不飞。[illegible]这是[illegible]。

[illegible]

影子伸长，炊烟显蓝的时候

是炊烟变蓝、直上的时候了。应该是来自寒流和风尚未步步。柳树叶仍在枝上绿里图，呈绿色。枫叶一些变了样，尤其黄红呈于一树。

炊烟凝滞，久久不打散，远处障气四布，空间不清朗，给田野的生气仍是安宁的寂静。漫上田埂。

麦子没出已遮住泥土，由于温度降低，叶呈卷曲状，叶面蒙霜露，叶尖是一露珠。也已露伏。 多数叶尖已萎黄（无露）

阳光照在身上暖暖的。像女人的体温。云雀啾啾地鸣叫。一切在衰落下去，在酝酿复苏。远处传来一阵猫头鹰的叫声。

有些蚂蚁的排泄物，[illegible]土色小蚯蚓[illegible]。以[illegible]飞去。[illegible]。

小 雪

日期：

农历十月初四；公历十一月二十二日

时辰：

戌时二十时二十五分

天况：

阴，有小雪

气温：

3℃～ -6℃

风力：

二三级

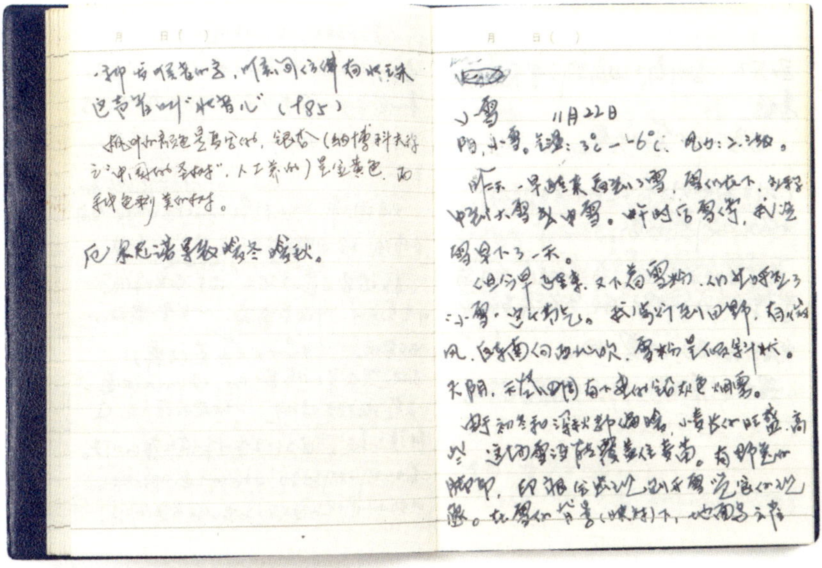

月　日（　）

[illegible]，[illegible]（185）

[illegible]是最富变化的，银杏（纳博科夫称之"中国的圣树"，人工栽培）是金黄色，而[illegible]美的树叶。

[illegible]

月　日（　）

小雪　11月22日

阴，小雪。气温：3°C—-6°C。风力：2-3级。

昨天一早醒来看到了雪，[illegible]中到大雪或中雪。[illegible]雪只下了一天。

今天早上起来，又下着雪粉，[illegible]小雪，[illegible]。我[illegible]到田野，有微风，自东南向西北吹，雪粉呈[illegible]状。天阴，天空四周有一层淡淡的铅灰色烟雾。

[illegible]，小麦长得旺盛，高处[illegible]覆盖住麦苗。有野兔的脚印，[illegible]。在雪的背景（映衬）下，也[illegible]

大 雪

日期：

农历十月十九；公历十二月七日

时辰：

申时十六时二分

天况：

晴

气温：

-1℃～ -9℃

风力：

四五级间六级

冬 至

日期：

农历十一月初四；公历十二月二十二日

时辰：

巳时九时三十八分

天况：

晴

气温：

10℃～ -1℃

风力：

一二级

小 寒

日期：

农历十一月十九；公历一九九九年一月六日

时辰：

寅时三时零分

天况：

晴

气温：

4℃～ -9℃

风力：

四五级

大 寒

日期：

农历十二月初四；公历一九九九年一月二十日

时辰：

戌时二十时十六分

天况：

晴

气温：

2℃～ -9℃

风力：

二三级

第二辑

上帝之子

去看白桦林

我常常这样告诫自己，并且把它作为我生活的一个准则：只要你天性能够感受，只要你尚有一颗未因年龄增长而泯灭的承受启示的心，你就应当经常到大自然中去走走。

我去看白桦林时，是在秋天。秋天旅行是一种幸福，木草丰盈，色彩斑斓，大地的颜色仿佛在为行者呈现。世界上有许多事物，往往是一种事物向另一种事物转化时的过渡。它们由于既不属于前者，又不属于后者，便获得了自身的独立价值；它们由于既包含了前者，又包含了后者，从而更加饱满和丰富。黎明和黄昏比白昼与黑夜妩媚，春天和秋天比夏天与冬天灿烂。当我试图描述所见的一角山隅或一片滩地，我感到了人类语言的虚弱和简单。俄国诗人蒲宁说："诗人不善于描写秋天，因为他们不常描绘色彩和天空。"可供诗人选择的文字仍然有限，许多词汇还有待我们创造出来。

我平生没有实地见过白桦林。但我从内心深处感到，在白桦与我之间存在着某种先天的亲缘关系，无论在影视或图片上看到它们，我都会激动不已。我相信，白桦树淳朴正直的形象，是我灵魂与生命的象征。秋天到白桦林中漫步，是我向往已久的心愿。我可以想象，纷纷的落叶像一只只鸟，飞翔在我的身旁，不时落在我的头顶和肩上。我体验这时的白桦林，本身便是一群栖落在大地上的鸟，在一年一度的换羽季节，抖下自己金色的羽毛。

我是走了几个地方后，在围场北部的“坝上”找到它们的。这里的节气远远早于北京地区，使我感到遗憾的是，白桦林的叶子已经脱尽。尽管我面对的是萧瑟凄凉的景象，我也没有必要为白桦林悲伤。在白桦林的生命历程中，为了利于成长，它们总会果断舍弃那些侧枝和旧叶。我想我的一生也需要这样，如果我把渐渐获得的一切都紧紧抓住不放，我怎么能够再走向更远的地方？

在落满叶子的林间走动，脚下响着一种动听的声音，像马车轧碎空旷街道上的积水。当我伸手触摸白桦树光洁的躯干，如同初次触摸黄河那样，我明显地感觉到了温暖。我深信它们与我没有本质的区别，它们的体内同样有血液在流动。我一直崇尚白桦树挺拔的形象，看着眼前的白桦林，我领悟了一个道理：正与直是它们赖以生存的首要条件，哪棵树在生长中偏离了这个方向，即意味着失去阳光和死亡。正是由于每棵树都正直向上生长，它们各自占据的空间才不多，它们才能聚成森林，和睦安平地在一起生活。我想，林木世界这一永恒公正的生存法则，在人类社会中也同样适用。

一九八八年四月

秋天的大地

秋天，大地上的果实在等待人们去收获。看到这一点，我便想起无私的奉献和给予，我便不能不为在这世界上时时呈现的崇高品质所感动。我应当走到土地里面去看看，我应该和所有的人一道去得到陶冶和启迪。

艳阳高照，我走在几种声音中，路旁树上蝉儿的嘶声时起时止，远处田中荡漾着犁地拖拉机的轰鸣。在这收获的季节，在这生命做最后奋争的时刻，如果想寻找宁静，只有走进我的心中。

沿路我观看着各种将要枯槁的植物，在结籽的草丛间，不时浮现出绚丽夺目的花朵。金黄的花盘状的向日葵和浅蓝的碟形的菊花，乳白的阔叶曼陀罗花，生在低洼地带粉色的水色蓼花，各种颜色的牵牛花……它们争妍斗艳，仿佛把春天带进了秋天，似乎在启示人们收获时节要将思念播种。

第一场秋风已经刮过了，所有结满籽粒和果实的植物都把充实的头垂向大地，这是任何成熟者必至的谦逊之态，更是对哺育了自己的大地一种无言的敬仰和感激。

田野变得豁朗起来，裸露出蔓草、庄稼茬和褐色的泥土，忙碌的农民把谷物运进庭院。他们拿着家什一次次走向田里，仿佛是去为一头远途而归的牲口卸下背上的重负。我注视着刈过了的土地，油然想到生产后的母亲，它就要休息。这是劳作后获得的恬静的歇息，它将在赖其生存的农人的关怀与冬日融融的阳光的爱抚下，静静地睡去，直到春风在它的梦里刮起。

一九八八年十月七日

从汤旺河到黑龙江

——边防检查站一日

这是我一九八七年八月的一次旅行。

我的目的地原是小兴安岭。我是到了小兴安岭深处的“森林之城”伊春后，才萌生去看黑龙江的念头的。从地图上看，这条钻入小兴安岭的铁路，终点在乌伊岭。乌伊岭距黑龙江边的嘉荫，已经很近。在乌伊岭的前一站汤旺河，有一条公路线与嘉荫相连。

我决定动身。

蒸汽机头牵引的老式硬座客车（还是我从哈尔滨来时的那次），晨五时从伊春开出，继续喘息北上。上午近十时到达汤旺河。在铁路沿线，散布着许多大大小小的林业工人定居区，汤旺河即是其中之一。汤旺河坐落在一片起伏平缓的谷地，它的密密匝匝的房子正向山坡涌去。汤旺河之名，得自一条自北向南纵贯小兴安岭的河。火车北上时，即溯河而行，未离它的左右。像我要去的嘉荫曾叫“朝阳”一样，汤旺河也曾有过一个趋时的名字：“东风”。至今，当地人仍习惯这样称它。

汽车站与火车站毗邻，每天只有一班车开往嘉荫，发车时间特定在这趟火车到站之后。在伊春和来时的火车上我都打听过，现在去黑龙江边已不像前些年那么困难了，因此当我看到在售票口贴着“去往边境地区，购票须持边境证”的通告时，我一时有些不知所措。我问周围的人，到哪儿去开边境证。他们说应该出来时在当地公安局办理，也可去汤旺河的公安机关申请。又有人说，只要有居民身份证就行。我找出身份证和工作证——我全部的证件，与钱一并递给了售票员，她看也未看便将票撕给了我。

漂亮的大“黄海”开过来了（我在各地旅行时发现，无论多么偏僻的地区，长途车都不错）。我的旅程，继续进行。车向东北方向行驶，沿途没有居民，只有树木。半个小时后，它忽然停下了。刚刚还野性十足的“黄海”，现在规矩地停在了一根醒目的红白相间横杆前：这里就是边防检查站。

事情的出现，比我预想的早得多，因为这里距黑龙江还很远。

一个戴着“检查”袖标的执勤士兵上来了，他按例从前至后逐一检查乘客证件。有人因为证件不全或有疑点，而被命令下车。终于轮到我了，士兵接过我的两证看了看，沉默了一瞬，然后说：“你下去，到岗楼去一趟。”我问还能不能再上来，他说可以。当我起身向外走时，他又叫我带上所有的东西。我很平静，仿佛这是我期待已久的结局。

岗楼立于路旁，呈四方形，两层。里面设置简单，一副陈旧的桌椅，一张可睡两人的粗拙木床，破损的四壁空空荡荡。桌前坐着一位佩戴“值班员”臂章的带班军官，从车上下来的人乱糟糟地围在他面前。这些乘客基本都是当地居民，他们因各种原因未带边境居住证。军官挨个问清每个人的详细地址、工作单位，也让他们说说当地行政长官或公安局局长的姓名，以及其他能证明他们是本地人的事情。依次在出入边境地区登记簿上登记后，这些人获准上了车。

完成检查任务的执勤士兵都从外面进来了。此时，查验完所有人的值班军官在看我的证件。他说：“居民身份证只适用于内地，在边境地区不起作用。”他问我到嘉荫去干什么，为什么没办边境通行证。我说我是假期到小兴安岭旅游来了，到小兴安岭后看到这里离黑龙江已经很近，便想趁这个机会到黑龙江看看，因为出来前并没有想到要去黑龙江，所以也没想到去公安局办理边境通行证。他们开始检查我所带的物品。旅行包内的东西全部掏出来了，没有漏过任何一处：书皮中的一页纸，分散放的钱，打开袖珍收音机后盖，拧开水壶。值班军官认为我的回答很不充分，且带着地图、照相机、收音机、水壶等前往边境，行为可疑。

这时，“黄海”的售票员进来问：他还能不能走？值班军官答：不行。售票员走了出去。

我被带进了检查站里。这是值班室，还是那位带班军官。他说同我随便谈谈。我明白，这是讯问的另一种说法而已。他问：你旅游为什么要到既无名胜又无古迹的小兴安岭来？我说我非常喜欢森林，很早就想来小兴安岭林区看看。他说长白山也有森林，而且还有天池，为什么近的地方不去，要跑这么远来呢？我说虽然都有森林，但它们的地理气氛并不一样，况且我返回时是打算到长白山看看的。他问：旅游的人都结伴，你到这么偏远的地方来为什么独自一人呢？我说我喜欢单独旅行，因为我出来主要是为写作而进行体验。他说既然为了写作，你出来几天了，为什么不见你写的东西呢？我说写作不是实录性的，并不是见到什么，就写什么，旅行主要是进行一种阅历的和审美的积累。他说那至少得记点素材吧，你怎么什么都没写呢？我说我是准备用日记的形式补记我每天的见闻的，但这需要安静的环境和充裕的时间。最后他说，通过他的观察，他觉得我的神态不大正常，且像有什么心事。

值班军官起身走了出去，一会儿，又随几个人一起进来了。其中有一位年龄稍长的军官，我想一定是检查站的首长了。果然是站长。站长宣布说："为了对你对国家都负责，在我们没有对你做彻底了解之前，你暂时留在这里。我们先给你的单位发封电报，等到电报回来后，知道有你这个人，并且不是因为什么事而出走，我们再放你。"他又对身旁的一个士兵说："小张，你陪着他。可以看书，看看电视，也可以到院子里走走。”我问是不是把我拘留了，他说不是。我说那是收容，他说也可以先这么叫。

检查站四面，环绕着小山。公路从外面拐进来，又逶迤远去。

这里很静，一个近似与世隔绝之地，仿佛要是没有路上偶尔驶过的汽车，人们会忘掉声音。

检查站的主要职责是防备内潜与外逃。从地图上看，这条路是内陆与界河黑龙江相连的几条主要通道之一。从这里到江边的嘉荫尚有一段遥远路途，汽车行驶至少也还要几个小时。因此，这条穿越莽莽林地的路，平日只过车辆，从来不走行人。这些车辆主要来自林区采伐点及江边的嘉荫镇。检查站除了对每天对开的两趟长途客车（上午汤旺河开往嘉荫，下午嘉荫开往汤旺河）认真检查外，当地经常过往的车辆，往往并不停车，鸣笛示意而过。如果货车司机室内载人，或本地的小型客车通过，只要停车说明一下即可。

与其说我被检查站收容了，不如说我是检查站的客人。没有人像对待收容者那样对待我。中午，我与官兵们一起到饭厅吃饭。大家围在一起，饭菜很简单：馒头、一盘芹菜、一盆汤，便是官兵的全部午餐。

饭后，我与站长同室午休。站长时年四十岁左右，他的身体各个方面，都很适中，他有异于一般军人的特定素养和气度。

他是温和的，他的相貌天然为他提供了一扇门，使人即使还在远处便能感到他可以接近。他是那种人们希望在任何地方都能遇见的人。站长喜欢下围棋，苦于站里没有对手，当他知道我会下时，异常兴奋。其实在围棋上，我们都是刚刚上路的人。后来，他让我谈谈对当前国家的改革形势与政策的看法。我们谈了各自的观点。话题很广泛，也涉及了文学。而此时我最关心的还是电报问题。当我提到电报时，他仿佛此时才想起这事。他命勤务员去找文书。我要求他写电文时措辞婉转一些，写完最好让我看看。文书来了。站长忽然又想起我的日记，叫人去取。日记值班军官已经粗略翻过了，站长看得很仔细。看完后，他对我说："没什么问题。有你的日记，我看不用发电报了，我们信任你。明天你可以去江边，愿意的话就住几天，然后再回来。"我说："谢谢站长的信任。"

世上有许多事物或事情，存在或发生于我们的意料之外。它们的出现，使我们的生命进程不时涌起波澜。由于它们，我们会对一生缅想不尽。

夜里我睡在了值班军官的床上，他在岗楼执勤。与我同室的是傍晚由伊春市边防局的一位参谋陪同，刚来这里报到的一名军校生。他毕业于石家庄武警学校，他的年龄与我相仿，一副适宜穿新式军服的健壮身躯，他将在这里开始他的军旅生涯。

检查站的生活舒缓、松弛、散漫，它不吹熄灯号和起床号，也不出早操。我醒来时，阳光已经照进屋里。由于有山，这里的日出是刺眼的。上午唯一的事情，似乎就是等待那趟由汤旺河开往嘉荫的长途客车。我在等，执勤的士兵也在翘首以待。这是他们每天的两件大事。长途客车开来了。检查的程序和昨天一样，今天也扣下了一个证件不全的可疑人，还是由那位值班军官带进站里审问。

告别的时候到了。我问站长，到江边还会不会有麻烦。他说不会了，万一有，只要提他的名字就行。

可以把长途客车想象成绿色海洋中的一头鲸，它在检查站浮出呼吸了一下，便又一头钻入了林木的波涛中。而这条穿越林区的简易公路，我把它看作一道来自另一世界的，残忍地留在大森林身上的刀口。我这里说大森林，其实更多地包含着我个人的一种意愿：我希望与原初一样，小兴安岭就是大森林本身。但我的小兴安岭之行，除了在五营的红松自然保护区，沿途我并没有见到一棵原始树木，大森林实际正在或已经衍变为次生林。看着这些年轻的林木，它们很像横遭洗劫后的村庄遗下的一群孤儿，紧紧拥挤在一起。它们的表情，似乎还惊恐未定。

有道路总会有些什么与人有关：林场采伐点，公路道班，站在院门口抱着婴儿的妇女，跑动的孩子和鸡，以及屋顶晃动的蓝色炊烟。仿佛随车走动的送行的人群，两旁的树木终于渐渐稀少下来，远景呈现了。

这是林木消失后的土地，辽阔无边。大片的春小麦在等待收割，它们因成熟过度而失去了光泽，它们的颜色与褐色的泥土已融为一体，一直向遥远的地平线外面伸去。这里的农业是粗略的：收获延迟，土地不整，麦田杂草丛生。与地理环境一致，一派北方的豪放景象。

当一条大堤出现在车窗左侧时，我看到了大堤之内的，湛蓝的、壮阔的、舒缓涌动的大河。我知道，这就是我向往已久的黑龙江，祖国唯一的一条依然保持本色的大江。而前方的橘黄色小镇，就是嘉荫。

这篇过长的、实录性的散文，该结束了。关于黑龙江和嘉荫的美丽与诗意，它们对我的意义，我已经写进了另一篇手法不同的散文里。那篇散文，就叫《美丽的嘉荫》。

一九八七年八月十三日至十四日笔记

一九九四年九月改写

美丽的嘉荫

踏上嘉荫的土地，我便被它的天空和云震动了。这里仿佛是一个尚未启用的世界，我所置身的空间纯粹、明澈、悠远，事物以初始的原色朗朗呈现。深邃的天穹笼罩在我的头顶，低垂的蓝色边缘一直弯向大地外面，我可以看到团团白云，像悠悠的牧群漫上坡地，在天地的尽头涌现。尽管北面的地平线与南面的地平线在视觉上是等距的，一种固有的意识仍然使我觉得，南方非常遥远，而北方就在我脚下这片地域。我的“北方”的观念无法越过江去，再向远处延伸，我感到我已经来到了陆地的某个端点。看着周围那些千姿百态的云团，每观察一个，都会使我想起某种动物，我甚至能够分辨出它们各自的四肢和面目。它们的神态虽然狰狞，但都温驯地匍匐在地平线上方，我注视了很久，从未见它们跑到天空的中央。它们就像一群从林中跑出饮水的野兽，静静地围着一口清澈的池塘。

蓝色的黑龙江，在北方的八月缓缓流淌。看到一条河流，仿佛看到一群迁徙的候鸟，总使我想到许多东西。想到它的起源，想到它路过的地方、遇见的事情；想到它将要路过的地方、将要遇见的事情；想到它或悲或喜的结局。想到法国诗人勒内·夏尔“具有一颗决不被这疯狂的监狱世界摧毁的心的河流/使我们对天边的群峰保持狂热和友善的河流”（《索尔格》）的颂歌诗句。河流给我们带来了遥远之地森林和土地温馨的气息，带来了异域的城镇与村庄美丽的映象。我常常想，无论什么时候来到河流旁，即使此刻深怀苦楚，我也应当微笑，让它把一个陌生人的善意与祝福带到远方，使下游的人们同我一样，对上游充满美好的憧憬和遐想。

嘉荫仿佛是一个蹲在黑龙江边上的猎人，它的背后，是莽莽苍苍的小兴安岭。我不了解嘉荫的历史，不知道它诞生的时日和背景，我所看到的是一座美丽清静的河边小镇。走近它，我感到很温暖。这温暖的感觉，不仅来自它橘黄的色调，双层门窗的屋舍及每个院落的桦木段垛，更来自它温和的居民。走在嘉荫的街上，即使你的感官天性迟钝，你也会被这里淳朴的民风所打动。从人们的神态和表情我能够看出，只要你开口，他们会乐于回答你任何问题；只要你请求，他们会给予你任何的帮助。以后我还会走很多地方，但这样令人感动的地方，我将终生难忘。

在嘉荫江岸的堤下，汛期过后，便裸露出一片狭长平坦的沙滩，积满沙砾和细屑的卵石。边民在这里网鱼、洗澡、冲涮家什，妇女们将洗净的衣物晾在光洁的石子上，拖运原木的江轮停泊在一旁。在江水遥遥的对岸，散落着一簇醒目的白房子，阔大方正，它们沿江而列，仿佛在同此岸的嘉荫小镇相互呼应。那里偶尔会传过几声狗吠或若断若续的歌声。一种浓郁的家园氛围，一种和平的生活气息，弥漫在河水两岸的寥廓空间。

嘉荫，这是一个民族称作北方而另一个民族称作南方的地方。站在黑龙江岸，我总觉得就好像站在了天边。对我来讲，东方、西方和南方意味着道路，可以行走；而北方则意味着墙，意味着不存在。在我的空间意识里，无论我怎样努力也无法形成完整的四方概念。望着越江而过的一只鸟或一块云，我很自卑。我想得很远，我相信像人类的许多梦想在漫长的历史上逐渐实现那样，总有一天人类会共同拥有一个北方和南方，共同拥有一个东方和西方。那时人们走在大陆上，如同走在自己的院子里一样。

一九八八年八月十三日初记

一九九〇年十月四日改定

库车笔记

我到达库车那天，是八月十二日。西域的太阳似乎永不降落，已近傍晚，阳光依然明亮，普照万物。

库车位于天山南麓，塔里木盆地北缘。汉为西域古国龟兹所在地，元代又称苦叉、库彻，清代定名库车。它地处南疆交通要冲，当年曾是丝绸之路重要的中途补给站，繁盛一时。今日库车，由老城和新城两部分组成，两者相距约一公里。一个是它的历史，它往昔的全部故事；一个是它的现在，它的不可估量的未来。面对泾渭分明的两城，让我想起“岁月更迭”“人间沧桑”这些含义深邃的词语。

老城在南，坐落在库车河畔。昔日的古渡原址，已建起一座大桥。大桥两端高耸着阿拉伯风格的巨型拱门，拱顶两面分别用维吾尔族和汉族文字书写“龟兹古渡”“团结大桥”。走进老城，库车展现了它古老迷人的历史风貌：新月高扬，雕花木门永远敞开的清真寺；适宜中亚地理，青青葡萄藤荫蔽，美观的维吾尔族民居；真主在心，神情虔诚，路遇相互施礼的穆斯林；四乡汇集，香郁满城的瓜果摊点；富于民间色彩，体现人类古老技艺的众多手工业作坊；踏地有声，碎步疾行的毛驴小车；眼睛明亮，赤脚满街奔跑的巴郎（维吾尔族儿童）……看着这里的一切，我能够想象库车悠远的过去，想象它如何在时代变迁中，把自己原初的面貌保持至今。我想，生活是一位旅人，无论他走了多久，都会携带保障他继续前行的那些基本物品。

在旧城一角，矗立着库车大寺，气宇轩昂，远近驰名。它是库车的一个标志，一种象征。这是一座别具特色的清真寺，它的外形和新疆一般所见的不同，全寺由棕黄的雕纹花砖建成，细致精巧，仿佛黄金所筑。它的南欧摩尔王朝时代的建筑风格，表明文化在商业、友谊和战争中的广泛传播。

新城在北，千里乌喀公路从它面前穿过。它是库车新生活的基础和开端，街道宽敞，市容整洁，蕴含发展的巨大潜能。在新城街头，我遇到两个来中国旅行的日本学生，三村昌良和西村健次。当时我们有一共同目的，去苏巴什古城。在一个懂汉语的维吾尔族兄弟帮助下，我们租了一辆轻便四轮马车，驭手是个十五六岁的维吾尔族少年。古城位于库车东南，距离二十余公里。马车在广漠戈壁颠簸了近六个小时，中途还遇上一阵短促风雨。我问三村昌良为什么来新疆，他说要看看中国古代的丝绸之路。我问他们对中国最大的印象是什么，回答是国土广大，百姓亲热。

苏巴什古城，又称昭怙厘大寺。它并非一座古代城池，而是魏晋时代的佛寺遗址。现在这里只是一片黄土夯成的残垣断壁，从遗迹的规模，可以想象昔日寺院的宏伟壮观。昭怙厘大寺遗址和位于库车地区的克孜尔尕哈千佛洞、库木吐喇千佛洞，以及散布于新疆其他地区众多的千佛洞，表明佛教在历史上曾是西域诸国所信仰的主要宗教。伊斯兰教的最早传入，始于公元七世纪中叶，那时阿拉伯人在葱岭打败了唐军。但是，一种信仰在人的心灵上最终取代另一种信仰，依靠的绝不仅仅是剑与火。

一九九〇年十二月

原载《中国引进报》一九九〇年十二月二十五日

天边小镇

即使在新疆，且末也是最遥远的地方。

从首府乌鲁木齐到且末，就是走尉犁、若羌这条近路，也要三天时间，并有车陷沙淖的危险。环绕塔里木盆地外围的大公路，从尉犁到民丰的东半部路段，依然很原始、简陋，沿途时时遭到沙漠侵袭。所以去南疆一带的车辆，大多宁绕行阿克苏、喀什、和田一线。如此，到达且末至少需要六天。

且末，南邻昆仑雪山，北临塔克拉玛干沙漠。这天堂地狱相列般的地理位置，使它万劫不复地处于一种永久的恩泽与威慑之间。

新疆南端是我所知道的天下最奇异、最动人的地域。昆仑山，四方众生的伟大父亲。它的北麓，雪水顺势奔涌，汇成道道河流，直至神秘地在大漠内失去踪迹。在雪水流经的地方，由西向东，始于喀什终于若羌，形成一线雪山与沙漠间的大大小小绿洲。它们是西域严酷大地不灭的魂灵，是站在死亡之海岸上微笑的生命。远古时期，漂泊的人类在此安顿下来，以天赋的无穷毅力承受辛劳与艰难，终年不竭的雪水把他们养育至今。

且末为众多绿洲中的一个，在漫漫岁月里，孤立无助地演进自身的历史行程。这里是世界安静的一角，容纳着深爱劳动与和平的人们。它显现的祥和的面貌，我可以肯定，会使所有到来的人惭愧地放弃仇恨。

西域位在欧亚大陆心脏，远离海洋。西域的一切，都令人联想到火和太阳。夏天的且末，辉煌光明。它的绿色，照耀着四周燃烧的沙漠。高大的白杨，遍布镇上。它们挺拔的躯体，使小镇对命运满怀信心，它们是小镇在沙漠与太阳中生存的守护神。

且末也许是神作为标准安放在人间的一座小镇，它的存在，让我们这个喧嚣的商业世界感到卑微，走在树荫满地的街上，我觉得小镇有种使一切复原的力量。我没有遇到汽车，没有见到高耸的烟囱，甚至没有听到一声蝉叫（这里夜晚也没有蚊虫）。小镇的生活，在依照它自己的意愿和信念，平静地运行。

小镇很小，只有两条主要街道，在镇中相交，它们是小镇的骨骼。站在十字街心，向四个方向望去，便可看到镇外在阳光的火焰中幻动的沙漠风景。我注意到，小镇人在街上相遇，大都要伸出双手握在一起，亲切地交谈几句，而后各自去做自己的事情。这一小镇每时每地都会发生的现象，让我大为感动。

我把这寻常的一瞬，看作是小镇的灵魂。

在小镇看久了，就感觉小镇本身的确也有生命，它有一个天造地设的适应沙漠环境的肌体。小镇上的阳光，像金属一样。但走进阔大的树影，看外面锐利的阳光也是可爱的。在小镇，大街小巷两旁都有雪水流动。长途跋涉的灰色雪水，给被火焰围困的小镇，带来了雪山的声音。街巷里的泥土，似乎永不凝固，一阵风刮来或光脚的娃子跑过，都会腾起一股烟尘。为此，小镇人不时走下门前的木桥，提起雪水洒在街上。他们的勤恳，保持着整座小镇的湿润。

小镇人感激雪山，雪山离他们还很远。小镇人懂得沙漠，但他们从不深入沙漠。小镇同雪山沙漠的关系，是世界上最微妙最难言的一种关系。

我想：只要有水、一块土地及勤劳，不管在什么地方，不管在地球的哪个角落，人类也会把它改造成庄稼连片的家园。年年岁岁，当他们看到自己的技艺和辛劳化作了收获，看到自己的后代生龙活虎地长大成人，看着日子向合乎自己心愿的方向发展，这个时候，便是人类所处的最幸福的时光。

离开小镇时，车上一个到库尔勒上学的学生告诉我，且末原址并不在此地，而在北面的沙漠中。二十世纪上半叶，有着悠久往昔的且末被沙漠逼迫南移。新址距旧址五十余公里。

现在，面对塔克拉玛干魔鬼的进逼，为了护卫新的家园，小镇人终于表现出了潜在的胆量和勇气。他们在沙漠前面设下屏障，第一道布草网，第二道植柽柳、沙枣及胡杨。他们用人类的气魄和智慧，止住了尾随而来的饕餮般沙漠，为自己在自然那里争得了安宁与生存的权利。当我在车上看到那赫赫的防沙网时，我很想复述这两行英雄性的诗句：

土地说：我要接近天空
于是，山脉耸起

人说：我要生活
于是，洪水退去……（江河）

一九九〇年八月二十二日笔记

一九九一年五月改写

放蜂人

放蜂人是大地上寻找花朵的人，季节是他的向导。

一年一度，大地复兴的时候，放蜂人开始从他的营地起程，带着楸木蜂箱和帐篷。一路上，他对此行满怀信心。他已勘察了他的放蜂线路，了解了那里的蜜源、水源、地形和气候状况。他对那里蜜源植物的种类、数量、花期及泌蜜规律，已了如指掌。他将避开大路，在一座林边或丘旁摆下蜂箱，巢门向南。他的帐篷落在蜂场北面。

第一束阳光，满载谷粒的色泽和婴儿的清新，照到蜂场上。大地生气勃勃，到处闪亮。蜂群已经出巢，它们上下飞舞，等待着侦察者带回蜜源的消息。放蜂人站在帐前，注视着它们。他刚刚巡视了蜂场，他为蜂群早晨的活力，感到兴奋。他看蜜蜂，如同看自己的儿女，他对它们，比对自己的身世还要熟悉。假若你偶然路过这个世界一隅，只要你表情虔诚，上前开口询问，他会热心给你讲蜜蜂的各种事情。

放蜂人在自然的核心，他与自然一体的宁静神情，表明他便是自然的一部分。每天，他与光明一起开始工作，与大地一同沐浴阳光或风雨。他懂得自然的神秘语言，他用心同他周围的芸芸生命交谈。他仿佛一位来自历史的使者，把人类应有的友善面目，带进自然。他与自然的关系，是人类与自然最古老的一种关系。只是如他恐惧的那样，这种关系，在今天的人类手里，正渐渐逝去。

放蜂人或许不识文字，但他像学者熟悉思想和书册那样，熟悉自然，熟悉它的植物和大地。他能看出大地的脉络，能品土壤的性质；他识别各种鸟鸣和兽迹，了解每样植物的花事与吐蜜的秘密。他知道枣树生长在冲积土上，荞麦生长在沙壤上，比生长在其他土壤上流蜜量大；山区的椴树蜜多，平原的椴树蜜少；北方的柳树流蜜，南方的柳树不流蜜。他带着他的蜂群，奔走于莽莽大地。南方的紫云英花期一终，他又匆匆赶到北方，那里，荆棵的蓝色花序正在开放。他常常适时溯纬度而上，以利用纬度之差，不失时机地采集生长在不同地区的同一种植物的花蜜。

“蜜蜂能改变人性。”这是放蜂人讲的一句富于文化色彩的话。如果你在蜂场待上一天，如果你像放蜂人那样了解蜜蜂，你会相信他的这个说法。

我把放蜂人讲的关于蜜蜂（主要指工蜂）的一生，记在这里：一日龄，护脾保温；三日龄后，始做清理巢房，泌蜡造脾，调制花粉，分泌王浆，饲喂幼虫、蜂王和雄蜂等内勤工作；十五日龄后，飞出巢外，担负采集花蜜、花粉、蜂胶及水等外勤重任；三十日龄后，渐为老蜂，改做侦察蜜源或防御敌害的事情。当生命耗尽，死亡来临，它们便悄然辞别蜂场，不明去向。

这便是蜜蜂短暂的一生，辛劳不息，生命与劳作具有同一含义。放蜂人告诉我，在花丛流蜜季节，忘我的采集，常使蜜蜂三个月的寿命，降至一个月左右。它们每次出场，要采成百上千朵花的蜜，才能装满它们那小小的蜜囊。若是归途迷路，即使最终饿死，它们自己也不取用。它们是我们可钦可敬的邻居，与我们共同生存在这个世界上。它们体现的勤劳和忘我，是支撑我们的世界幸福与和睦的骨骼。它们就在我们身边，似一种光辉，时时照耀、感动和影响着我们，也使我们经常想到自己的普通劳动者和舍生忘死的英雄。

放蜂人是世界上幸福的人，他每天与造物中最可爱的生灵在一起，一生居住在花丛附近。放蜂人也是世界上孤单的人，他带着他的蜂群，远离人寰，把自然瑰美的精华，源源输送给人间。他滞于现代进程之外，以往昔的陌生面貌，出现在世界面前。他孤单的存在，同时是一种警示，告诫人类：在背离自然、追求繁荣的路上，要想想自己的来历和出世的故乡。

一九九一年十一月至十二月

一件小事

一九九三年十一月十九日，是个令孩子们拍手跳脚的日子。这天，北京下了“立冬”后的第一场雪。这场雪彻底切断了两个季节之间的最后联系：北京真正的冬天过早地降临了。

奇迹人们早上一睁眼就看到了。这是一场近年已罕见的雪，窗外纷纷扬扬的样子，使人回忆起八十年代以前北京每年冬天下雪的情景。那时人们不像现在这样年年盼雪。

雪一直在下。下午我在书房读伯特兰·罗素的《西方的智慧》。用作者自己的话说，这是一部“从泰勒斯到维特根斯坦的西方哲学史概述”。当然，它已迥异于作者早年那部《西方哲学史》。我非常喜爱它的因素之一，是书中附有大量哲学家肖像及其他一些事物形体的插图。作者的目的，试图以此“把通常用文字表达的哲学思想转化为图解，用几何的隐喻来传递同样的信息”。这给这部关于哲学和哲学家的著作，带来了无上的活泼和诗意。

让我再次想起雪的，是楼下隐约传来的铲雪声。我走到阳台。雪已基本停了，下面一位老妇在铲雪。我忽然感到很不安，仿佛世界上最重要的事情此时被我颠倒了。我走下楼，想接过老人手里的铁锨。她执意不肯。她说：“你们年轻人都有事，去忙你们的吧，我们这老的能干什么就干点什么了。”她的话简单、平常，随口而出，却直抵我的心里，令我感动。我对这位老人满怀敬意。我知道，这样的话，于今已很难听到。我甚至觉得，我此时听到的这句话，比任何书上的格言都要伟大。

她想把雪从楼区一直铲到五十米以外的路上。我接过她的铁锨。雪经出入的居民践踏，已很坚实。在铲雪中，我知道了她的一些情况。她是一个搬迁的农户，今年已七十岁，新兴的高科技产业开发区，迫使她离开土地，来到这个一切对她都很陌生的环境里。她的子女各在他处，她孤身一人，在此独居。她告诉我，她的三间瓦房，数间土房，几十棵树，换来这里的一套两居室楼房，另外还要再交四百元钱。她有些想不明白。她把我视作“政府”的人，让我给她评评这个理。

这是一位因世事而正怀有某种怨言的老人。但怨言并没有改变她，没能阻拦她雪后依旧拿起铁锨走出她的家门。我明白，在她看来，铲雪本是一件很小的普普通通的事情。但这件小事却使我难以平静。我注意了，雪后在整座小区，这位来自乡下的七十岁老人，是唯一出来铲雪的人。在第二天的北京电台早间播音中，我听到了关于对“扫雪”的呼吁，听到了节目主持人对诸如“过去人们对各人自扫门前雪的做法尚有非议，今天日益舒适的人们连门前雪也不扫了”等种种现象的议论。

写这篇短文的时候，我曾想过几个篇名。但都觉不够恰当和理想。我的确想到了鲁迅先生那篇尽人皆知的同题作品，并找出看了数遍。我写时，《呐喊》就摆在我的面前。我当然自知，我的短文无法与先生的不朽之作相提并论。但我在此敢说，写这篇短文时，我的心情与先生当年完全相同。

一九九四年二月

观《动物世界》

一

一生能捕捉九千只蚜虫的农业警察瓢虫，有个大敌。出乎我们意料的是，这个大敌竟是貌似与瓢虫风马牛不相及的蚂蚁。在蚂蚁和蚜虫之间，原来存在着一种秘密的互惠关系：蚜虫供应蚂蚁充足的粮食（它们进食时排泄的一种含有糖分的分泌物），蚂蚁充当蚜虫忠实的卫士。一旦瓢虫接近蚜虫，就会遭到这个下作的既得利益者拼死攻击。由于蚂蚁的庇护，许多庄稼的罪犯未能受到应有的惩处。

二

獴以头小闻名。它们没有前额，眼睛几乎高过头顶。它们是那种只有了解了其行为和习性，才能使我们喜爱的动物。獴有一个友爱互助的集体，每次外出觅食，总有三两只獴自告奋勇争做哨兵。它们占据制高点，后肢挺立，头不懈地左右转动。它们的头似乎能转三百六十度。獴以蛇、蝎子、蛙及鼠等为食物，它们自己也被狐狸和鹰列进了食谱。单枪匹马的獴，最终难逃饿死的命运。面对陆地和天空的立体袭击，它觅食与警戒无法兼顾。当两群獴不期而遇，看它们各自的神情，仿佛对方是自己更大的敌人。

三

如果蝎子与蜈蚣争斗，双方顶多打个平手，因为它们各自的毒对对方都不起作用。听着解说员出色的解说，我忽然想到前些年北岛那两句广为人知的诗：“卑鄙是卑鄙者的通行证／高尚是高尚者的墓志铭。”蝎子与蜈蚣的战事和诗的双重启发，使我随手写下这样两句话：卑鄙对付卑鄙常常失灵，卑鄙对付高尚往往得逞。

四

假设动物世界亦搞评选，企鹅的头上至少要戴两顶桂冠。其一，它们是世界上最不畏寒的动物；其二，此项与它们的善良过度有关。前者人所共知，后者几句话也可说明，即在企鹅生儿育女期间，大摇大摆出入它们家园的贼鸥，可以无所顾忌地抢走它们的蛋，它们既不奋起抗击，也不表示愤怒，完全视若无睹。多少代过去了，企鹅的善和不幸丝毫没有感化贼鸥。

五

这则随笔的主人公背着一个使其蒙羞的学名：鸨。这个字既形体猥琐，发音沉闷，也易使我们联想到旧时开设妓院的女人。鸨，鸟纲、鹤形目、鸨科，体比雁略大，朴素无华。同其他弱小一样，鸨以植物和躲避为生。孵卵育雏是鸨一生最险恶的时期，它废寝忘食，片刻不敢放松警惕。当它看见狐狸远远朝这个方向走来，便立即起身暴露自己，装作伤残的样子，引开狐狸。幸亏狐狸没有狡猾到识破鸨的计谋的地步。谢谢公正的造物主！

一九九三年九月

上帝之子

在所有生命里，我觉得羊的存在蕴义最为丰富。

“你们要防备假先知，他们到你们这里来，外面披着羊皮，里面却是残暴的狼。”羊自初便位于对立的一极，它们草地上的性命，显现着人间温暖的和平精神；它们汇纳众厄的懦弱躯体，已成人类某种特定观念标准的象征和化身。

羊，仿佛天然的牺牲和祭品，宗教看中的牲灵。从古老的犹太人起，它们即被选出，开始承负自己壮烈的替罪使命（古犹太人为了安抚旷野邪灵阿撒泻勒，每逢赎罪日要抽签选出一羊，将其牵到耶路撒冷城外绝崖上抛下，以带走全族所犯罪愆）。

那从上帝所在差来，为作见证的施洗约翰，指着行走的耶稣告诉两个门徒：“看哪，这是上帝的羔羊，除去世人罪孽的。”罪和死从亚当一人入了世界，恩典和永生要借着耶稣基督的牺牲丰盛地莅临人间。上帝拯救世人，通过他的儿子的生、死和复活而实施。“我们借这爱子的血，得蒙救赎，过犯得以赦免。”这里，基督和羊的前定舍身命运，奇异地相同。它们自身，也被圣经直率无碍地并列在一起。

过去，我称羊为恶的承受者。在我亲眼看了它们近乎自觉的赴难情形后，我开始感到，它们的生命，有着某种人所不解的神性。我觉得我应把它们看作基督之后的，仍存尘世的“上帝之子”。

一九九〇年夏，我去新疆旅行，在南疆的于田和民丰，我看到了羊现代受难的全部过程。

在于田的巴扎（波斯语：市集）一角，清晨，走了一夜的牧羊人已从很远的牧场把羊领到这里。有山羊，有绵羊，白羊驯善，黑羊庄重。它们在冥冥预感中，同命相依地挤在一起。这个僻静的角落，专做羊的交易。太阳上升的时候，巴扎上的羊商开始汇聚。这是一些将羊买进，将肉卖出的悠久生意人。他们进入羊群，随心挑拣、估量。羊群晃动着，涌来涌去，但没有一只羊，肯逃离这不设围栏的凶险场所。经过几番价格往还，在中介人的撮合下，买卖双方最终伸手相握，表明交易做成。我手里有几张现场照片，可以清晰看到交易完毕的羊商，左手拖只山羊，右手拖只绵羊，未做任何绑缚，顺利离开那里的图景。羊放弃了它们头顶的武器，它们被倒拽着，前蹄划地，一路将干燥的尘土带起。

我没有在于田看见屠场。到了空旷的民丰，我才发现，原来屠场就隐在巴扎后面。在此我第一次真正懂得了，羊意味什么。我的所见，令我吃惊。

两个孩子，徒手赶来一只高大的公羊，走进屠场。血腥气息的突然刺激，使公羊警醒。它本能地转身欲退，一个孩子伸手一拦，又使它恢复了镇定。它走到悬挂同胞尸身的横梁下，一个屠师猝然将它扳倒，头扭向血坑，然后操刀。它没有踢蹬，没有挣扎，甚至没有哀叫，它承受着，大睁柔弱的、含义深远的眼，阵阵抽搐的壮硕身躯，渐渐平静。这位屠师用生涩的汉话，自豪地告诉我：他杀好一只羊，从屠宰、剥皮，到掏出内脏，不会超出十分钟。

新疆的这幕，刻进了我的脑子，我终生难忘（我无意为写作本文在此尽兴渲染、夸张，或营造神秘气氛）。它时常让我想起人类尚未放弃的一种脆弱努力。植根于文明之上，为基督孜孜倡导与传扬，成为世代圣贤最殷切声音的宽宥与忍让精神，在崎岖的历史上，终于演变为自觉的非暴力主义。这个被列夫·托尔斯泰喻为“构成人类共同生活的全部学问的拱顶”的非暴力主义或不对抗说，除了受到少数前贤、信徒的尊崇与践行，始终难于在整个人寰普及。令我感慨的是，通过羊的生命，它得到了最为极端的体现。

非暴力主义也许是有史以来令世人最难以理喻和接纳的一种主张或思想。自新疆之行后，我一直试图追溯它的渊源，理解它的根基。从“以眼还眼，以牙还牙”（《旧约》）的血腥公理，到“要爱你们的仇敌，为那逼迫你们的祷告”（《新约》）的自我牺牲，我看到一个伟大的心灵张开了，它祈望以爱容纳和化解人间的一切事情（托尔斯泰认为，基督教不是神学，而是对于生活的崭新理解）。当人类终于醒悟暴力不能彻底根除暴力的时候，它开始尝试另外的办法。我把这看作人类精神衍进中的一次伟大变革，它的意义不会亚于火的使用和文字的诞生。

在西方，非暴力主义与反殖民主义、反种族主义一并被称作二十世纪三大重要革命（托尔斯泰是现代完整阐述非暴力主义思想的第一人，他的思想影响并引发了二十世纪的两大非暴力主义运动。在托尔斯泰的著作中，可以看到非暴力主义思想的理性根基：报复和以恶还恶是增加恶。减少暴力这种恶的唯一办法是在任何情况下都不使用暴力）。这里，特指“圣雄”（意为伟大的灵魂）甘地倡导的印度“非暴力抵抗运动”，及继起的马丁·路德·金领导的“美国黑人民权运动”。与历史的细节一致，两位崇高的非暴力主义促进者与践行者，最终还是死于他们毕生不以暴力对抗的罪恶暴力。这近似必然的悲壮结局，使广大的普通民众对非暴力主义试图通过自我受难与牺牲（一个信奉非暴力抵抗的人，是天生要受人欺负的。——甘地），从而融化人性坚冰的光辉努力，始终存有异议。

当人围绕诸如“施恶”与“受恶”建立自己的尺度与法则，并于此争战不已时，在更大的背景下，我看到神沉默不语。它有自己的公正，它以一种人所不见的大的循环，保持着万物的终极平衡：草食泥土，草被草食者食；肉食者食草食者，肉食者被泥土食。在这样的前定秩序面前，任何狭隘的自诩强大与得胜，都将遭到它的蔑视或取笑。

从海洋来的雨，还要被河流带回海洋。那吃草的，亦被草吃；那吃羊的，亦进羊的腹里。

一九九二年七月初写

一九九三年十二月改定

鸟的建筑

鸟巢是鸟的建筑。和我们盖房子不同，鸟筑巢不是为定居。鸟只在繁殖期筑巢。

营巢是鸟的本能和天性，但不是所有的鸟都自行营巢。比如啼叫美妙，声音与农业关联的杜鹃，即是一个尽人皆知的典型。它们的“鹊巢鸠占”的强盗行径，即使在客观化的鸟类学家笔下，也常常受到道义上的指斥。杜鹃有一种其他鸟类都不具备的特异本领，它能使自己的蛋在颜色、形状和大小上，与宿主的蛋完全相同，并可随各地宿主的变化而改变。其以假乱真的程度，让敏感的宿主毫不觉察。当它把蛋产进或衔入宿主（往往是苇莺）的巢后，随之发生的必然是，先行孵出的杜鹃雏鸟要将宿主的蛋或雏鸟全部挤出巢外，以独享义亲哺养。这便是我们情感上难于宽恕杜鹃的地方。

我所知道的不自营巢鸟，还有北方凶悍的红脚隼，在这方面，它以欺负乌鸦闻名。在民间被称作“老鸹翠”的三宝鸟，亦时常露出觊觎鹊巢的流氓习性。而且只要它去侵占，总能在厚道的喜鹊那里得逞。

不营巢鸟，这里还可举出一位。可取的是，它从不贪慕别鸟之巢。它把蛋无所顾忌地直接产在地面、岩上或丛薮间，不做任何铺垫。对它我们至多说，这是鸟类中彻头彻尾的懒汉。它昼伏夜出，羽似枯木。它有一个十分典雅的学名：夜鹰。不过，并非备受西方诗人赞颂的那种。

鸟类学家依据鸟巢的位置和性质，把鸟巢分为地面巢、水面巢、洞穴巢、建筑物巢和编织巢等几种类型。

地面巢大多简单、随便，往往仅在地面凹处略敷草物即告完工。这种巢，主要由雉、雁、鸭、鹤等笨拙的大型鸟类所为。出乎我们意料的是，像云雀、百灵、歌鸲、画眉，这些名字美丽、叫声动听的玲珑小鸟，也在地面营巢。当然，它们的巢编织得都很精致。这是些疏于林木，常年出没在旷野，为土地处处留下歌声的可爱精灵。在水面营巢的鸟屈指可数，能够列举的只有游禽中永不上岸的䴙䴘和涉禽中善游的骨顶鸡与董鸡。它们借助水生植物搭造的可随水面升降的盘状浮巢，风险最小。洞穴巢包括崖壁洞穴和树干洞穴两种。前者的主人主要有翠鸟和沙燕；后者居多，如椋鸟、山雀、斑鸠、八哥、鸺鹠及肮脏的戴胜等，都是天然树洞或啄木鸟弃巢的受益者。如果顺着这个行列数下去，我们还会惊讶地发现鸳鸯。应该指明的是，营树洞巢的鸟，只有攀禽中的啄木鸟和䴕，真正具备开凿本领。啄木鸟还有一种英雄秉性，即它从不使用自己往年的旧洞。利用我们的屋宇营巢的鸟（不提麻雀），主要为燕科成员，原因在于它们的泥巢无法在露天筑造。最后说到的编织巢，就是指我们观念上认定的，代表“鸟巢”这一词语本义的，由鸟类中广大的鸣禽在树上（个别在草丛或灌木基部）精心营建的巢。这是那群勤奋的鸟类艺术家呕心沥血的作品，也是我们这篇短文想要谈论的核心。

除涉禽中的鹭，游禽中的鹈鹕和猛禽中部分鹰隼（这是些在树上筑粗陋大巢的鸟）外，编织巢几乎全部为雀形目鸟类所造。它们长于鸣啭，巧于营巢，故根据分类上的说法，我们前面又称它们为鸣禽。雀形目是新鸟亚纲中种数最多的一目，其庞大数量占现代鸟类总体一半以上。

编织巢的形态，可说多姿多彩。我们易于见到的杯状巢、碗状巢、盘状巢及瓶状巢，是其中主要的几种。营哪种巢型，与鸟的科属有关。但我愿意相信，它更取决于鸟类个体的偏爱与审美因素。因此，这里无规律可循。

杯状巢是多数营巢鸟喜爱的一种巢型，像我们熟悉的伯劳、卷尾、柳莺、寿带等夏候鸟，都营此型巢。太平鸟、灰山椒鸟、乌鸫及北红尾鸲等，营碗状巢。树鹨和灰喜鹊的巢很浅，呈盘状。攀雀和棕扇尾莺的巢收口，巢体似瓶。文鸟、黄眉柳莺和“告春鸟”短翅树莺，能够营造顶部具盖，侧面开门的球状巢。更为精巧和高超的，是黄鹂和绣眼鸟的吊篮式悬巢。南方有一种富于传奇色彩的小鸟，会将芭蕉或其他大型树叶卷合，然后在叶缘穿孔，贯以丝线，缝成袋状巢。这种天才的小鸟，鸟类学家就叫它“缝叶莺”。

真正和我们的生活密不可分，在我们的视域内最为显著的鸟巢，实际是喜鹊粗糙的球状巢。这种“仰鸣则晴，俯鸣则雨，人闻其声则喜”（《禽经》）的民间吉祥鸟，同淳朴的麻雀一道，终年祥和地围绕着我们。特别是在空旷的冬天，它们的巢很像一座座村庄，醒目地坐落在原野高大的树上（每巢都有一定巢距的巢区。个别也有一树双巢现象。在北京的沙河附近，我曾见过一树四巢）。每次看到这些高耸的星罗棋布的“家”，我都很动情，我觉得这是一种世间温暖与平安的象征，是这个季节比雪与太阳升落更优美的景色。

在神造的东西日渐减少、人造的东西日渐增添的今天，在蔑视一切的经济的巨大步伐下，鸟巢与土地、植被、大气、水，有着同一莫测的命运。在过去短暂的一二十年间，每个关注自然和熟知乡村的人，都已亲身感受或目睹了它们前所未有的沧海桑田性的变迁。

一九九三年五月

进　程

两年前，我从城西北角的西环里迁到此地。这个新建的名为“水关新村”的小区，位于我所定居的这座方正的小城东南，已在城区的环路以外，深入田野。这即是一百年前比利时大诗人维尔哈伦诗中所说的，“章鱼般伸触手的城市”的景观。

我居住的这栋楼，在小区的南端。它的东、南两面，毗邻旷远的农田。整栋楼的形状，可以看作一把镰刀，刀把面南，刀背冲西。我住的这个单元，恰在刀身。我的五层的居室，一室的窗户朝西，另一室的窗户朝东。按照民间的看法，这样的房屋，均非正房。但我和我的妻子，欣然接纳了我们的新家的地位和朝向。

这是我们的能够看到日出与日落的家，这是上午和下午阳光都可以进来的家。它的东方，是工整的农田，是温暖的村庄，是树木掩映的地平线；它的西方，是大背景下的小城全景，是满目绿色的莽莽平原，是蓝色的起伏优美的环形远山（即燕山山脉的外缘）。那里就是我所称的华北大平原开始的地方。

我该如何讲述我的喜悦和心情呢？“人是诗意地居住在大地上的。”由于我新的居所，我觉得我已经离荷尔德林的真理很近。我很喜欢我生活的这块地域，我总把它与北欧联在一起，称它“天明地静”。我的一位在《文汇报》做记者的朋友，来过一次后，便深爱上了这里。他在信中告诉我：仅仅“昌平”这个名字就常常使我烦躁的心平静下来，昌平和天台山（他曾在山上的寺里住了一月）一样，对我有一种归宿感。我的居所为我提供了必要的角度和视野，使我得以每天面对它的景色。这景色常常让我忆起一些诗句，而此时我才充分领悟了它们的美妙与神奇。比如，我的视诗歌为生命的朋友，“新浪漫主义歌手”黑大春的《黄昏》：“山峰像一群迷途难返的骆驼 / 胸前佩着那只落日的铜铃”；以及被马雅可夫斯基称作“构成了一个完整的诗歌时代”的俄罗斯的伟大诗人勃洛克的《黎明》：“我信任太阳的约言，/ 我看见远方的晨曦。/ 我期待全世界的光明，/ 从春色的大地上升起”。

如果我远行两年，当我归来的时候，我将感到非常吃惊和悲伤。因为就在这短短的两年时间内，我居住的小区周围已经发生了巨变。它的东面，建起了另一片待售的商品住宅楼；而它的南面，已辟为方圆广大的“新技术产业开发区”：宽阔的道路已经铺好，一幢幢造型别致的厂房与办公大楼正拔地而起。田野向很远的地方退去。在我写作本文的前一天，我的居所西侧，一块不大的空地上，又开来了隆隆的铲车和勘测车。这块我认定会被留作花园或草坪的空地，不久也将有三栋楼房耸立。

我的视野，将尽被剥夺；我的景色，将彻底熄灭。

我知道，这种私心，有悖我的信仰；这种浪漫，更不合现代时尚。有人在指望房地产业赚钱，更多的人期待着住房的改善，而全城的人都会欢迎小城走向都市的繁荣。

这就是我所说的“进程”。我有资格说什么呢？我的居所即是这个进程的结果。我明白，我身边呈现的这个进程，仅仅是另一不可逆转的大进程微乎其微的一部分。全世界都在欢呼和促进这一进程，唯有可爱的环境保护主义者和诗人，发出了与它对立的声音：“根据条件（资源）许可来生活”（罗马俱乐部）；“如果最终导致人的损毁／那么，所有的进步都是反动和倒退”（沃兹涅先斯基）。这声音在强大的进程面前多么微弱，即使一声孩子的喊叫，也能将它淹没。

而另一个诗人，是爱琴海岸的埃利蒂斯，诗歌界亲切地叫他“饮日诗人”。他代我说：“请注意诗人的嘴唇：世界就靠它们。”

一九九四年七月

我的邻居胡蜂（一）

胡蜂即我们通常所称的马蜂，也称黄蜂。

它们是在我搬入新居三个月后出现的。六月上旬的一天，我在书房意外地发现了它们。它们的巢筑在我的书房窗外右扇窗框上端的一角，隔着玻璃，我能清楚地看到它们的建设工作。它们的工程刚刚开始，巢还很小，尚未成形，安静的工地上仅有三两个建设者。

它们没有去别的地方，没有选择四层或六层，而把巢筑在了我的窗下。我对它们的信赖，深为感动。我愿意相信这是一种纯粹的不具任何含义的偶然，但又隐隐觉得这里似乎存在着某种可以引申的其他因素。在《大地上的事情》系列随笔中，我曾指责过那种无端焚烧胡蜂蜂房的强盗行径。

我的新来的邻居，受到了诚挚欢迎。它们是我远方的客人。为了避免以后打扰它们，我做了一点微不足道的牺牲。我把这扇窗户彻底封上，在已经来临的夏季里，我的书房将只开另一扇窗。尽管这会有诸多不便，但我依然感激它们。我的给予，远远不及它们为我带来的东西。

胡蜂是昆虫世界不多的具备防卫武器的个体。它们的大名鼎鼎的武器，为卑微的昆虫赢得了外界应有的敬畏与肯定，但也因此给它们自身招致了许多莫名的厄运。很早的时候，我曾试图写一篇关于昆虫的童话，这样开始："在昆虫的美丽国度里，大家恪尽职守，一切井然有序。雄蜂是街头巡视的警察，胡蜂是边境护卫的士兵，它们装备精良，但从不主动……"的确，在它们与我们的敌对历史上，可以断定，不会有任何一次冲突真正起因于它们。

我的邻居的工程，正有条不紊地进行。坐在书房里，每天我都感受到它们带来的新鲜的原野气息。它们的巢在渐渐扩大，工地上的建设者不断增加。它们将生命中的两件大事非凡地结合起来，建设与繁殖和谐地同步推进。它们每建成一个巢间，即注进一卵。幼蜂破巢而出后，立刻便会投入工作，为新的生命继续诞生加紧建设。这一感人的过程，构成了它们完美的一生。

即使像胡蜂这样拥有锐利自卫武器的强悍生命，亦仍需倚靠它们庞大的数量，才能在布满死亡陷阱的世上不灭地延续下去。我的邻居的建设与繁殖，一直持续到九月，方悄然终止。此时，它们的巢，已碗口大小；它们的数量，浩浩荡荡。

进入十月，气温便完全主宰了它们。它们密集地覆盖在巢上，抵御着寒冷的步步进逼。它们已不再觅食，甚至很少蠕动。它们对未来似乎早有预感，安然等待那神秘时刻的降临。十月下旬的一个早晨，我终于发现，它们已全部无影无踪。我不知它们何时离去的，不知它们去了哪里。它们仿佛是一群候鸟，无声地告别了自己的生息之地。

一年过去了，它们一去不返，没有再次出现。它们怎样过冬，怎样进行生命的新陈更替，是它们自己的秘密。它们遗下的巢，依然悬挂在那里，成为我的书房不可缺少的一部分。它让我想象一段稍纵即逝的历史，一个家族盛衰或王朝兴亡的故事。它孕育的生命，我知道已散布四方，正继续做着它们未竟的大事。

一九九三年八月

我的邻居胡蜂（二）

在一篇同题散文里，我已经写过它们。现在，我所以重复写下这个题目，是由于它们今年再一次，以一种奇迹，与我比邻而居。

还是在我的书房窗外，上次的空巢，依然悬挂在一角，这次它们将巢筑在了外面窗顶的中央。这一次，我更清晰地目睹了它们的整个建设过程，及它们辉煌灿烂的一生。

与上次一样，它们的创业，起始于六月。它们具有一种足以令它们在我面前备感骄傲和自豪的建设速度。到了六月的下旬，它们建设中的新巢，已同那只空巢一般大小。

它们真正的建设奇迹，出现在七月中旬至八月初这段时间里。这期间，它们源源不断扩充的建设大军，使它们的巢以每天一厘米的速度向外围推进。七月十九日，隔着玻璃，我首次用尺量了巢，此时巢的直径为十三厘米。到了八月三日，巢的直径已达二十八厘米。八月三日后，它们的建设便骤然终止，这个尺寸，保持至今。尽管我拥有十八岁前宝贵的乡村见闻和经验，但如此巨大的蜂巢，我还是第一次看到。

在它们半个月的建设高潮期，我多次计数了，巢上每分钟至少有八九只蜂返回或飞离。它们采集巢材、猎食、取水，各司其职，往来不息。它们天一亮即开始工作，直到天黑才会停止。最后回来的蜂，往往已不能准确找到巢的位置。即使一般的阴雨天，也不能把它们的热烈工作中断。

出猎归来的蜂，行程非常沉重。它们抱着比它们的头部大得多的猎物（一般是由青虫构成的球），艰难地盘旋上升。到了五楼的巢上，它们将猎物分给在家的留守者，由这些蜂逐穴饲喂幼蜂。而它们稍事休整，两只前足捋捋触角，便再次离巢远行。

我长时间地盯过一只取水的蜂。它的上升，是直线的；口衔的水珠，晶莹耀眼。它上升，降下，一刻不停地往返于巢与楼下雨后的水洼之间。过度的辛劳，使它负重上来时，有时不得不先落在巢下的窗上，然后再爬行完成它的工作。这个感人的情景，使我猛然想到一件我早应为它们做的事情。我拿来一个盘子，盛上水，放在外面的窗台上。但直到傍晚，没有一只取水的蜂，走这个捷径。

一天上午，我正在书房读一本小书，是里尔克的《给一个青年诗人的十封信》。忽然，窗外传来一阵翅膀的声响，一只灰鸽前所未有地落在了我的窗台上。它收翅站定，仰头看了看窗顶，当它发觉我正在注视它时，便马上飞走了。此时，我才注意蜂巢，我看到全巢的蜂，双翅展开，触角直挺，一动不动：群起而战的自卫，瞬息就要发生。尽管鸽子已经离开了，但它们这种令人震慑的临战姿态，依然保持了数分钟。

自八月二十三日起，接连几天，巢上都有尚未羽化的乳白色幼蜂掉下。这些脱离襁褓的生命，不久即通体变为一种黑色焦状的东西。起初，我有些不解。当我发现它们出巢的频率显著减少，我才恍然明白：它们对节气的神秘感应，已指引它们全面停止饲喂幼蜂。而这一天，八月二十三日，恰是“处暑”。

它们不再饲喂幼蜂，也早已终止筑巢，它们自己食用很少。因此，每天除偶有个别蜂出行，它们只在巢上嬉戏打闹。它们不时纠结一团，随后像一滴水那样，重重地砸在窗台上。坐在书房里，我时常会听到它们摔下的声响。它们松开起飞的样子，很像一群满身泥土的乡下儿童。是的，它们的童年，在它们完成一生的使命后刚刚出现。

到了十月九日，这天，风和日暖。午后，我发现许多蜂意外地起飞了，我明白，这意味着它们告别的日子已到。在依依不舍地环巢飞舞后，第一批蜂开始离去。接着，十月十三日，十九日和二十二日，都有蜂离巢。它们挑选的，都是好天。而最后的几只蜂，在渐渐进逼的寒冷中固守着家园，一直坚持到了十月三十一日。

它们全部离去了，我不知它们去了哪里，不知它们与上次那群蜂是否有亲缘联系。我不想向昆虫学家请教，也不想查阅有关书籍，我愿意尊重它们对我保守的这些秘密。它们为我留下的巢，像一只籽粒脱尽的向日葵盘或一顶农民的褪色草帽，端庄地高悬在那里。在此，我想借用一位来访的诗人的话说：这是我的家徽，是神对我的奖励。

一九九四年十一月

海日苏

海日苏，内蒙古地东部的一个普通地名。我没有了解它的蒙古语原义，三个汉字排列在一起，组成一个语义不明的名称。但在这个词上，我感到一种超越意义的东西，它让我想到世界上呈现的那些美丽的事物。以至我在草原旅行时，很想看看它所标志的那个地方。

我从乌丹上路，汽车迎着曙光，向东行驶。在农牧过渡地带，我看到一种村庄，与平原上的村庄有很大不同。它的背景高远辽阔，屋舍不多，但铺展阔大，体现着广地上的自由魂魄。房屋和院墙都是泥土夯成的，院落深长，屋舍低微地坐落在中央。人们要走很久，才会迈出自己的院门。我相信，再也看不到与大地结合得这么亲密的村庄了。它的土地颜色，它被广漠的沙化荒原衬托的形状，使我联想起种子萌芽拱起的地表。看着这样的景象，我彻底理解了居住在这里的人们，理解了他们为什么会有那样的礼貌、秉性和习惯。理解了这些，我也就接受了他们表现出的一些我原不能容忍的东西，也就真切地爱上了他们。

通向海日苏的路，在省区地图上是一道最细小的线，它要穿越万顷戈壁。道路只是两条微凹的辙印，两旁没有任何人迹。天下有许多极端的事物，使任何一种文字也无法完美地表达它们。同时，当我看到能最丰富地体现命名它们的词语含义的事物时，我会久久激动不已。平日，我熟知蛮荒、旲野、莽地、大漠这些非同寻常的词，现在我认识了它们背后的、它们所表示的实体本身。这是我第一次亲历，也是平生最大的惊异。我知道，从此我的精神和生命中已注入一种新的东西，它与支撑人类生存的几个主要因素相关。

戈壁不是死寂的，它的深处有树木和鸟。我见到过集群的乌鸦、喜鹊及盘旋的鹞鹰。有了这些大鸟，就会有更多它们赖以维生的另一环上的生命。树木是大地的愿望和最初的居民。哪里有树木，说明大地在那里尚未丧失信心。为了这伟大的信心，沙柳、胡杨、榆，奋勇响应。英雄们在劣境和绝地孤立地弯着躯干，以最宜的形态在此不败地生存。所有看到的人，都将大受感动。它们很少两个站在一起，似乎向人们启示：只有永不企求帮助者，才能在这里立身。

这里，一切都与无限有着联系。大地恢宏地转动，我对自己默声说：我是旅人，“我戴着漂泊的屋顶”（海子）。如果我把认识仅仅停留在感知上，那么我已穿过了无数直观的世界。很久之后，牧群神秘地出现了，连同人间的亲切气息。正午的阳光，倾照在牧场上。没有牧人，草原就是牧栏。在牧区行驶，常常有一匹马驹或牛犊，突然撒蹄与汽车并行狂奔，而后猛地拐进草场，惊恐不定地返回母亲身边。我注意到了，神已把这一瞬放进了永恒。

转过一个弯，便可能遇上一所房子，用栅栏围住，门外站着等候已久的亲人。此时车停下，下去或上来一两个提着物品的牧人。这是生活在大自然心脏的兄弟，有着阳光与风的肤色，脸上浮现对市镇与人际陌生的表情。他们离人类的根最近，他们的生活本身就是一个伟迹。人类的活力，人类生存极限的拓展，真正体现在他们身上。我对他们满怀敬意，他们应该得到全世界诗人的赞颂。

海日苏，已变成牧人定居的村庄，有着其他村庄共有的特点。它是草原海洋中的一座岛屿，远处涌起牧群和云的波涛，花朵在四周舞蹈。三个季节牧人在外放牧，冬天他们回到岛上歇息。世世代代他们历尽沧桑，留下牧谣、牛羊和子孙。他们的血液、经验和传说，已由父辈传入孩子们的灵魂。它使这座秋日平静、渐渐汉化的蒙古族村庄，依然焕发着雄风凛凛的马背精神。

一九八六年九月笔记

一九九一年三月改写

武汉的东湖

东湖是大江在路上的一个停顿。像长途跋涉的旅人走到一棵树下，它走到武汉的身边，四下看看，便坐下来歇息。旅人喜欢树下的阴凉，它喜欢武汉的热烈。

它从很远的地方走来，日夜行进，风尘仆仆。它的神色疲倦，身上依然散发着异地新鲜的生命气息。那里的雪比早晨纯洁，那里的森林比心灵神秘，那里的夏草高过天，那里的阳光像洪水在地上流淌。这一切，你即使仅站在远处对它望望，也会在你的想象中显现出来。你会不由自主走近它，围着它细细打量。你总觉得，无论怎么看，无论从哪个角度讲，它都像一位饱经沧桑的老人，它的眼睛是历史，脸是故事。它可以沉默，但只要有人渴望倾听，只要它肯，它便可以把它的见闻和经历永不枯竭地讲述下去。

它仍在路上，它要到哪里去呢？它要去寻找海。它目前还没有明白，当它停下脚步，它自身就会形成一个海，也有海的精神，也有海的宽大与深邃，也有波浪浩荡，鸥鸟翩飞。这情形大体和人世的无数奔忙一样，苦心劳顿所追寻的，恰恰是在这追寻中被牺牲掉的。

它喜欢武汉，也被武汉的主人加倍喜欢。它是他们窗外心向神往的宝贵风景，是他们躁动的市井生活里的慰藉和安静，是他们对外话题中谈起的第一个内容。假如你初次来到武汉，他们通常也会这样告诉你：到武汉，不去东湖，等于没有到过武汉。从他们的语气和表情，你能够看出，东湖是他们的半个生命。因为东湖，他们得以在武汉闻名的火焰与庞大内，骄傲和镇定。在武汉，无论从哪个区域都能顺利地走向东湖，武汉的大大小小道路，都乐于把你领到那个美丽无比的地方去。

它不会在此久留，它还将上路，但它不会再把东湖带走。它将把东湖给武汉留下，作为它们相识而送给武汉的一个礼物。

它前面的路还很长，它还要经过许多地方，还要遇到许多事情，但它不会把武汉遗忘。在它沿途路过的无数地方中，武汉给它留下了非常鲜明的印象。它清晰地记得那里的热烈，记得那里的关于九头鸟的古老传说，记得那里的亲密的三兄弟——他们情同手足，永远站在一起；他们直爽、诚恳、慷慨、憨厚，喜欢和敬重远方来的朋友。它相信，它未来一定还会再去那里。

一九九二年十一月

第二条黄河

长江已经变成第二条黄河了。近年来有关专家及人士担心、忧虑和恐惧的一种可能，今天终于演变成了现实。如果一个初次来中国旅行，且知道它有一条黄河的外国人首先看到了长江，他会认为他看到的就是天下闻名的黄河。因为现在长江与黄河在颜色上几乎已经没有什么差别了。

一九九一年八月，我曾从重庆乘船到泸州，也是汛期。那时江水的颜色与现在不同，它不是黄色，而是一种岩石的灰褐与泥土的赭黄的浅淡的混合色。这是一种江河在汛期大多特有的颜色，这种颜色依然能够体现江水固有的碧蓝背景。我还记得江面断断续续漂来的被洪水从上游的伐木场冲下的原木，溯流而上的小型客轮，需要小心翼翼地躲避它们。仅仅短暂的六年时间，长江从什么时候开始变得与黄河颜色相同了？在巫山，我曾问过一位在江边长大做导游工作的姓谢的小姐，她无法确切说出是哪一年，但她说长江现在一年四季都是黄色的了。

长江变成黄色的意味着什么呢？很多。在艺术家眼里，首先受到损害的是黄河。过去，对我们来说黄河并不像黑龙江或密西西比河那样，仅仅是一条河。一个民族的肤色与一条大河的颜色相映，绝不会是完全偶然的。当我们将黄河称作“母亲”或“摇篮”的时候，我们并非在单纯使用某种比喻或象征。我们能够隐隐觉察并确信，在我们的体内，存在着这样的秘密感应，即我们与黄河有一种难以言尽的血缘关系。现在，长江使黄河丧失了它在世界上通过巨大代价而获得的审美的独特与唯一，削弱或分享了它的伟大的象征和寓意。一位作家即从历史与文化的角度，将黄河称作中华民族的祖母河，而将长江称作母亲河。今天，长江以它的无可辩驳的颜色，使这一观点得到了最后的印证和确定。

长江是黄色的，但它的两岸众多知名与不知名的支流，则是清澈的、本色的。在支流与干流的“泾渭”交汇之处，我能够看出一种恐惧的缓慢，一种别无选择的踌躇，显现出清纯少年融入社会时的痛苦。当纤弱的碧绿醒目地触及浩涌的黄浊时，它竟使我产生了一个奇怪印象：仿佛支流污染了干流。这种情景在社会中也存在着对应，比如一个正直之士或一个理想主义者，在他的生存环境里的孤立和遭际。

长江的黄色，像夜一样掩盖和消融了沿岸向它排放的各色生产与生活污水，而往来的轮船和游客则毫无犹疑地向江中倾倒、抛掷各类垃圾。在一个孩子的眼里，今天的长江就是一列天然的运输污水和垃圾的火车。一位在美国生活了十五年，且到过许多国家旅行的朋友最近对我讲，通过他的比较和感受，他觉得还是中国人最自由。我明白他所讲的意思。在一个脏乱的社会环境里，人们对自己的欺诈、蒙骗、背信、不义以及无视环境卫生、嗜食野生动物等等行径，将不再心跳、脸红、内疚和愧悔。这种现象，就如现在人们随心所欲对待长江一样。

一九九七年九月五日

第三辑

没有门户的宝库

少数的意义

——致一平[①]

一平：

六月四日的信收到了，我一直在期待着它。上封信因你未说是否能将信寄到美国，故我还是寄到波兰了。本月七日，是周六，上午我意外地接到了食指的电话。这是他第一次从福利院打来电话。问到写作，他说他近日写了一首短诗，叫《中国》。给我朗读了一下，大约十句左右，有“饱览沧桑但却精于世故/历尽艰辛可又不失善良”的句子。他说太短了，应该再有几句。他的声音涩哑，绵浊。想象电话那端的他，心情很沉重。这种感觉，读你的信时，又复现了。

艾青有一首写“回声”的诗，那时看过以后，最后两句一直未忘：“千万别跟它吵架，/最后一声总是它的。”后来我一直用“最后一声总是它的”，喻示我与外界的关系。你的信，

---

① 一平，原名李建华，作家。一九五二年生于北京。曾在波兰密茨凯维茨大学教授汉语，后移居美国，在康奈尔大学教授汉语，后做杂志编辑。

让我再次想到这句诗。我们能够容忍他人给我们带来的不快或损害，但我们无法忍受自己给他人造成不快或损害。我想，这大概就是你说的“命运”。最近，我读了茨威格的《俄罗斯之行》，他这样概括俄罗斯的本质：俄罗斯战胜一切，靠的就是一种忍受无限痛苦的神秘能力，一种坚忍的、默默的和在内心深处所信仰的忍耐。“这是它特有的，无与伦比的力量。”是的，只有俄罗斯的托尔斯泰，才会讲出“想到我有一个敌人，我便痛心疾首，不堪忍受”这样的话。我们都热爱俄罗斯，热爱托尔斯泰，这不是完全偶然的。

还是茨威格，他有一篇《乔伊斯的〈尤利西斯〉批注》。谈到这部书的缘起，他说：“某种邪恶就是根源。”茨威格认为，在乔伊斯身上，从青年时代起就潜伏着一种憎恨、一种心灵创伤的初期浸润，他后来所写的一切都是对都柏林的报复。在这部一千五百页的“天书”中，“找不到十页欢快、奉献、善良、友好，全都是讽刺挖苦”（他说，将其称作我们时代的荷马，“比比萨斜塔还要偏斜”）。这篇文字坚定了我近来的一个看法，即作家的写作面貌除了带有时代的、社会的及民族的烙印外，更主要的取决于他们个体生理和精神的差异。比如同时代、同国度的爱默生与坡，托尔斯泰与陀思妥耶夫斯基，罗曼·罗兰与普鲁斯特等。同样，一个读者（作家）欣赏或认同哪个作家，也取决于他与作家在生理、精神上是否类同或呼应。同时加西亚·洛尔迦，博尔赫斯“从来就欣赏不了”他，而布罗茨基在西班牙语诗人中却首推洛尔迦。许多读者怀着“朝圣”一样的心情不远万里拜访过托尔斯泰，但托尔斯泰也收到过读者（一位外国妇女）寄给他的绳索——让他不要再用他那“没完没了的不满和愤怒”来折磨自己，折磨人类，最好赶快结束自己的生命。

上半年我读到一本对我具有很大意义的小书（它增强了我的信心），即弗兰克尔的《人生的真谛》。弗兰克尔是继弗洛伊德和阿德勒之后，维也纳第三心理治疗学派创始人。他是纳粹集中营的幸存者。关于这本小书，他说：“我只是想通过具体事例告诉读者，任何情况下，即使在最悲惨的境遇中，生命始终具有其潜在意义。”而当一个人领悟到生命的意义和目的，就会有意想不到的无穷力量。在这本小书的结尾，弗兰克尔说，弗洛伊德曾断言，“试让一些截然不同的人同样面临饥饿，随着饥饿感的刺激增强，一切个人差异都将渐趋模糊，代之而起的将是所有人都表现出一种不可遏制的冲动”。“谢天谢地，弗洛伊德不必身临其境了解集中营……在那里，‘个人差异’并没有‘渐趋模糊’，而是相反，人们的差异越发明显；无赖或圣者，各显出他们的本来面目。”他最后强调，今天我们不必为使用“圣人”一词而犹豫（他列举了集中营的事例），“确实，圣人只是少数，而且始终将是少数。但我却从中感受到一种特殊鞭策，激励人们加入少数。因为世界状况不佳，除非每个人都竭诚努力，否则，一切将更为恶化”。

现代人类具有一种被科技进步助长的顺应和放任本能的趋向，而人们乐于把这种生物本能当作“人性”。（《濒临失衡的地球》作者阿尔·戈尔即说：“我对全球环境危机的研究越深入，我就越加坚信，这是一种人类内在危机的外在表现。”）精神分析主义等等的诞生，使人们找到了否认或抹杀人类个体之间差异的依据。现在人们喜欢用“作秀”和“面具”两词，来表现自己矫枉过正式的对历史与现实的怀疑主义。这种绝对的怀疑主义（否认存在过高尚的人，认为圣贤或伟人都是后人美化出来的），不仅带着一种亵渎色彩，也使人们放弃了“内心精神上提高”的自我完善的努力。“看风的必不撒种，望云的必不收割”，它表现在文学上，是使手段丰赡的现代文学丧失了一种宝贵的东西。俄国作家罗扎诺夫曾说，论驾驭语言的高超技巧，托尔斯泰没有普希金的多姿多彩，没有莱蒙托夫的精雕细刻，没有果戈理的淋漓尽致，但托尔斯泰超过他们三人的是整个生命的高尚和严肃，“我们中间没有谁能像他那样执着于崇高、伟大的理想。这是他胜过所有作家的地方”。作为个人，我们都有自己偏爱的作家；但对于人类来说，无疑没有哪个作家比托尔斯泰更伟大。

遥祝平安！

苇岸

一九九七年六月

梭罗意味什么

——致树才[1]

树才：

近好！明信片我是春节前几天收到的。真美，这是令人屏息的美，且不止于美。你将圣心教堂背景的蓝色称作“佛教的蓝”，非常恰当。在此运用“蔚蓝”“瓦蓝”“幽蓝”“苍蓝”等等形容都远远不够了。“佛教的蓝”，蕴含无限。

阿比让现在是什么季节？北京正是萌芽和敞开门户的时候，是白杨树晃动它的鞭子上褪色的红缨的时候。今年我开始了我的为二十四节气拍照工作：在我的居所东部田野，选一固定基点，每到一个节气都在这个位置，面对同一画面拍一张照片，并形成一段文字，时间定在上午九点。立春，雨水，惊蛰都过去了。它让我进一步观察和领略了东方节气的准确、奇妙和神秘。“立春”是风，四五级，而前几天无风，象征春天是风的季

① 树才，诗人，翻译家。二十世纪九十年代曾在中国驻塞内加尔大使馆任外交官。

节；“雨水”是水，夜里下的雪，早晨已化作雨，但饱含雨水的雪依然覆盖着田野；“惊蛰”则是连日阴天的忽然中断，天下豁然开朗。这令你想象先民天才的智慧，农耕社会的有机，以及季节的生命性和万象运行的秩序。

我正准备写一篇关于梭罗的文章（我早有此意），会长些。近期集中读了三联版的《梭罗集》，除了广为人知的《瓦尔登湖》外，另收《在康科德与梅里马克河上一周》（河流旅行记）、《缅因森林》（森林旅行记）和《科德角》（滨海旅行记）。过去我只读到过《瓦》，现在我愈发感到梭罗的可爱、可敬和难得。梭罗是一个复合型作家：非概念化、体系化的思想家；优美的、睿智的散文作家；富于同情心、广学的博物学家；乐观的、手巧的旅行家和自称的“劣等诗人”。梭罗与爱默生在精神、思想上“一脉相承”（故他们同被列入“超验主义”。生前曾有批评家讥他“不过是爱默生的影子”。我倒认为这是两个个体精神上、心灵上的契合和呼应。人类为求新而新的天性总是大于爱真理的天性）。但爱默生更学者化、理论化些，梭罗则诗人化、实践化些。爱默生有一个基本思想，即认为社会的“发展”（特别是工业时代或资本主义时代以来），使人日益丧失了他的完整性，“人”只是部分地存在于所有的各个人里面（就像一则寓言，诸神把“人”分为人们，如把一只手分成五个手指，以便更有用处），各人站在社会派给他的岗位上，每一个人都像是从身上锯下来的一段肢体—— 一个手指，一个颈项，一个胃，但不是一个人：栽种植物的人很少感觉到他的任务的庄严，他只看见他量谷子的箩筐与他的货车，此外什么都不见，于是就降为一个农民（而不是“人”在农场上）；商人从不认为自己的工作也有一种理想的价值，灵魂只为金钱所奴役；律师成了一本法律书；机师成了一架机器；水手成了一根绳子……爱默生的关于“人”的理想是，每个人如果要完整地掌握自己，就必须时时从他自己的“岗位”回来，拥抱一切（这类似泰戈尔讲的“在万物中完整地获得自己的人性”）。梭罗则说：“人类已经成为他们的工具的工具了，饥饿了就采果实吃的人已变成一个农夫，树荫下歇力的人已变成一个管家……最杰出的艺术作品都表现着人类怎样从这种情形中挣扎出来，解放自己。”梭罗的一生，便是有意体现这一“人”的理想、“解放自己”的一生。爱默生在日记里诙谐地写道：“梭罗的个性中缺少点雄心壮志……他不当美国工程师的领袖而去当采黑果队的队长（反观今天，从广告用语到制造能够撼动楼房的爆竹，无不标识现代人‘第一’‘称霸’的意识和心理：为了一个目标，而漠视或牺牲其他）。”由此，如果梭罗被康科德镇居民视为“游手好闲的人”，便不足为奇了。况且“讲求实用的人，总是讥笑那爱思索的人”。

大约一年前，《读书》杂志上有过一篇名为《瓦尔登湖的神话》的“解构”贬损梭罗的文章。该文揭讦梭罗的，主要三点。一是引用了康镇居民上述说法。二是说既然决定要过一种遗世独立的生活，为什么却选择了一个与文明社会相距咫尺之地，因为瓦尔登湖离康镇只有二英里（就像你要是主张素食主义，他即会说谷物菜蔬也是生命）。其实梭罗原梦想到林肯的弗林特湖畔，十九岁时他与一友人曾在那里的一个棚屋住过六周，但该地所有者弗林特家族拒绝让其建造木屋，而瓦尔登湖林地属于爱默生。三是指责他与一同伴钓鱼时曾不慎引发一场山火（仿佛梭罗故意纵火）。并令人费解地讥笑梭罗因抗议政府延续奴隶制拒付人头税而入狱一事。奇怪的是，作者却只字不提梭罗曾因校长责令其鞭打学生而愤然辞去教职；在家中收容逃亡的奴隶，帮助他们逃往加拿大；努力营救被捕的废奴主义领袖约翰·布朗；同情并帮助印第安人等事。

关于梭罗，远非信中可以谈尽。比如除了对“人的完整性”的崇尚，梭罗的“人在得到了生命所必需的物品之后，就不应要奢侈品而要有另一些东西：向生命迈进”的基本思想，于今天的人类和全球生态的意义（梭罗并非仅属于十九世纪，当然我们今天赞美梭罗，也并非倡导人们机械地仿效他的外在生活方式）。在文章中，我会详些。信是因故断续写的，现在“春分”也已过了。

再谈！

苇岸

一九九八年三月

艺术家的倾向

——致宁肯[1]

宁肯：

我喜欢马克斯·魏勒的画，我称他是个内心或精神有亮度的画家。这种“亮度”不单取决于画家对色彩的选择和运用，主要还在我从中看到的其对待世界的倾向或态度。魏勒宣称：“我的任务是，为现代艺术增添一些它所缺少的东西。”现代艺术的欠缺之一，我觉得即这种源于艺术家内心或精神的“亮度”。

关于这点，我想谈到二十世纪另一位艺术家，被非完全褒义地称作“浪漫理想主义者”的美国摄影大师尤金·史密斯。他说：“常称我浪漫主义的人，其实自己的生活却充满失败和失望，所以他们不相信任何事情，而我一直相信，他们就认为是浪漫主义。”他相信什么呢？他依然相信人类的“可塑性”或“可能性”，相信如果能有足够的正确影响，那么人性就能向

① 宁肯，作家，时任《中国环境报》科教文部主任。

前迈进一步："我非常相信人类的情感，我相信，如果你激发了人们的情感，许多反应就会随之而出。"他的《水俣病受害者》《乡村医生》《士兵和婴儿》等等摄影作品，正是这样影响于世的，"激发了人们从善和同情的情感"。今天的艺术时尚是消解和否定艺术家的这种（富于良知、道义、责任、爱等）倾向，它的逻辑之一就是，过去执着于这种倾向，世界也不过如此。但我倒习惯这样思维：如果完全摈弃了这种倾向，世界会怎样？当然，史密斯也坦率承认："我不认为我们已经向前迈了很多步。因此我是个有同情心的悲观主义者。"在此，世界类似一个人，尽管他对自己的永生悲观，但他仍会主动锻炼和保健，仍会去医院。这便是尤金·史密斯的艺术倾向或态度，我赞赏艺术家（作家）的这种对待人类和世界的积极倾向或态度。对此我不会想到中国智者"水至清则无鱼"（今天它已成了人们放弃"理想"、责任和自律的最好借口）的箴言，而会想到俄罗斯民间的一句谚语："朝星星瞄准，比朝树梢瞄准打得更高些。"

梭罗近两年在中国仿佛忽然复活了。《瓦尔登湖》一出再出，且在各地学人书店持续荣登畅销书籍排行榜。大约尚未有任何一位十九世纪的小说家或诗人的著作出现过这种情况，显现了梭罗的超时代意义和散文作为一种文体应有的力量。但人们谈论梭罗的时候，大多简单地把他归为只是个倡导（并自己试行了两年，且被讥为并不彻底）"返归自然"的作家，其实这并未准确或全面地把握梭罗。梭罗的本质主要的还不在其对

“返归自然”的倡导，而在其对“人的完整性”的崇尚。梭罗到瓦尔登湖去，并非想去做永久“返归自然”的隐士，而仅是他崇尚“人的完整性”的表现之一。对“人的完整性”的崇尚，也非机械地不囿于某一岗位或职业，本质还在一个人对待外界（万物）的态度：是否为了一个“目的”或“目标”，而漠视和牺牲其他。这是我喜欢梭罗的最大原因，也是我写《梭罗意味什么》的主要目的。这一点，让我想到西蒙娜·韦依（1909—1943，法国思想家、社会活动家）。她是将基督精神与基督宗教区分开的，为此她说：“无论在什么情况下，我将永不会入教，为的是不因宗教而使自己同普通大众相隔。”这里，基督宗教类似“岗位”，而基督精神则类似爱默生和梭罗所崇尚的：每个人如果要完整地掌握自己，就必须时时从他自己的“岗位”回来，拥抱一切。同样，为艺术而艺术的“艺术”，为文学而文学的“文学”，为学术而学术的“学术”，为科学而科学的“科学”，是否也是一个个“岗位”呢？为艺术而艺术，等等，不仅有悖人类的本意和初衷（正如梭罗讲的“现在哲学教授满天飞，哲学家一个也没有”；而当巴黎的诗坛一味沉溺在象征主义之中，出现了雅姆的同情弱小、怜恤生灵的诗歌时，纪德说“只有雅姆他一个是诗人”，也是这个意思），还潜在地包含了滑向“只要目的正当，可以不择手段”的危险和可能。托尔斯泰曾经拒绝结识一个名叫维列夏金的画家，因为这位画家曾劝一位将军尽快绞死两个土耳其人，好让他在行刑时画素描（更不必列举当年那些以科学的名义为纳粹服务的科学家了）。从某种角度说，为艺术而艺术等等导致的冷漠，与为了纯洁种族导致的屠杀，为了“理想社会”导致的残酷，在本质上是相似的。它们具有一个共同的人性基础：为了一个设定的最高目标（目的），漠视和牺牲其他。因此，我从不认为“理想主义”或我所理解的“理想主义”与灾难必然相关，倒是赞同叶甫图申科的观点：“人类的最最可怕的苦难的创造者，正是那种病态地丧失了同情心的人。”从这点说，具有悲悯底层民众襟怀和良知的张承志（尽管我不赞同他的激烈和偏执），与对劳苦农民给予深切同情和关爱的张炜，在中国当代作家中是可贵的，这也是我喜欢他们的原因。

近日，我完整地读了你的《沉默的彼岸》。它被《大家》选择不是偶然的，且它的方式与该刊所倡导的“新散文”的方式也是一致的。你用一种与那里的阳光和水同质的语言，一种由于叙事而舒展、细致的语言，向人们恰如其分地呈现了一幕与孩子有关的藏族地区生活，及自初便与这种生活浑然一体的壮阔地域背景。关于它，待再详谈。

谨祝撰安！

苇岸

一九九八年四月

散文的殊荣

——致谢大光先生[1]

大光先生：

您好！

在我的印象和意识里（我想其他读者也一样），百花文艺出版社是与散文连在一起的。散文文体的确立，散文的繁荣与发展，需要创作、评论及出版的三方并举。就百花文艺出版社对中国当代散文建设的贡献而言（特别是它的《外国名家散文丛书》及《世界散文名著丛书》两大书系的陆续出版），我个人觉得无论怎么评价和称赞都不过分。

自一九八六年起，我一直在订《世界文学》杂志。这是我唯一从未中断过订阅，也是今天我个人仅订的一份杂志（报纸）。原因除了它的关于域外文学的综合性内容及其美观的书型开本，对我来说一定程度还在它几乎每期都刊有散文译文（这

---

① 谢大光，作家，编辑家。时任天津百花文艺出版社副总编辑、《散文海外版》主编。

是它与《外国文艺》的区别之一)。我对林贤治编辑的《散文与人》丛刊的一个建议，也是希望它能扩大容纳散文译文的篇幅(这次由三联书店出版的《散文与人》新卷，译文篇幅已占全刊二分之一)。而就散文译文出版看，新时期以来除了八十年代中期湖南人民出版社出版过两辑《散文译丛》(二十种)外，规模化、丛书化的散文译文出版就只有百花文艺出版社了。最近刘烨园到北京来，我们还谈到您筹划、运作的《外国名家散文丛书》及《世界散文名著丛书》，我们认为您为中国的散文界及读书界做了一件功德无量的事情。

您说《外国名家散文丛书》计划出一百种，现已出五十余种。从您所附的丛书预出总目看，我觉得还有一些作家应该补充进去，其中有些在世界散文中是不应被忽略的，有些则是我个人比较偏爱的。现在我将他们列在下面，供您参考：

1. 约翰·班扬(1628—1688) 在《天路历程》问世之前，班扬曾以“企图如同补壶补锅一样修补人们的灵魂”的罪名被捕，坐了十二年牢。他在狱中“力求以极度的精确和绝对的诚实来回忆和叙述他的灵魂所处的状态”，写了《罪人受恩记》。这是一部自传性的著作，也是一部卓越的散文作品，我觉得完全可以将它纳入《世界散文名著丛书》。

2. 佩皮斯(1633—1703) 这位十七世纪的英国海军大臣二十七至三十六岁的《日记》，在西方是与蒙田的《随笔集》相提并论的(我不知国内是否译介过)，当时也被视为继《圣经》

和鲍斯韦尔的《约翰逊传》之后，英语文学中最佳床边读物。佩皮斯被称作是一个具有“用寥寥数语生动地概括一个人物或一幅图景”能力的文学天才。

3. 萨克雷（1811—1863） 在这两套散文译丛中，应该有一本萨克雷的散文集（无论纳入哪套），因为这位《名利场》的作者对英国散文的贡献也是卓著的。萨克雷早年出版过一本配以漫画的著名散文集《势利人脸谱》（由为《笨拙》杂志写的四十五个英国社会各阶层势利人的肖像特写组成），还出版过一本被后人评价堪与兰姆的作品比美的《转弯抹角的随笔》，及演讲集《英国幽默作家》等。

4. 拉罗什富科（1613—1680）“德行消失在利欲之中，正如河流消失在海洋之中”。拉罗什富科的《箴言录》，被誉为法国文学中一颗璀璨的明珠。它影响了欧洲后来的许多作家，如哈代、尼采、司汤达、纪德等。

5. 塞维尼夫人（1626—1696） 这位孤独的毫无自觉作家意识的孀居侯爵夫人生前并不知晓，她漫不经心写给异地女儿的信，会成为在法语和其他语言中书简类文学作品的划时代典范。一部《书简集》，使法国文学史上产生了一位不朽的、名为“塞维尼夫人”的散文作家。

6. 拉布吕耶尔（1645—1696） 拉布吕耶尔以《品格论》一书著称于世。在他活着时，《品格论》便重版了八次。福楼拜和龚古尔兄弟等法国作家，都对此书赞赏不已。这是一部辞藻丰富、变化繁多、技巧圆熟的讽世性散文集，由箴言录式的短章和勾勒某些典型人物肖像的特写两种文体组成，是法国文学中一部划时代的散文名著。

7. 贝尔纳丹·德·圣皮埃尔（1737—1814） 在法国文学中，圣皮埃尔主要以一部中篇小说《保尔和薇吉妮》知名。我个人更感兴趣的是他四十七岁时出版的散文集《大自然的研究》（《保尔和薇吉妮》即这部散文集第三版的附录）。圣皮埃尔是卢梭的“信徒”，与卢梭基本一致，《大自然的研究》也是一部带有歌颂大自然，反对科学（如抨击物理学家牛顿、化学家拉瓦锡等）倾向的书。

［借此我想顺便说两句的是，我对这类作家能够充分理解，也与他们有着隐隐的认同。从终极讲，如果“大自然”本身存在着某种警告人类（包括她的其他物种）不得越界的“象征”，而人类又视而不见，那么对科学的无限“探索”的反对，就是必要的。对于以科技为本质和核心的现代文明所呈现出的不可逆转的进程，我信奉苏联诗人沃兹涅先斯基的一个说法：“如果最终导致人的损毁，那么所有的进步都是反动和倒退。”但今天如果你对现代文明的进程提出质疑或批评，是会招致攻击的。人家会说你一方面享受着现代文明提供的好处，另一方面又虚伪地批评现代文明。按照这个逻辑，没有谁完全有资格进行这种批评，因为今天谁能完全摆脱现代文明的生活环境呢？关于这一点，我这样说明自己：在这个世界上，我不是消费最少的

人，也不是消费最多的人，但我敢说我是一个为了这个星球的现在与未来自觉地尽可能减少消费的人。]

8. 奈瓦尔（1808—1855） 一位生前八次进精神病院，最终在巴黎的路灯柱上自缢而亡的富于传奇色彩的诗人。奈瓦尔是法国文学中最早的象征派和超现实主义诗人之一，但他的最优秀作品不是诗作，而是游历埃及、黎巴嫩等近东诸国写出的《东方之旅》。这是一部关于古老的民间传说、宗教和异国风土的书。此外他还著有抒情散文集《火焰姑娘们》。

9. 雅姆（1868—1938） 弗朗西斯·雅姆是一位我个人甚为偏爱的、富于宗教感的诗人（我称之一位温暖的诗人）。他的作品除了若干部诗集外，还有一部散文集《野兔的故事》（其内容也是我很感兴趣的），我非常希望您能将这部散文集列入《世界散文名著丛书》。

10. 贝克尔（1836—1870） 贝克尔是一位结束西班牙诗歌的浪漫主义时代，开创现代诗风的诗人。他有一部以中世纪背景及神秘和梦幻般的气氛为特色的“迷人的散文作品”《传说集》，另外他还有一部自传性的以“独创性和敏感性使人感动”的书信集《斗室书简》。

11. 乌纳穆诺（1864—1936） 乌纳穆诺是西班牙文学“九八年一代”的代表作家，具有哲学家色彩，也是颇有造诣的小说家、剧作家和诗人。但他还是以作为散文家的影响最大。这位以“探索西班牙灵魂”为己任的作家，著有《生命的悲剧意识》《基督教徒的痛苦》等散文集。

12. 多尔斯·伊·罗维拉（1882—1954） 这是一位特异性的作家，他创造了一种“格洛萨”（意为“词汇”）体散文。这是一种介于散文和格言之间的文体，篇幅短小，言简意赅，利用故事体现文中蕴含的深意。他的这类作品有《格洛萨集》《新格洛萨集》《最新格洛萨集》等。

13. 耶尔内费尔特（1861—1932） 芬兰作家。这是一位与日本的德富芦花有某种类同的作家，非常热爱托尔斯泰，到俄国拜见过这位老人。并像德富芦花一样，在托尔斯泰影响下，改变了自己的理想和生活方式（移居芬兰洛赫亚农村，一面耕种，一面写作）。我个人对他很感兴趣。他主要写小说，但有一部散文集《土地属于大家的》。

14. 延森（1873—1950） 丹麦作家。一九四四年的诺贝尔文学奖获得者。延森的小说、诗歌和散文被誉为丹麦文学三绝。他的散文随笔集有《新世界》《北欧精神》《进化与道德》《精神的阶段》等。就我个人来说，我特别想看到《北欧精神》。

15. 西兰帕（1888—1964） 芬兰作家。一九三九年诺贝尔文学奖获得者。除了小说外，西兰帕还著有散文集《农舍》《八月》《人生的甘苦》等。我觉得应该有一本《西兰帕散文选》。

以上所举仅是我个人的一点建议，这些作家是否能够全部列入丛书，哪位作家能够列入丛书，我知道要取决于多种因素，比如获得原著、寻找合适的译者等。个别二十世纪的作家（希望看到更多二十世纪作家的散文作品），还会涉及更麻烦的版权问题等。总之，我给您写这封准备公开的信，一方面是就贵社出版的两套散文译丛在选择作家上提一点带有个人倾向性的建议；另一方面作为一个从中受益多年的散文作者，我也想借此诚挚地向百花文艺出版社和您（以及译者）表达我个人应有的敬意和谢意。

最后预祝这两套散文译丛的出版圆满成功！

苇岸

一九九八年十二月

作家的着眼点[1]

——致楼肇明[2]先生

楼老师：

您好！

一直未能好好给您写一封信，平时的电话和每次见面，都由于时间、环境、语者等因素，而妨碍“表达”（也有我口语表达能力差及学识等因素）。

刚和您通了电话，感到并未说尽，还是想把这封信写完。这也是书信不可替代的地方。

我赞同您的大家应该坐下来，谈谈下一步应该怎么走的主张，谈谈各自的作品，听听大家的意见，等等，但这样的机会十分难得。

---

① 标题为编者加。

② 楼肇明，学者，作家，文学评论家。时任中国社会科学院文学研究所研究员。

分歧是客观的。

我对文学（艺术）一直持理想化的看法，这无论是在我的《自序》还是作品中，都已有表露。我对一些作家和作品偏爱与接纳，对另一些作家和作品排斥与抵触，我相信这是源于心灵的，而不是理性的。我崇尚爱默生“文学是人类精神的培养基地”的说法（文学不是自足的，如我在《自序》中说的：在这个世界上，我觉得真正的作家或艺术家，应是通过其作品，有助于世人走向“尧舜”或回到“童年”的人），也认同托尔斯泰的“真正的艺术来自最善良的人性，而且必须为普通人所能接受”的主张。我更看重作品中的“声音”“胸襟”和对“理想意愿”的表达，然后才是“机智”“报法”和对“现实境况”的倾述。所以我说我首先重视“写什么”，其次才是“怎样写”。当然严格说两者是无法截然分割的，但有一个作家意识的侧重问题，我觉得中国作家是偏爱后者的，这样的作品，是我本能地“抵触”的，我认为它们更多地表露的是“文人趣味”。

天津的一个作家（吴若增）在一篇文章中说：中国更多的是聪明型的作家，而缺少人格型的作家。我很赞同这个说法，尽管我部分地不赞同张承志，但无疑他使中国的众文人相形见绌，黯然失色，夸张一点说，就像当年鲁迅在文人群中那样。当然，他招来了非议。是英雄主义、理想主义使利己主义、务实主义不舒服了，还是真理在“批评家”手里呢？

我崇尚人的可能性，倾向在世事面前的“新生”和“矫正”，而不是“因袭”和“顺应”。当然这可能是建立在我的“人类是可以改善的”的错觉上的，但我信仰“每一代都是重新开始的，就个体来说，都是可能尽善尽美的”，历史上也不乏这样的高大的人。所以我偏爱那些为人类指明方向的作家，在这个意义上梭罗（仅以他为例）不是某个时代的，而是永恒的。

“人”之为人，即是建立在克己和自律的根基之上的，程度不同，使人与人有了区分。我对自然的关注，更坚信人类未来的唯一出路，便在于抑制欲望（更多的是贪欲）而不是相反（我最近看了一部《环境科学》的大书）。

关于文字的“欧化”问题，其实白话文本身就是欧化的，有人对中国“文言”表述偏爱，提出了这样的问题（如天津的一位老作家），就我本人来讲，我对那样的表述本能地“抵触”，这也不是理性的。

一封信是难于将方方面面说到的，这里我不涉及“人情”的因素，它们永在我心里。

关于陈文，他的“向‘后现代主义小说’借鉴”的说法，至少在我不是自觉的，但他的“苇岸试图建立（或者说是恢复）一种新的人和大自然的关系”的说法，我觉得是准确的，如果我的作品有益于这一点，我将感到骄傲。

《大地上的事情》之后，应该有一个新的开端，这是我至今一字未写，专事阅读的原因。

您看，我的信写法上视您为朋友了，如果我总意识到我面对的是师长，我将写不出了。直率之处（包括电话谈的），诚望您谅。

春安！

苇岸

一九九五年四月十八日

谨读赠书

（下面的文字不是书评，它仅是我阅读部分赠书时的一点随想和感触。）

蓝蓝《滴水的书卷》（东方出版社）

这是一册诗化的抒情散文（我的一位极为推崇海德格尔的朋友，非常反感散文的诗意和抒情。但恰是海德格尔说，“纯粹的散文从来就不是无诗意的”或“诗的反面不是散文”）。泰戈尔将诗人称作“以袒露内心世界为业的人”。蓝蓝便是这样一个鲜明的诗人（她的第一本书是诗集《情歌》）。与诸如“自白派”不同，蓝蓝的内心世界是温暖的、光明的、谦卑的、深情的：“每天吃饭时，你会不会充满歉意地在心中向豆芽菜、胡萝卜和小葱致谢呢？你呼吸、走路、穿着暖和，会不会想到应该对天空、大地、羊、农民和工人表示感激呢？”

在众多诗人中，蓝蓝让我想到智利的米斯特拉尔。这是一位被誉为“整个拉美的理想的象征”的诗人。我希望中国当代少一个为了炫示智能技法、极尽走向繁复和诡谲的“文苑诗人”，而产生一个以整个心灵朴素吟唱的“世界诗人”。

刘烨园《领地》（珠海出版社）

在当代散文作品庞多、理论薄弱的现状下，《领地》使我看到了一位难得的对散文创作默默探索、对散文理论自觉建设的散文作家。

这是一位“新艺术散文”的倡言者和实践者。所谓新艺术散文，本质即是散文写作方法的变革或更新：它主张将多维、歧义、变动、虚拟、支离等现代主义艺术因素引入散文，而扬弃传统散文的一维、单义、确定、写实及完整；它强调散文的浓度、厚度、深度、新度和密度，“而在这‘五度’的要求里，基本的和艺术的要素首先应该是密度”。

“新艺术散文”与楼肇明先生近年鼓呼的“复调散文”，在某些方面大体异曲同工。它们不仅是对世界现代文学艺术潮流的呼应，亦将对我国当代散文艺术表现形式的丰富、发展及演变予以有力推动。

（“新艺术散文”或“复调散文”，在丰富当代散文表现方式和手段上无疑具有很大的积极意义，但它不应成为散文作家刻意追求的终极目的。就我个人而言，我依然倾向惠特曼的观点：“艺术的艺术，表现手法的卓越和文学光彩的焕发，全在于质朴。”）

钟鸣《畜界　人界》（东方出版社）

这是一本奇诡的、博学的、智慧的、无双的书。钟鸣说他藏书或读书喜欢古怪的作品，现在此类作品中，又增添了他的一部《畜界　人界》。

简化地讲，作家归根结底分为两种类型：一类作家面对事物本身，另一类作家面对的是事物的“影子”——典籍或文化。如此，后者的作品已是“影子的影子”了。《畜界　人界》，大体在此之列。

钟鸣将自己称作“一个文本主义者”，他说：“多年来，我已只相信文本了，不太相信话语了，那是多么容易消失的东西啊！”（关于“话语”与“文本”，这涉及现代西方“介入文学”与“零度写作”的分歧。）

钟鸣的这句话，让我想起《恶之花》的作者，在阅读“道德是作为目的直接进入”的《悲惨世界》时，面对它的前言“……只要这世界上还有愚昧和困苦，那么，和本书同一性质的作品都不会是无用的”感叹：“‘只要……’唉！等于是说永远！”

食指《食指　黑大春现代抒情诗合集》（成都科技大学出版社）

我曾不止一次看到我们的青年诗人津津引述庞德的一句话：“我对朋友的邪恶一点兴趣也没有，只对他们的才华感兴趣。”

尔芙曾警告过的“千万不可是你自己而又永远（仅仅）是你自己”的散文。《太阳升起来》所辑的恰是一种与之相反的散文：我们从中看到的不单是个人（作者自己的生命经历），还是一个特定民族（蒙古族）和其生存的地域，以及人在严酷的自然环境与既成的社会体制中的悲凄命运。它是“人本”的，而非“文本”的。它的文字是朴素的，文体是开放的。这是一种与那块地域相称的文字和文体：辽阔、朴厚、静穆、沉郁。

顾城《顾城诗全编》（生活·读书·新知上海三联书店）

“顾城”这个名称，对我曾经意味着一种魔力、一个奇迹。可以说，那时（二十世纪八十年代初前后）它是我在文学杂志目录中最希望看到的：我几乎抄录下了所有我见到的他的精致作品。这是一种奇幻的、灵动的、瑰美的、智巧的诗歌，它使汉字显现着我从未感到过的灿然的光辉和新异的魅力（这种基于汉字的组构与运用给我带来的审美愉悦，我在后来的张承志散文中亦有体会）。

顾城最著名的、得到最广泛传播的诗，是《一代人》。但对我来说，那首默默的《小花的信念》，更令我感动和永记。那片“用金黄的微笑，来回报石块的冷遇”的山路上的小花，与拯救了冉阿让的、“他那颗朴质的心只知道爱”的米里哀主教，以及雅姆“主啊，要是你觉得有用，就让我痛苦吧”的神性诗歌、托尔斯泰“作恶的人比遭恶的人在自己的心灵中更感到不幸，故不是仇恨，而应该怜悯他们”的伟大灵魂，对我具有同一意义。

此书由顾工先生所编，收录了顾城自一九六四年八岁起至一九九三年弃世止所写的数以千计的诗（我不大赞同他后期的诗歌方向），另附他的部分诗学文章和绘画作品。客观地讲，这是一个神童，一个时代难遇的诗歌天才。

佘树森　陈旭光《中国当代散文报告文学发展史》（北京大学出版社）

在文体中，相对说来，诗歌是“务虚”的，散文是“务实”的（法国诗人瓦莱里即这样比喻：诗歌是跳舞，散文是走路。走路有一个明确目的，而跳舞本身就是目的）。在这个角度上，就民族精神的实质而言，与其说我们这个国家是一个“诗歌”的国度，不如说是一个“散文”的国度。这个说法，即使从文学史上看，也不会流于武断。

中国散文，源远流长。“世有史官，左史记言，右史记事。”一部《中国散文史》（古代部分，陈柱著，上海书店 1984 年影印出版），开端于“为治化而文学时代”的夏商；而到了五四运动以后，“散文小品的成功，几乎在小说戏曲和诗歌之上”（鲁迅先生语）。《中国当代散文报告文学发展史》，将这一古老文体发展演变的轨迹，接力性地展示至今。

这部发展史，上溯当代散文的直接源头——“在陕北黄土地上发育成长起来的延安散文”，着重叙述了五十年代中期的“复兴散文”运动（意在继承“五四”以来散文传统），六十年代初期的散文“诗化”现象，七十年代末至八十年代初的“散文复归”（真正复归“五四”以来的散文传统），以及八十年代中期至九十年代的散文的变革与中兴（这是一个重要时期，涉及“新艺术散文”“文化散文”“女性散文”和“新生代散文”等散文现象或群体）。

此书是已故当代著名散文理论家佘树森先生生前“瞩望甚重、用力至勤”的一部未竟著作。作为当代文学的博士研究生，年轻的陈旭光没有辜负自己导师的临终嘱托，“他把多年来研究先锋诗歌养成的理论锐气，带进了他的散文研究领域”（谢冕先生序语），使全书既前后体例有机统一，其续写部分又显现着视角的新异和叙述的活力。

一九九六年十月至一九九七年三月

第四辑

马贡多与癞花村

人必须忠于自己

一九八六年冬，诗人海子向我介绍，他今年读到的最好的书是梭罗的《瓦尔登湖》。我向他借来，读了两遍，并做了许多摘记。由于这本书，我觉得我获得了一次新生。它给我带来的精神喜悦和灵魂颤动，是我读过的其他书所不能比拟的。它教人简化生活，抵制金钱至上主义的诱惑。它使我建立了一种信仰，确立了我今后朴素的生活方式。

亨利·戴维·梭罗，一八一七年七月十二日生于马萨诸塞州康科德镇，他为自己“生于全世界最可敬的地点”之一而自豪，该城是美国独立战争爆发的地点。

梭罗一生从未远离自己的故土，他说：“你脚踏着的土地，你如果不觉得它比世界上任何别的土地更甜润，那你这人就毫无希望了。”他以全部的爱情将自己的天才献给他故乡的田野与山水，从而使整个世界都熟知它。当酝酿着一种新思潮的爱默生从欧洲归来到康科德定居后，哲学家阿尔科特、作家霍桑等一批十九世纪美国的杰出人物也被吸引到这里。康科德成了超验主义的圣地。

梭罗已经被历史列入超验主义者行列了，但是他比任何一个超验主义者更彻底，他是一个把思想与行为完美地结为一体的人。梭罗认为，人必须忠于自己，遵从自己的心灵和良知；为此不惜付出一切代价。生命十分宝贵，不应为了谋生而无意义地浪费掉，人在获得生命所必需的物质之后，不应过多地追求奢侈品而应有另一些东西：向生命迈进。“泥土使种子胚根向下延伸，然后富有自信地使茎向上成长。为什么人在泥土里扎根之后，不能也向天空伸展呢？”他相信：大部分的奢侈品，非但没有必要，而且对人类进步大有妨碍。他看到，中国、印度、波斯和希腊的古代智者都是一种类型的人：外表生活再简朴没有，内心生活再丰富不过。梭罗对此身体力行，他的生活正如他自己所说的：我的最大本领是需要极少。

为了验证人除了必需的物品，其他一无所有也能在大自然的环境中愉快地生活下去，梭罗毅然到康科德郊外林中的瓦尔登湖畔去居住。他的衣、食、房屋都是自己动手获得的，一年只劳动六个星期，而把其余时间用来阅读和思考。两年简朴的自给自足的湖畔生活，他写出了被称作超验主义圣经的重要著作《瓦尔登湖》。

梭罗的一生是绝对的和纯粹的，它令我们肃然起敬。站在梭罗的墓前，爱默生感到大地失去了一颗独特的心灵。他说：

“梭罗的独立生活，使所有其他人看来好像奴隶一样……无论在什么地方，只要有学问，有道德，爱美的人，一定都是他的忠实读者。”

梭罗使我们懂得人只有从物欲的泥淖中挣脱出来才能保持尊严，获得自由。多余的钱财只能够买多余的东西，人的灵魂必需的东西是不需要花钱买的。虽然梭罗陶冶内心世界的主张已被现代社会所忽视，但他的理想却永远启迪着后人。

一九八八年七月

我与梭罗

梭罗的名字，是与他的《瓦尔登湖》联系在一起的。我第一次听说这本书，是在一九八六年冬天。当时诗人海子告诉我，他一九八六年读的最好的书是《瓦尔登湖》。在此之前我对梭罗和《瓦尔登湖》还一无所知。书是海子从他执教的中国政法大学图书馆借的，上海译文出版社一九八二年的版本，译者为徐迟先生。我向他借来，读了两遍（我记载的阅读时间是一九八六年十二月二十五日至一九八七年二月十六日），并做了近万字的摘记，这能说明我当时对它的喜爱程度。

后来我一直注意在书店寻找这本书，我甚至想给上海译文出版社写一封信，附上我发表在一九八八年十二月四日《科技日报》上的关于梭罗和《瓦尔登湖》的文章《人必须忠于自己》，建议他们重印《瓦尔登湖》。直到一九九五年末，我才偶然在西四新华书店内院供应机关团体图书的二层简易楼上意外地发现了它。我买下了仅剩的两本，这是上海译文出版社一九九三年的版本，为外国文学名著丛书中的一种，印数三千册。现在我手里已经有五种中文版本的《瓦尔登湖》了，它们出自国内的三家出版社（此外我还有一册友人赠予的纽约麦克米伦出版公司一九六二年的英文版本）。我在一封致友人的信中说："梭罗近两年在中国仿佛忽然复活了，《瓦尔登湖》一出再出，且在各地学人书店持续荣登畅销书籍排行榜，大约鲜有任何一位十九世纪的小说家或诗人的著作出现过这种情况，显现了梭罗的超时代意义和散文作为一种文体应有的力量。"

《瓦尔登湖》是我唯一从版本上多重收藏的书籍，以纪念这部瑰伟的富于思想的散文著作对我的写作和人生的"奠基"意义。我的"文学生涯"是从诗歌开始的。《瓦尔登湖》的出现，结束了我的一个自大学起持续了七八年的阅读兴趣和写作方向主要围绕诗歌进行的时期。我曾在自述《一个人的道路》中写道："最终导致我从诗歌转向散文的，是梭罗的《瓦尔登湖》。当我初读这本举世无双的书时，我幸福地感到，我对它的喜爱超过了任何诗歌。"导致这种写作文体转变的，看起来是偶然的——由于读到了一本书，实际蕴含了一种必然：我对梭罗的文字仿佛具有一种血缘性的亲和和呼应。换句话说，在我过去的全部阅读中，我还从未发现一个在文字方式上（当然不仅仅是文字方式）令我格外激动和完全认同的作家，今天他终于出现了。下面的对比也许更能说明这一变化的内在根据：

“我们常常忘掉，太阳照在我们耕作过的田地和照在草原与森林上一样，是不分轩轾的。它们都反射并吸收了它的光线，前者只是它每天眺望的图画中的一小部分。在它看来，大地都给耕作得像花园一样。因此，我们接受它的光与热，同时也接受了它的信任与大度……”

秋天是结实的季节
生命的引导者
接纳一切满载之船的港湾

北方，鸟在聚合
自然做着它的大循环

所有结着籽粒的植物
都把充实的头垂向大地
它们的表情静穆、安详
和人类做成大事情时一样

太阳在收起它的光芒
它像即将上路的远行者
开始打点行装
它所携带的最宝贵的财富

是它三个季节里的阅历

前者是《瓦尔登湖》中“种豆”一章的文字，后者是我那时写的一首名为《结实》的诗。我的诗显然具有平阔的“散文”倾向，梭罗的散文也并未丧失峻美的“诗意”，而我更倾心梭罗这种自由、信意，像土地一样朴素开放的文字方式。总之在我这里诗歌被征服了：梭罗使我“皈依”了散文。后来我愈加相信，在写作上与其说作家选择了文体，不如说文体选择了作家。一个作家选择哪种文学方式确立他与世界的关系，主要的还不取决于他的天赋和意愿，更多的是与血液、秉性、信念、精神等因素相关（中外文学的经验大体可以证实这点）。

对于本质上作为一个物种的人类来讲，他已经历了一次脱离有机世界进入无机世界的巨大转折。当人类的制造异于自然并最终不能融入自然的循环而积累在自己身边时，他就置身于无机世界之中了。我在一则《大地上的事情》里这样写过：“有一天，人类将回顾他在大地上生存失败的开端。他将发现是一七一二年，那一年瓦特的前驱，一个叫托马斯·纽科门的英格兰人，尝试为这个世界发明了第一台原始蒸汽机。”仿佛与这一转折相应，在精神领域，人类的文字表述也呈现了一个从“有机”蜕变为“无机”，愈来愈趋向抽象、思辨、晦涩、空洞的过程。正如梭罗讲的：“那个时期所有杰出的作家都比现代的作家更加朝气蓬勃、质朴自然，当我们在一现代作家的著作中读到那个时期某一作家的一句语录时，我们仿佛蓦地发现一片更加葱绿的田地，发现土壤更大的深度和力量。这就好比一根绿色树枝横在书页上，我们像在仲冬或早春看到青草一般心神舒畅。”的确，在现代作家（广义）的著作中，我们能够读到诸如“城邦丧失了青年，有如一年中缺少了春天”“美德如江河流逝，但那道德高尚的人本色不变”这样富于生命气息，仿佛草木生长、河水奔流时写成的词句吗？在视明朗为浅薄、朴素为低能的现代文风中，具有“能以适当的比例将自己的意义分别给予仓促草率的读者和深思熟虑的读者。对于务实的人，它们是常识；对于聪明的人，它们是智慧。正如一条水量充沛的河流，一位旅行家用它的水湿润嘴唇，一支军队用它的水装满自己所有的水桶”（梭罗语）特征的伟大著述消失了，文学和学术已经自我深奥与封闭起来。

梭罗的文字是“有机”的，这是我喜爱他的著作的原因之一。我说的文字的“有机”，主要是指在这样的著述中，文字本身仿佛是活的，富于质感和血温，思想不是直陈而是借助与之对应的自然事物进行表述（以利于更多的人理解和接受），体现了精神世界人与万物原初的和谐统一。这是古典著作（无论文学还是哲学）的不朽特征，梭罗继承了这一源远流长的伟大传统：“正如平原的不平坦被距离所掩盖，突兀的一个个时代和断层在历史中被抚平。”“月亮再也不反照白昼，而是按她的绝对规律升起；农民和猎人把她公认为他们的女主人。”“一本书里的简朴几乎同一所住宅内的简朴一样是个了不起的优点，如果读者愿意居住其中”……梭罗的这种比比皆是的语句，使他的行文新鲜、生动、瑰美、智巧，整部著作魅力无穷。

我称梭罗是一个复合型作家：非概念化、体系化的思想家（他是自视为哲学家的）；优美的、睿智的散文作家；富于同情心、广学的博物学家（梭罗的生物知识特别是植物知识是惊人的，他采集并收藏了数百枚植物标本）；乐观的、手巧的旅行家；自称的“劣等诗人”。梭罗一八一七年七月十二日生于马萨诸塞州一个名叫康科德的小镇。康科德的著名首先由于它与其近邻列克星敦同是美国独立战争的始发地，梭罗为此感到骄傲，因为自己生于“全世界最可敬的地点之一”。在后来定居康科德的超验主义团体成员中，梭罗是唯一土生土长的人。霍桑曾形容梭罗是个“带着大部分原始天性的年轻人……总带有点粗俗的乡村野气”。梭罗实际是受过系统教育的，从康科德中心学校、私立康科德学院，直到哈佛大学。一八四七年，三十岁的梭罗在接受他的哈佛班级十周年纪念问卷调查时写道：“我是个校长、家庭教师、测绘员、园丁、农夫、漆工、木匠、苦力、铅笔制造商（梭罗六岁时，其父接管了妻弟的铅笔制造生意。在铅笔制造上梭罗是可以申请专利的，是他从苏格兰百科全书中得到启发，用巴伐利亚黏土混合石墨，生产出更精细的石墨粉，改进了铅笔铅芯的质量，并设计出钻机，使铅芯可以直接插入铅笔，而无须切开木条，还制定了铅硬度的等级划分）、玻璃纸制造商、作家，有时还是个劣等诗人。”这已大体概括了他一生从事过的工作。梭罗的这种智识与体能尚未分离的本领，再次印证了古代希腊的泰勒斯曾向世界表示的：“只要哲学家们愿意，就很容易发财致富，但是他们的雄心却是属于另外的一种。”

谈论梭罗，不能不提到曾给过他巨大影响和帮助，被誉为“使我们万众一心”的“康科德精神”的爱默生（爱默生曾为康科德写过赞歌）。一八三五年，三十二岁的爱默生花三千五百美元在康科德买下一幢房子，正式从波士顿迁到这个小镇，此时的梭罗尚是一名哈佛大学三年级的学生。一八三七年，已在康科德中心学校任教但因被校方责令鞭打六名学生一事而辞去教职的梭罗，加入了爱默生组织的“新英格兰超验主义俱乐部”，他们的伟大友谊从此开始了。一八四一年，梭罗关闭接管了两年的康科德学院，失去工作的梭罗应爱默生邀请住进他家，做了一名园丁。两年的与爱默生密切接触及他的大量藏书，使梭罗在此奠定了确立自己基本思想和信念的基础（梭罗与爱默生的特殊关系，使善于寻找任何角度刻薄说话的批评家曾讥他“不过是爱默生的影子罢了”，但梭罗依然是梭罗。后来他们相对疏远的原因之一，是梭罗对自己渐长的名气和声望给爱默生带来的影响有了顾虑）。

关于梭罗与爱默生的关系，我更愿意相信他们在心灵上、思想上存在一种先天的契合和呼应。爱默生在他的讲演录《美国学者》中阐述过这样一个基本思想，即在分裂的或者说是在社会的现状下，人已经丧失了自己的完整性，所谓“人”只是部分地存在于所有的个人之中，各人站在社会派给他的岗位上，每一个人都像是从身上锯下来的一段肢体—— 一个手指、一个颈项、一个胃，但不是一个完整的人：栽种植物的人很少感觉到他的职务的真正尊严，他只看见他量谷子的箩筐与大车，此外一无所视，于是就降为一个农民（而不是“人”在农场上）；商人从不认为他的生意也有一种理想的价值，灵魂只为金钱所奴役；律师成了一本法典；机师成了一架机器；水手成了一根绳子……爱默生的关于“人”的理想是，每个人若要完整地掌握自己，就必须时时从他自己的“岗位”回来，拥抱一切。梭罗则说：“人类已经成为他们的工具的工具了，饥饿了就采果实吃的人已变成一个农夫，树荫下歇力的人已变成一个管家……最杰出的艺术作品都表现着人类怎样从这种情形中挣扎出来，解放自己。”从梭罗回答哈佛大学的问卷中所述，我们可以看出，梭罗的一生便是有意体现这一“人”的理想、“解放自己”的一生（爱默生在日记里曾诙谐地写道：“梭罗的个性中缺少点雄心壮志……他不当美国工程师的领袖而去当采黑果队的队长。”梭罗这种“不争第一”的人生姿态与那个时代业已开始的以竞争为机制和本质的现代社会显然背道而驰，而我确信这一机制和本质正是“人类在大地上生存失败”的根本原因）。

梭罗在《瓦尔登湖》中曾这样说明自己：“我在我内心发

现，我有一种追求更高的生活，或者说探索精神生活的本能，但我另外还有一种追求原始的行列和野性生活的本能。”梭罗的这种源于生命的非实用主义或反物质文明倾向，以及他的审美地看待世界的目光、诗意的生活态度，早在哈佛大学的毕业论文中就有所表露：“我们居住的这个充满新奇的世界与其说是与人便利，不如说是令人叹绝，它的动人之处远多于它的实用之处；人们应当欣赏它，赞美它，而不是去使用它。”梭罗上述自我表白和说法，可以有助于我们认识和理解他的“否定了一切正常的谋生之道，趋向于在文明人中过一种不为生计做任何有规则的努力的印第安人式生活”（霍桑语）的非凡一生（为梭罗这种人生提供保障的，是他自己宣称的“我最大的本领是需要很少”。我想如果梭罗与现代环境保护主义有关，也主要在于他这种自觉降低消费的生活态度）。自一八三九年二十二岁的梭罗与其胞兄约翰乘自造的“马斯克特奎德号”船在康科德与梅里马克河上航行一周起，旅行便几乎成了他生活的核心。而瓦尔登湖，由于梭罗在湖畔的居住及他的以之命名的不朽著作，则已是梭罗的象征。一八六二年五月六日，梭罗因肺结核在康科德不幸病逝，时年四十五岁。在梭罗的葬礼上，痛致悼词的爱默生满怀深情地说道：“这个国家还不知道，或者仅有极个别人知道，她已失去了一个多么伟大的儿子。”

梭罗是难以谈尽的。自一八七三年梭罗的生前好友钱宁率先为其写传以来，关于梭罗的传记和著述已数不胜数。这两年由于《瓦尔登湖》在国内的频繁出版，谈论梭罗的文章（或颂扬或贬损）亦不时出现。对此，我在前面提到的那封信中曾表述了这样的看法："……人们谈论梭罗的时候，大多简单地把他归为只是个倡导（并自己试行了两年，且被讥为并不彻底）返归自然的作家，其实这并未准确或全面地把握梭罗。梭罗的本质主要的还不在其对'返归自然'的倡导，而在其对'人的完整性'的崇尚。梭罗到瓦尔登湖去，并非想去做永久'返归自然'的隐士，而仅是他崇尚'人的完整性'的表现之一。对'人的完整性'的崇尚，也非机械地不囿于某一岗位和职业，本质还在一个人对待外界的态度：是否为了一个'目的'或'目标'，而漠视和牺牲其他（这是我喜欢梭罗——而不是陶渊明——的最大原因）。"当我们了解了梭罗在他的"漫游与著述"生涯中，并没有无视美国当时的奴隶制，并与之进行了不懈的斗争（多次撰文；为此拒绝纳税而不惜坐牢；在家中收容逃亡的奴隶，帮助他们逃往加拿大；组织营救被捕的废奴主义领袖约翰·布朗；以及同情并帮助印第安人）等事后，我们便会认同当年他接管过的康科德学院学生对他的评价：他是一个"富有爱心的人"。

一九九八年五月

一个人的道路

——我的自述

我于一九六〇年一月七日，出生在北京市昌平县（现为北京市昌平区——编者注）北小营村。据祖父讲，我们祖先是最早来这里定居的人家之一。

这座村庄，位于我所称的华北大平原开始的地方。它的西部和北部是波浪起伏的环形远山，即壮美的燕山山脉外缘。每天日落时分，我都幻想跑到山顶上，看看太阳最后降在了什么地方。我曾认定，太阳落山后，是从山外绕回到东方去的。而我那时的山外，就是外国。

这个大平原的开端，给了我全部的童年和少年。与所有乡村的孩子一样，它们是由贫匮、欢乐、幻想、游戏、故事、冒险、恐惧、憧憬、农事等构成的。我时常缅想它们，但我还从未将它们写进我的散文。当我看到华兹华斯“童年是男性人的父亲”的说法时，我对他的这句话感触很深。

那时村子东西都有河。村里的井也很多，一到夏天，有的只用一根扁担就能把水打上来。每年，麻雀都选择井壁的缝隙，做窝生育。雏雀成长中，总有失足掉入井里的。此时如果挑着水桶的大人出现，这个不幸的小生灵便还有获救的可能。

我从小就非常心软，甚至有些极端。我不能看屠宰牲畜或杀一只鸡。我的这种心地，与血缘有关。至今我仍认为，我的四姑是我在这个世界上遇到的最善良的人。这个根本，使我后来对非暴力主义一见倾心。我的散文《四姑》和《上帝之子》，实际从血缘与信念两个方面，间接讲了我自己。

我的乡村童年和少年时代，读物是匮乏的，我现在已全然想不起那时读过什么书了。关于文化，最早给我留下印象的是电影《马兰花》和《人参娃娃》。在故事方面，先是叔祖母的民间故事，后是四姑的古典小说。在文学上，四姑是我的启蒙者。而我的祖父，一个秉性鲜明、极重尊严、与所有家庭成员都保持距离的人，给了我另一种精神：从我懂事起，直到一年前，年过八十的老人突然瘫痪，他从未间断每晚睡前的日记。

我对使用文字，很早就有兴趣。中学时，我曾尝试写过小说，一个乡村少年的故事：顽皮，但好心；为了老师午休，试图赶走树上所有的蝉……我这篇唯一的小说，并未写完。我还模仿写了一些动物寓言，它们其实说明了我那时即开始的“文以载道”倾向。

一九七七年，国家恢复了高考制度，这使我稍后得以走进大学的校门。带着喜悦、骄傲和未知，我从乡村中学来到了都市的大学校园。这是一个新的天地，她对我的最大意义，不是课堂，而是视野、志同道合的友谊和图书馆的书籍。“朦胧诗”—— 一种新鲜的、具有本义色彩的诗歌——在校园的传播，使我的文学热情有了定位。我开始读诗，抄诗，尝试写诗，崇敬诗人，与诗人交往。长久以来，在我的意识里，诗人与诗歌不分。即使是今天，如果我为诗人或作家做了什么，我仍认为，我不是或不单是帮助了他们，而是帮助了文学本身。

我的诗歌时期，对我的散文写作，具有非同寻常的意义。除了一种根本的诗人特有的纯粹精神，恰如布罗茨基所讲，散文作家可以向诗歌学到：借助词语在一定的上下文中产生的特定含义和力量，集中的思路，省略去不言自明的赘语。的确，“如果散文作家缺少诗歌创作的经验，他的作品难免累赘冗长和华而不实的弊端”。对我来说，我努力去做的，即是将散文作为诗歌以另一种手段的继续来写作。

我的第一篇散文《去看白桦林》，写于一九八八年初。最终导致我从诗歌转向散文的，是梭罗的《瓦尔登湖》。当我初读这本举世无双的书时，我幸福地感到，我对它的喜爱，超过了任何诗歌。此时我已经有了一个令我满意的工作：与社会可以保持必要的距离，夜晚授课，而将上午——每日官能最清澈的时刻——献给阅读和写作。我的每年暑假的自费旅行，也已进行。到一九九〇年，我已走了黄河以北几乎全部省区。

我喜爱的、对我影响较大的、确立了我的信仰、塑造了我写作面貌的作家和诗人，主要有：梭罗、列夫·托尔斯泰、泰戈尔、惠特曼、爱默生、纪伯伦、安徒生、雅姆、布莱克、黑塞、普里什文、谢尔古年科夫等。这里我想惭愧地说，祖国源远流长的文学，一直未能进入我的视野。一个推崇李敖、夸耀曾拧下过一只麻雀脑袋的人，曾多次向我推荐《厚黑学》，但我从未读过一页。而伟大的《红楼梦》，今天对我依然陌生。不是缺少时间，而是缺少动力和心情。在中国文学里，人们可以看到一切：聪明、智慧、美景、意境、技艺、个人恩怨、明哲保身等等，唯独不见一个作家应有的与万物荣辱与共的灵魂。海子曾说：我恨东方诗人的文人气质，他们把一切都变成趣味。

我的笔名“苇岸”，最初来自北岛的诗《岸》，也有另外的因素。我不仅因“我是岸 / 我是渔港 / 我伸展着手臂 / 等待穷孩子的小船 / 载回一盏盏灯光”这样的诗句，感到血液激涌；更有一种强烈的与猥琐、苟且、污泥的快乐、瓦全的幸福对立的本能。我这样讲，并非意味我在我的生命衍进中，从未做过使自己愧怍的事情。对于它们，如毛姆在《七十述怀》里写的那样，我希望我说：这不是我做的，而是过去的另一个我做的。

“没有比对人类的爱更富于艺术性的事业。”虽然我是一个作家，但我更喜欢凡·高这句话。我希望我是一个眼里无历史，心中无怨恨的人。每天，无论我遇见了谁，我都把他看作刚刚来到这个世界的人。我曾经想，在我之前，这个世界生活过无数的人，在我之后，这个世界还将有无数的人生活；那么在人类的绵延中，我为什么就与我同时代的这些人相遇，并生活在一起了呢？我不用偶然来看这个问题，我把它视为一种亲缘。

当然我知道，事情远非这么理想和浪漫。但我愿意像古罗马的那位皇帝马可·奥勒留那样，每天早晨对自己说：今天我要见到一个我主动问候他，他却视我别有企图的人；一个除了自己的利益圈子，对一切都冷漠无情的人；一个把比他人生活得优渥，看作人生最大幸福的人；一个将“无度不丈夫”，当作“无毒不丈夫”奉行的人……他们之所以这样，是因为他们无知。

再过两个月，就是我三十五岁的生日了。在我的一生中，我希望我成为一个“人类的增光者”。我希望在我晚年的时候，我能够借用夸齐莫多的诗歌说：“爱，以神奇的力量，/使我出类拔萃。”

一九九四年十月

太阳升起以后[①]

我住在北京郊区昌平县城的边缘。六年前当我刚搬到这个楔入田野的名为“水关新村”的住宅小区时，我在我的位于五层的东西两向居室内，能够看到太阳升落、月出及远山上的风起云涌。这持续了二三年的、时常令我兴奋不已的景色，随着小城如午后树荫般向外延伸而完全消失了。今天我须步行一刻钟后才能踏上土地，重新目睹昔日我在居所便能观赏到的那些壮美画面。

我生活的区域处于都市与乡村或说文明与自然之间，它是一种过渡和纽带，由此我可以随愿走向这两个相反的端点。对我来说，深入旷野是容易的，也是必不可少的。我常常徒步穿越田野（但绝不践踏庄稼），自然本身的丰富蕴含，形成了我的《大地上的事情》诸多片段。而另一端，对我则主要意味着书

---

① 此文应《散文选刊》之约而作。——作者注

店、展览馆、剧场、文学活动及朋友短暂的聚谈。我可以乘公共汽车用比穿城而过还短的时间赶到（北京）城里，并时常乘晚上的末班车返回昌平。我很少在城里过夜，一个望不到星星和不能进行深呼吸的空间，于我已经难以忍受了。

我习惯上午写作，多年来，我的工作性质为我提供了这个保障。我写得很慢，一年写出两万字的作品，对我而言是正常的。天分以及由于永远也看不完的书籍而产生的自我怀疑，制约了我的写作速度和数量。我曾对朋友讲，在写作上我没有太大的奢求，如果一生最终能够辑成一本二十万字的自己还算满意的小书，我就感到非常欣慰了。我正在做一件为二十四节气拍照和记录的事情。具体讲，我在田野选了一个画面，每到一个节气，都在同一地点，面对这个画面拍一张照片，时间定在上午九点。同时我为每个节气写下了我当天的所见、感受、联想及认识，《一九九八　廿四节气》会是我今年写作的一个重点。现在十六个节气的照片已冲洗出了，从立春到秋分，它们排列在一起，为我呈现了季节细微的变化和农事疏缓的更番。现代社会不依任何人意志为转移的演进方向，常常让我觉得不可思议：它正在导致本质上也是一个物种的人类完全脱离星象、物候、季节与动植物环境，而进入灰色的“数字化生存”世界。

一九九八年十一月

现代的孩子

现代的孩子吃精制食物，娇弱的胃口让他们厌恶颐养劳动体魄的粗蔬和五谷。

现代的孩子穿漂亮衣服，卫生的观念将他们隔绝于孕育万物的风雨和泥土。

现代的孩子在高楼里居住，远离童年游戏，远离儿童天然的集体主义。

现代的孩子出门须要乘车，闲置起造物主为行走而赋予人类的双足。

现代的孩子懂得哪种级别的官高，哪种牌子产品好；不懂什么是蒲公英，什么是布谷鸟。

现代的孩子每天能看到汽车，看到钱；看不到日出与日落，看不到地平线。

现代的孩子天天听机械的声音，听人类放声叫卖的声音；听不到鸟儿的啼叫，林子的籁响。

现代的孩子可以在商店买到各种糖果，但无处可以摘下悬挂在树上的果实。

现代的孩子可以得到各种电动玩具，但无处可以捉到一只星斑天牛或金龟子。

现代的孩子按图示会精巧地垒起积木，再也不会造出一把木枪或苇笛。

现代的孩子注意看大人的脸色，注意不到变幻不定的季节的颜色。

现代的孩子一切事全由家里给做，他们为家里做的唯一的事是给大人增添一些乐趣。

现代的孩子时常生病，每个家庭都有许多药片，每个城市都有许多医院。

现代的孩子不再听老祖母讲狼和羊的故事，因为家家都有好看的彩色电视机。

现代的孩子需要补充钙片和维生素，他们每天在楼群间玩耍，呼吸机器排出的气体。

现代的孩子跟着大人从一个家庭走到另一个家庭，看不见蚂蚁的家庭、蜜蜂的家庭。

现代的孩子的勇敢体现在摔家里的东西，他们没有地方去爬树，没有机会走夜路。

现代的孩子从成人世界学到各种道理，无法在自然世界中获得各种启示。

现代的孩子仿佛天天都过年，因而他们已无法尝到真正过年时的甜蜜。

现代的孩子得到什么都很容易，因而他们无法理解“简朴”和“珍惜”的含义。

现代的孩子过多地享用和获取，他们的性格中将缺少坚毅与创造力。

现代的孩子缺少意外，缺少恐惧和冒险，他们将来回忆的将是失去色彩的童年。

一九八九年三月

素食主义

《简明不列颠百科全书》给素食主义这样下定义:“由于道德、禁欲或营养的原因而推崇以蔬菜、水果、谷物和坚果为主食的理论或习惯。”

基于宗教信仰的素食，在亚洲广大的印度教与佛教地区，自古有之。这里所说的素食主义，主要指出现于十九世纪英国，并随后扩展到其他国家和地区的一项素食运动。他们成立素食者协会，出版《素食者》专刊，开设素食馆，宣传和推广自己的观点。

素食主义者从各个方面探讨过人类的饮食问题。在道德方面，他们认为，人之所以超越下等动物，并不在于前者必须以后者为食，而是高级动物必须保护低级动物，两者之间须有互助，一如人与人之间的关系。在科学方面，他们得出结论，人体结构无可辩驳地证明，人不是宜于撕碎和吞咽别的动物的野兽；他没有食肉野兽那样尖利的分得很开的牙齿，他的肠子也比野兽的长得多。在生活方面，他们向世人表示，素食最节俭，最省钱。最后他们指明一个道理：人们之所以饮食并不是为了享受，而是为了生存。

素食主义有一个核心问题，即对素食的界定。对此，各地的素食主义者多少有些分歧。大体有三种：第一种认为素食指不吃禽兽的肉，但可以吃鱼和蛋；第二种认为素食即指不吃一切动物的肉，但仍可以吃鸡蛋、喝牛奶；第三种是最彻底的素食主义，它禁食一切动物的肉及包括蛋奶在内的所有的附产品。

对人类而言，饮食不单涉及生存和健康，它天然与个人的信念和自我完善有关。十九世纪的美国作家梭罗讲："我在我内心发现，我有一种追求更高的生活，或者说探索精神生活的本能。"为了这种生活，他不沾烟酒，不喝咖啡，不喝牛奶，不吃牛油，也不吃兽肉。他说，这样我就不必为了要得到它们而拼命工作，而因为我不拼命工作，我也就不必拼命吃。梭罗认为，每一个想把他更高级的、诗意的官能保存在最好状态中的人，必然是特别地避免吃兽肉，还要避免多吃任何食物的。他以昆虫学家的研究说明，昆虫世界的一个一般性规则是，成虫时期的昆虫吃得比它们在蛹期少得多。因此，大食者是还处于蛹状态中的人。"有些国家的全部国民都处于这种状态，这些国民没有幻想，没有想象力，只有一个出卖了他们的大肚皮。"梭罗相信人类的发展必然会逐渐地进步到把吃肉的习惯淘汰为止，就像野蛮人和较文明的人接触多了之后，把人吃人的习惯淘汰掉一样。

梭罗是在素食主义运动之外的，当素食主义在美国兴起时，他早已出版了他那部名为《瓦尔登湖》的沉思著作。但素食主义确是影响了愈来愈多的人，其中包括一些伟大的人，如列夫·托尔斯泰和萧伯纳（圣雄甘地在自传中也谈到了素食主义对他的意义）。

一八八五年，终止了打猎，戒掉烟酒，放弃财富，试图用道德准则与个人榜样影响和改变社会的托尔斯泰，又接触了素食主义。托尔斯泰的传记说，一天，一个名叫弗雷的人，从美国来看望他，这个人大约五十岁，但外貌是容光焕发的、年轻的，这是一个素食主义者，十年来甚至连盐也没有尝过。正是从来者这里，托尔斯泰第一次听到鼓吹素食主义，并且从他身上第一次看到一个有意识地弃绝杀生的人。从此托尔斯泰成了一个终生坚定的素食主义者。这一年，托尔斯泰已年近六旬。享年九十四岁的萧伯纳，将他的高龄归功于素食主义。一九三三年萧伯纳曾访问中国，在上海，有人问过他素食的原因，他回答："是我的健康所需要的，而且素食本是英雄和圣人的食物。"

除了对一切生命悲悯的爱以外，自觉的素食主义本质就是节制与自律。

关于节制，这是现代文明进程中迟早会被提起的问题。《历史研究》的著者汤因比即认为，工业革命以来被刺激的人类贪欲和消费主义，短短二三百年间，便导致了地球资源趋于枯竭和全面污染。面对未来，人类不能再心存科学无敌的幻觉，科学虽有消除灾害的一面，但（现实已经表明）一种新的科学本身又构成了一种新灾害的起因。人类长久生存下去的曙光在于：实现每一个人内心的革命性变革，即厉行节俭，抑制贪欲。

而在自律方面，曾严厉抨击西方社会的实利主义的索尔仁尼琴，反对“贪婪的文明”和“无限的进步”，提出应把“悔过和自我克制”作为国家生活的准则。因为纯洁的社会气氛要靠道德的自我完善来造成，稳定的社会只能在人人自觉地进行自我克制的基础上建立。托尔斯泰也曾讲过，人类不容置疑的进步只有一个，这就是精神上的进步，就是每个人的自我完善，人类如果没有内心精神上的提高，那么徒有外部体制上的改革，也是枉然的。

一九九四年九月

四　姑

祖母一生，养育了十个儿女。父亲是她的长子（之后有三子一女夭折了）。余下是五个姑姑。在我记事时，大姑、二姑已经出嫁。由于父母很早就在外工作，我们兄妹几人，都是在祖父、祖母和姑姑们身边长大的。

其实，最小的五姑只比我大两岁，四姑比我大七八岁。祖母说，我小时，就由四姑哄着。

四姑在她们五姊妹中，长相最不好看。她的体态矮小、敦实，脸型方阔，厚唇，发辫很粗。仿佛天然适应农村的泥土而来，为露天的风雨和劳作所生。

四姑粗朴的外貌，没有反映她文质与秀美的内里。在祖父的五个女儿中，只有四姑充分承继了他的书册性情。四姑爱书，胜过一切。她大概读遍了那时乡下所能找到的全部书籍。每次下田，她都带一本书，这与乡亲们树下禁忌极少的说笑，很不协调。她从不在饭桌吃饭，她喜欢端上饭碗，趴在里屋炕上边看边吃。等她从里屋出来，桌上饭菜，大多已全无，但她并不在意。每晚，她在全家睡得最迟，经常在看书中睡去，而使灯亮到天明。为了守住这一令她幸福的天性，她需长期忍受祖母的不满和唠叨。

贴近大地的底层生活，与文字总是保持着其自尊的距离。

四姑上过中学，她曾卷入当时红卫兵南北串联的红色波涛。如果不是那个时期，我相信，她肯定也会走进某个高等学府的大门。到我懂事，四姑已回乡劳动。

四姑秉性温和，心地极为善良。她的脸上，似乎总是歉意的表情。她是那种遇利退让，唯恐自己的行为不慎而有碍外界；乐于奉献，得到些许帮助便坐卧不安的人。四姑的字，非常漂亮。她常代邻里写信，过年时，写对子。她言语不多，语音平和。祖母说，她从不与人争吵，如果姐妹之间或与邻人偶尔产生摩擦，她都先去给人道歉，而起因多不在她。即使哪天走在街上没有主动与乡亲说话，她也觉得自己好像做了一件错事。

在四姑身上，的确有着令我不解的表里矛盾现象。她勤劳，像任何一个本色的农民一样。但她并不喜欢女红，同编织、缝洗、做饭等家务相比，她更爱做担水、起圈、割草、整地这些通常由男人来做的户外事情。父亲工作在外，四姑恰好起了一个农家本属男儿的栋梁作用。

童年给我印象最深，并对我的人生具有奠基意义的事，是在冬天的早晨，跟随四姑到野外去搂柴草。天不亮就动身，太阳出来返回，几乎天天如此。那时我十岁左右，四姑正值生命美好的青春时间。由于担心，祖母不愿让她一早出去，但她坚持。于是我这个家中仍在甜睡的男子，便被从热炕上叫起，给她做伴。或许作为报偿或安慰，她给我讲起故事。由此，在天亮前后往返的路上，在茅草瑟瑟的旷野，四姑开始将她读过的书籍，源源不断地讲给我听。她的记忆力出众，讲述动人，至今我也不具备这种能力。

四姑仿佛为我打开了一座宝库，使我的心灵骤然一亮。我不再盼早上刮起大风或降下大雪，而是在每天的睡梦中期待被再次叫醒。四姑给我讲的故事，我后来知道，主要来自《西游记》《水浒传》《说岳全传》《杨家府演义》等中国古典小说。这是童蒙不可缺少的精神粮食，它们的奇幻色彩、英雄主义和人间正气，适时地滋养了一个乡村少年的骨骼与心智。这是一段寒冷而美丽的时期，常常令我怀恋回忆。我既因自己已对家庭有用而备感自豪，更为骤然进入一个神异王国而激动不已。

当灿烂的太阳从东方遥远的树丛升起，身背装满柴草的荆篓的人们，踩着自己高大的影子，陆续朝炊烟晃动的村庄走去。在这些起早的男人中，走着一位朴素的姑娘，一个拿着筢子的男孩，紧跟在她身边。我永远不会忘记这个情景，这是我的宝藏，是我今天踏上从文之路的根基。它不仅使我得到了最初的文学启蒙，也使我养成了热爱早晨这一有益心灵的习性。在后来的一首诗中，我这样写过：我喜欢早晨／到田野的广场上去／

等候太阳到达／当黑夜的列车停下／太阳踏上天空的站台／仿佛一个远方的朋友／微笑着向我走来。

我觉得四姑是乡村用它的历史和全部美的因素，塑造得最为合乎它心愿的人。但乡村仿佛也拣选她做了自己的祭品，命运牺牲了她。她对生活的爱与给予，远远没有得到相应回报。四姑身体不好，她的气管炎一到冬天便给她带来很大痛苦。疾病是依赖体力维生的乡村的魔鬼，最使农民忌畏。四姑甚至对她的婚姻也失去了信心。我记得隐约听她对祖母说过，她不想结婚了，只求为她在家宅旁盖间小屋。四姑终于没有获得爱情。后来，一位远亲领来了邻村一个青年，是个单薄、木讷、笨拙、固执、老实巴交、对文化毫无兴趣的男人。大概为了除去祖母的心病及其他复杂因素，四姑嫁给了他。

很多年过去了，四姑已是两个女孩的母亲，正用她不息的操劳支撑着她的家。我时常想起她，想什么时候去她那里看看。我不知在冷漠的商品烟云已由城市向乡村弥散的今天，她将如何接受这一无情的现实，她的传统的温暖人性将为此付出什么代价。

一九九二年八月

作家生涯

文学是人类精神的培养基地。

——爱默生

文学，世界上最好的事业。

——列夫·托尔斯泰

语言的堕落导致人类的堕落

约瑟夫·布罗茨基，诗人，一九八七年诺贝尔文学奖获得者，也是历次获奖者中最年轻的一个。一九七二年他被政权逐出了祖国。他的国家这一做法，使他讲出了一句话：“我得到了世上所有可能的万物中最好的两个——美国护照和俄罗斯文化。”失去了祖国国籍的，被驱逐前曾遭关押和流放的诗人，致信勃列日涅夫：“跟国家相比，语言是一种更加源远流长的东西。我属于俄语，属于俄罗斯文化，我是她的一部分。”

爱默生有一个著名论点："人类的堕落导致语言的堕落。"而布罗茨基认为，今天应该把这句话颠倒过来：语言的堕落导致人类的堕落。布罗茨基的用意，在于指责当代作家的毫无休止的退化。

超越古今

许多作家，不读当代作品。这有一个作家们自己明白的道理。比如，卡夫卡曾对一个抱着一摞新书来找他的朋友说："你干吗用这些蜉蝣动物来跟自己过不去。这些时髦书籍大多数不过是'今天'的不稳定情绪的反映而已，很快就会泯灭的。你应该多读旧书，古典作家的，歌德的。"青年黑塞曾醉心于最新的文学书籍的海洋中，但后来他发觉，一个人的思想只停留在当代，停留在新的书籍之中，对于人的精神生活是无益的，只有和过去的事、历史、古老的以及原始的事，维持经常联系才可能存在真正的精神生活。

《城市与狗》的作者略萨也宣称："我是十九世纪小说的一位热心读者。"但同是这个略萨，却对二十世纪的博尔赫斯，表示了最高的敬意："如果我只能选择一名作家，那就是博尔赫斯。因为我觉得博尔赫斯的世界，是一个极富独创性的世界。他的作品充满摄人心魄的智慧。特别是他的语言，在一定意义上是与我们的语言传统分道扬镳的。西班牙语是一种繁复的、修辞手法众多的语言。我们伟大的散文作家，从塞万提斯起，都是汪洋恣肆型的写手。而博尔赫斯却完全相反，他以精练、朴素、准确独树一帜。”

作家写日记

作家写日记，是一件理所应当的事情。许多作家身后的全集中，日记都是不可缺少的一部分。比如纪德，自二十岁起即写日记，他在逝世的前一年出版的《日记》(1889—1948)，纵贯了半个世纪，成为一部二十世纪上半叶关于法国和西方文学、艺术及纪德本人的宝贵文献。托尔斯泰主张每个人都应该写日记。他认为这有助于进步，有助于发展思维，就像做体操可以使我们肌肉发达一样。他常随身带着一个小本，随时记些什么，再把记下的东西加以发展和修改，写进日记。当然，也有作家反对写日记，加西亚·马尔克斯即是其中之一。他认为，写日记会妨害作家对作品的全神贯注。但他却一反作家暮年才写回忆录的做法，很早就开始了不停地把自己的回忆变成文字的生涯。他预言，他的回忆录将会有六卷。

为了大地的安全

一位叫内多毅的日本学者，写了一部名为《人类与文学》

的著作。其中阐述了这样的思想：进入二十世纪后，受到严重污染和掠夺的自然，对于人类已不再是“美”的对象，而是“恐怖”的象征。古代的人类，曾把与己敌对的自然拟人化，创造了神话。今天，由于自然的蜕变，则有了创造新神话的可能。

自然承受人类欲望的极限，使人类原有的一切，正在降为第二位。

一九八七年八月，拉斯普京、阿斯塔菲耶夫等一批苏联作家与来访的日本作家，曾在贝加尔湖畔的森林之城伊尔库茨克庄严宣布，发起为保卫世界湖泊免于污染的“贝加尔湖运动”。拉斯普京大声疾呼：“我们这个时代可称之为人类生存的危机点。自古以来，水、空气和土地是地球上生命的源泉，如今成了疾病的源泉和早死的原因。”

在德国，诗人们也有“自然诗歌”运动。《在直线的狂风暴雨中——自然诗歌集》《现代德语自然诗集》《大地要求自由与安全》等诗集接连出版。其中一首题为《现状》的短诗，被印在圣诞卡上，广为流传：“谁要是愿意 / 世界 / 保持 / 现状，/ 他就是不愿意 / 她继续生存下去。”

非暴力主义的可能

列夫·托尔斯泰是非暴力主义的毕生倡导者，他将非暴力主义喻为“构成人类共同生活的全部学问的拱顶”。他认为作恶的人比遭恶的人在自己的心灵中更感到不幸，故不是仇恨，而应该怜悯他们。他认为通过暴力不可能建立一种符合道德的制度，因为任何一种暴力都不可避免地会引发另一种暴力。

托尔斯泰曾致信沙皇亚历山大三世，谆谆恳求他赦免刺杀亚历山大二世的凶手，希望新沙皇做一个“不以恶抗暴”的非暴力主义楷模：“宽恕吧！以德报怨吧！这样，在数百恶人中将会有几十人离开魔鬼投向上帝。”为此：“我这个不肖的臣民宁愿做您的犬马，您的奴隶。”

一次，一个来访的名叫布赖恩的美国人问（这是一个人们经常用来反对托尔斯泰的例子）：“如果一个恶棍在您面前虐待婴儿，该怎么办？”托尔斯泰答：“我在世上活了七十五年，还没有遇到过这样的恶棍。但是我亲眼看到成百万人，妇女、儿童，由于政府的暴行而走向毁灭和死亡。”

诗意人生

诗人是人类语言的实验者（当然不止）。这个世界出现过的具有实验意义的诗意人生，大多源于诗人。与瓦尔登湖密不可分的十九世纪的梭罗，本质是一个诗人。这里我想列举二十世纪的两个诗人，还是出自美国（一个最能代表现代文明的国家）。

罗宾森·杰弗斯，有“铁器时代无物存留”“有一个陷阱专门抓捕崇高的灵魂，据说当上帝走上地球，就已经被抓住”诗句的诗人。他认为，人生的终极目的不是为了寻求舒适感，而是为了追求一种至善至美的境界。人不应做物质生活的奴隶，不应做待死的恐龙。人不是大梦初醒的童婴。一九一六年，他携妻迁居加利福尼亚滨海小市卡梅尔。这里的峻山峭崖和汹涌海浪，显示了超越时间的原始风光，使他联想到荷马时代伊萨卡的绮丽景色，奥德赛的石岸故乡。他在崖上用双手建造了一座面向大海的花岗岩塔式石屋，没有自来水和电，他与妻子在这里自耕自种。

加里·斯奈德，现代文明的抵制者，热爱东方，视中国古代诗人寒山为师的诗人。有过伐木工，海员，沙漠独居五个月，皈依佛教三载，旅居日本十年的经历。回国后，定居在加利福尼亚北部荒僻的山间，他住在自己一手建筑的房子里，拒绝用任何污染戕害自然的工业品。他的散文集《大地家族》中有这样的话："最受无情剥削的阶级是动物，树木，花草，水，空气。"

世界为什么需要作家

米格尔·托尔加，继卡蒙斯之后，我知道的第二个葡萄牙作家。托尔加的作品有诗、短篇和长篇小说，但最著名的还是他始记于三十四岁、已出版了十多卷的《日记》。《日记》内容浩大，大多以诗和散文的文体写成。

托尔加是与我们同世纪的作家。他说从年轻时候开始，“我一直认为艺术和写作是一种本体的、神圣的行为”。他认为，作家无疑要有使命感，而不应一味迎合读者，更不应看传播媒介的眼色。写一首诗歌，一篇小说，首先应考虑它是否会对读者产生影响。如果文学不能使大众产生良好变化，那这个世界就不需要作家。

托尔加是隐在文字后面的作家。他深居简出，谢绝各类邀请，十年中只会见过两次记者。他说：“作家是通过作品说话的。”

蔑视诗歌的人被诗歌颂

忠于自己的哲学，认为“诗不表现真理”，只会滋长人类的低劣情欲，决意“必须把诗驱逐出理想国”的柏拉图死后，他的来自马其顿的学生亚里士多德，为他写了一首悼亡诗：

在众人之中他是唯一也是最初，
在生活中与作品里，
他都清楚而又明白指出，
唯有善良才是幸福，
这样的人啊，如今已无处寻觅。

这首诗，胜过全部评价柏拉图的著作。

农村永恒

阿勃拉莫夫，苏联作家，农村的赞美者和护卫者。他的作品，都写农村。他为自己属于“农村派作家”而感到骄傲。在这个行列中，还有别洛夫、拉斯普京、阿斯塔菲耶夫、索洛乌欣等他喜爱和尊敬的作家。对于农村的未来，他反对美国式的农村城市化做法，而主张保留农村（适当引进城市文明的物质生活水准）。农村应该永存，“因为人性的主要贮存器之一，就是土地、动物和人同它们的交往”。

在《悲惨世界》中，雨果也曾告诉他的读者：“城市会使人变得凶残，因为它使人腐化堕落。山、海和森林，使人变得粗野，它们只发展这种野性，却不毁灭人性。”

文学是词语

一九八九年，瑞典文学院出乎我们意料地把当年的诺贝尔文学奖，颁给了西班牙作家塞拉（这引起了世界作家广泛的异议）。至今我还没有读过塞拉的一部作品，但我看到过他的一句关于文学的话：“语言是作家的表达工具。（因此）文学是词语，而不是其他任何东西。”

塞拉被认为是西班牙战后第一个具有实验色彩的先锋小说作家，他创造了一种叫作“恐怖主义”的小说风格（所以这样讲，是因为他的小说创作应以暴力和恐怖事件为题材的主张）。批评家介绍说，他的小说，不重情节或人物塑造，而以细节描写，语言创新为特色。塞拉推崇的拉丁美洲作家是：帕斯、略萨和胡安·鲁尔福。与略萨相反，塞拉认为博尔赫斯只是个“为拉丁美洲西语国家的小布尔乔亚服务的作家”，是不能与上述三位作家相提并论的。

比喻的魔力

文字的魅力或魔力，很大程度上来自比喻。一个前所未见的、出其不意的、奇迹般的比喻，会令我们长时间激动不已。在一个比喻的力量下，我们往往便记住了一首诗、一本书或一个作家。数年前，我曾读过危地马拉作家阿斯图里亚斯的小说《总统先生》，但今天无论是小说的情节，还是它的人物，我都已忘得一干二净。唯一让我记住这部小说的，是阿斯图里亚斯的一个比喻：无数条河流注入大海，像一只猫把胡须伸进牛奶碗。而一提到英国诗人奥登，我首先想到的是他把空空的头脑，比喻成八月的学校。我还记得他那句原诗：“那些头脑空旷得像八月的学校。”

亚里士多德的《诗学》说："比喻是天才的标志。"当代希腊诗人埃利蒂斯在受奖演说时也说："一切艺术都凭借类比发言。"

世上最善良的人

爱伦堡的六卷本回忆录《人·岁月·生活》，在"新时期"之初，曾被我们年轻的诗人、作家广泛阅读。长期旅居国外的爱伦堡，在这部回忆录中讲述了许多他结识的西方诗人、作家及其他艺术家的事情。

爱伦堡说，他平生遇见过的最谦逊的诗人是马查多（西班牙诗人），而画家则是马尔克（德国画家）。这里先说说马尔克。爱伦堡说，马尔克一生从未打算在画布上表现自己的愤怒和不平。他喜欢画水，而他的性格，照俄罗斯古老的说法，比水还温和。他与人交谈首先要说："你要原谅我，我只会用画笔说话。"马蒂斯说他："他的心是古代抒情诗中的少女的心灵，不仅不伤害任何人，而且还会为某人没有狠狠得罪自己便走开而感到伤心难过。"

马尔克的性情让我想到另一本书中讲述的另一位作家。这位作家就是大名鼎鼎的《追忆逝水年华》著者，体弱多病的普鲁斯特；这本书是莫洛亚的《从普鲁斯特到萨特》。"害怕使别人难过始终是他主要的一种本能"，莫洛亚用这句话概括了普鲁斯特善良的一生。

托尔斯泰与萧伯纳

萧伯纳（沿用旧译），莎士比亚以来英国最重要的剧作家。在列夫·托尔斯泰逝世前一年，他曾将自己的剧本《人与超人》转送给这位老人，并导致了他们之间几次不愉快的通信。

托尔斯泰读了剧本后，礼貌地给萧写了一封长信。认为在对待文明和进步的态度上（即不论文明和进步将继续多久，它们不能改善人类的状况，除非人们自身改变），他们的观点相同，并为此感到特别高兴。但在人类的状况如何得以改善的问题上，两者的观点存在差异。萧认为当普通人成为超人，或当新的超人产生时，人类的改进即可完成。托尔斯泰则认为，当所有的人因对建立在全部宗教（真正的宗教）基础上的人生理解而团结一致，认识到他们与世界的永恒起源的合理关系，并从中接受对生命的指导，这时人类的改进才能发生。在信的后面，托尔斯泰坦率地指出了萧剧本中的缺点：第一是不够严肃，“对于像人生的目的，它堕落的原因和今天人类生活中充满着罪恶这样一个主题，是不应该开玩笑的”；第二应受责备之处是，把所论述的具有如此巨大重要性的问题，作为讽刺的主题，很可能妨碍而不会有助于这些重大问题的解决。另外，托尔斯泰对萧在剧中有意用自己的博学、才华和机敏，独出心裁，以使读者感到意外和惊讶的倾向，也不赞同。因为这会“把读者的注意力吸引到揭露的出色，而分散了他们对问题实质的注意”。

显然，五十三岁的萧对八十一岁的老人的善意批评，不够谦逊。他回信说：“我不是一个‘为艺术而艺术’的人，如果我认为一件艺术作品只有这一点的话，我是不会动一根手指头去创作那样的作品的。”还说他一直很清楚，用普通方法说教，不仅会失败，而且更糟糕。

这使托尔斯泰给萧写了第二封信：“你说正直的说教一般说来对人们没有什么影响，年轻人把与正义相反的东西当作值得称赞的，你这种说法是完全正确的。但不能因此说这样的说教是不需要的。失败的原因是由于那些说教的人并不按照他们所说的去做——这就是说，伪善。”针对萧信结尾说的“假定这个世界只是上帝开的一个玩笑，为了使它不是一个坏的玩笑而是一个好的玩笑，难道你会工作得更少一些吗？”托尔斯泰再次重复了这样的话：关于上帝和罪恶的问题，是一个极为重要的问题，不能拿来开玩笑。最后，托尔斯泰说，他从萧信上结尾的那几句话，得到了一个使他很痛苦的印象。

在逝世前几个月，托尔斯泰同来看望他的客人谈到各处都缺乏好的作家，他说：“现在没有了。”然后又迟疑地接着说：“除非，或许，萧伯纳。”

只有在俄罗斯乡村中才能写得好

列夫·托尔斯泰和屠格涅夫，都出身贵族。作为遗产，他们各自继承了一座庄园。一个在图拉省的亚斯纳亚·波利亚纳，一个在奥廖尔省的斯帕斯克。

从来不走平坦大道，专拣田野小路或收割过的庄稼地走的托尔斯泰，最终没有搬到莫斯科定居。被森林、田野、河流、土地环绕的庄园，是他天然的栖身之地。他把自然看作真善美的最直接体现，“在这个可爱的自然界中，人的内心里能够容纳仇恨、报复和消灭自己同类的那种感情吗？”他相信，跟自然界的接触，是消除人们心头恶念的良好途径。在波利亚纳庄园，有托尔斯泰的一生和他那座没有十字架，没有墓碑，没有墓志铭，被茨威格称为“世间最美的坟墓”。

屠格涅夫走的是另一条路。他的一生，近乎漂泊不定。但无论是在（圣）彼得堡和柏林求学期间，还是日后长期的域外侨居，每年短暂的夏秋两季，他都要回到自己的庄园写作，直至他的晚年。屠格涅夫病逝于巴黎，他在庄园的大门上留下了一句话：“只有在俄罗斯乡村中才能写得好。”

被意识形态牺牲的诗人

帕斯捷尔纳克在谈到叶赛宁时说：“他平时总是满脸微笑，

是个鬈毛王子，可是当他朗诵的时候，人们就会明白——这个家伙会杀人的。”其实这是一句夸饰的说法，叶赛宁平生是呼吁仁慈的，认为这是人比其他任何事物都应有的。把马雅可夫斯基看成“大力士和幻想家的混合物”的爱伦堡说，马雅可夫斯基尽管写“我喜欢看孩子们怎样死亡”，但他连一匹马挨打都不忍心看。马雅可夫斯基，一个传闻口袋里总装着肥皂盒的诗人，如果他不得已和一个使他讨厌的人握了手，他就立刻走开，去把手洗净。

在《人·岁月·生活》里，爱伦堡告诉我们，叶赛宁和马雅可夫斯基是两个一见面就对骂的诗人。叶赛宁说：“他是个为了什么而写诗的诗人，我是个由于什么而写诗的诗人。”针对马雅可夫斯基大量的宣传诗，叶赛宁说他是个乏味的诗人（叶赛宁写一首诗是很慢的，一改再改，有时干脆就撕掉了）。在叶赛宁的祖国，人们这样说：“如果没有叶赛宁，俄罗斯人会不理解自己的心灵。”

马雅可夫斯基或许是意识形态的牺牲品。但叶赛宁一九二四年回故乡时，看到连村里的老百姓都能引用几句苏维埃的口号，而他自己对马克思的著作却连五页也没有读过，也备感内疚。

悔过和自我克制

索尔仁尼琴，我称他为最有骨头的作家之一。我曾译过英文版的索尔仁尼琴小传。他的苦难始自一九四五年（这一年他二十七岁）。这一年的二月，他在卫国战争的前线被捕。而罹祸的原因，他在小传中叙述说："是检察机关发现了我与一个同学在一九四四年至一九四五年之间的通信，主要由于信中涉及一些对斯大林不够恭敬的话，尽管我们谈到他时用语比较隐晦。"此后，八年的劳改营监禁，刑满后三年流放，为作品出版而斗争，一九七四年因《古拉格群岛》再次被捕，翌日即被驱逐出境。索尔仁尼琴一九七六年由瑞士来到美国，定居佛蒙特。他终日幽居在防备森严的约五十英亩范围的住宅里。他的住宅有图书馆和小教堂，他每天清晨起床，著书不止。基于他的经历，他的作品始终以人在苦役营、医院（流放中他曾患过癌症）和流放地被囚禁的悲惨状况为主题。他被授予诺贝尔文学奖，即"由于他作品中的道德力量——借着它，他承续了苏联文学之不可或缺的传统"。

与布罗茨基不同，索尔仁尼琴并不把美国护照看成世上最好的两样东西之一。一九七八年六月八日，刚刚定居美国两年的索尔仁尼琴，在哈佛大学接受学位演讲时，就曾严厉抨击西方社会的实利主义。索尔仁尼琴反对"贪婪的文明"和"无限的进步"。他认为，提高社会道德水平比发展经济和健全体制更重要，因为纯洁的社会气氛要靠道德的自我完善来产生，稳定的社会只能在人人自觉地进行自我克制的基础上建立。因此，他提出应把“悔过和自我克制”作为国家生活的准则。（索尔仁尼琴的观点与列夫·托尔斯泰相近。托尔斯泰认为，人类不容置疑的进步只有一个，这就是精神上的进步，就是每个人的自我完善。人只能使自己一个人得到完善，而不能用国家的改革来使其他人得到完善。“人类如果没有内心精神上的提高，那么徒有外部形式上的自由制度，那也是枉然的。”）

黎明或奠基人

在文学史上，也许可以说，有些作家存在的最高意义，是影响和启示了一个更为卓越、更为伟大、千载难逢的作家。他们是黎明，是序曲，是先行者和奠基人。比如，马洛之于莎士比亚，赫尔德之于歌德。

获得了一九八一年诺贝尔文学奖的、《迷惘》的作者卡内蒂说：“瓦尔泽的同时代人之中，对我来说，瓦尔泽最为重要——除了卡夫卡。但是如果没有瓦尔泽，卡夫卡也许并不存在。”瓦尔泽是谁？卡夫卡被西方列为有史以来的十大作家之一，《简明不列颠百科全书》称他是“最有影响的现代德语散文大师”（“他的作品象征着二十世纪的忧虑和渗透于西方社会的异化”）。但我遍查这部“素以学术性强、权威性高著称”的百科全书，及《中国大百科全书》外国文学卷，都没有找到对瓦尔泽的介绍。在一份小资料里，我看到了有关瓦尔泽生平的几句话：罗伯特·瓦尔泽，一八七八年四月十五日生于瑞士小城比尔，一九二八年进入精神病院，一九五六年在散步中悄然去世。他的作品主要有长篇小说《助手》、自传体小说《唐纳兄妹》及精美的散文小品和诗。

卡夫卡与瓦尔泽同为德语世界的“外省”人，两人都有精神病患，都终生未婚。卡夫卡比瓦尔泽小五岁，瓦尔泽一直是他最喜欢的作家之一，文坛曾一度认为卡夫卡不过是瓦尔泽的笔名。然而他们在世时，并不相识。

笔比宝剑更有力量

沃莱·索因卡，一个讲出“笔比宝剑更有力量”的话的作家。从这句话，我们可以推测他的国家：专制的传统，一切都在政治之下，随时会爆发的政变或革命。在这样的国家中，索因卡说：“当一个人在暴君面前保持沉默的时候，他就死亡了。”

索因卡集诗人、剧作家和小说家于一身。他认为，作家不仅仅是描写社会风俗和经验的编年史作者，他还必须起到非洲作家的作用：历史的中间人，过去的解释者，警告者，预言家和未来的设计者。

索因卡的出类拔萃，使他成为非洲第一个荣获诺贝尔文学奖的作家。

年龄与创造力

美国心理学家哈维·莱曼，平生致力于确定人类活动各个领域中“能出最好成绩的年龄”的研究，目的是创立一种总的理论来论述年龄与创造力的关系。

在“旨在生产唯一的、不可替代的物品”的文学领域，莱曼是这样做的，他首先列出一个“最好的书”的书单，这个书单包括已故的和在世的四百八十八位作家的七百三十三本书。然后对每一名作家按年龄组将其作品进行分类：寻找每部作品的作者在写作或发表该作品时的年龄。通过编制图表，他发现，一部在四十岁以后写的作品，其寿命比一部在这个年龄之前写的作品来得短。为此他得出结论：“一般地说，四十岁是最好的书质量最高的生产年龄。”

正义第一

列夫·托尔斯泰评价过歌德和莎士比亚。他在读完歌德的四十二卷全集后说：“我读了歌德的作品，看到了这个有才华的资产阶级利己主义小人对我们这一代人所产生的全部有害的影响。”对于莎士比亚，在他看来，莎士比亚的世界观是最低下的，庸俗透顶的；莎士比亚“不仅不是个作家，而且是个极其虚伪和卑鄙的人”。他喜欢卢梭，他说：“在我的一生中，给我以巨大而良好的影响的是卢梭和福音书。”他强调说：“卢梭是不朽的。”

托尔斯泰对歌德和莎士比亚的态度，与他的信仰有关。他曾拒绝结识一个名叫维列夏金的画家，因为这位画家曾劝斯特鲁可夫将军尽快绞死两个土耳其人，好让他在行刑的时候画素描。

毛姆在《七五述怀》中讲过这么几句话：“有些人赋予艺术一种它本身应有的价值，使自己相信，大众的悲苦命运作为产生画家和诗人的光辉作品所需偿付的代价，不算太昂贵。我对这种态度不屑一顾。在我看来，有些哲学家声称艺术的价值在于它的作用，从而得出它的价值不在于美而在于正义行为的结论，这是对的。”如果托尔斯泰与毛姆是同时代的作家，他会赞美这几句话。

写作方式

菲利普·罗思，一个以写作方式使我记住的美国作家（在美国以短篇小说《再见吧，哥伦布》知名）。他与妻子定居在坎贝尔斯维尔乡下。他的工作室是森林中的一座小木屋，每天他在家中用过早餐，便步入森林。在小木屋，他从上午十时左右一直写到晚餐时间，然后从原路步行返回住处。

在南半球的澳大利亚，也有一个名叫罗·霍尔的诗人（已出版十一卷诗歌，五部长篇小说）。他与妻子居住在远离悉尼数百公里的海滨，周围数里之内只有野生动物，别无人烟。每天他在大海的涛声伴随下，就着摇曳的烛光站着写作（他喜欢站着写），直至深夜。

文学与生理

在西方，有“瘦诗人，胖小说家”的说法。西方的学者研究过文体与写作者生理的关系，被称作文学社会学家的法国学者埃斯卡皮，在他的著作中就公布过有关的研究结论：戏剧损害健康，哲学和历史有保健作用，小说对老人来说是致命伤，诗歌会在各种年龄击垮命中注定的体格（《文学性和社会性》）。当然他也提醒人们不要忽略下列因素：一个人被公认为剧作家比较早，被公认为哲学家和历史学家则比较晚，一个人可以在任何年龄成为诗人，而一个人的年纪越老，被公认为小说家的机会就越少。

与大地相同的心灵

写作方式的非凡，会让我记住一个诗人或作家；而让我记住并热爱一个诗人或作家的，是他们的作品中非凡的话。在此请恕我较长地引述两位作家的作品，因为我是这样地喜爱它们：

“我们常常忘掉，太阳照在我们耕作过的田地和照在草原和森林上一样，是不分轩轾的。它们都反射并吸收了它的光线，前者只是它每天眺望的图画中的一小部分。在它看来，大地都给耕作得像花园一样。因此，我们接受它的光与热，同时也接受了它的信任与大度。我看重豆子的种子，到秋天有了收获，又怎么样呢？我望了这么久广阔田地，广阔田地却并不当我是主要的耕种者，它撇开我，去看那些给它洒水，使它发绿的更友好的影响。豆子的成果并不由我来收获。它们不是有一部分为土拨鼠生长的吗？麦穗，不仅是农夫的希望；它的核仁，或者说，谷物也不是它的生产之全部。那么，我们怎会歉收呢？难道我们不应该为败草的丰收而欢喜，因为它们的种子是鸟雀的粮食？大地的生产是否堆满了农夫的仓库，相对来说，这是小事。真正的农夫不必焦形于色，就像那些松鼠，根本是不关心今年的树林会不会生产栗子的，真正的农夫整天劳动，并不要求土地的生产品属于他所占有，在他的心里，他不仅应该贡献第一个果实，还应该献出他的最后一个果实。”（梭罗《瓦尔登湖》）

“如果我的早晨不太使我喜欢，它在某个方面有缺陷；或者是露水太冷，或者是太阳来得迟了，或者是由于风大，吹来了过多的乌云，因而使森林里阴沉沉的令人不舒服，但一想到在某个地方有另外的早晨——明媚的，灿烂的，有宜人的露水和准时升起的太阳——我就高兴起来，以至于觉得，我的灰色的、倒霉的早晨一下子变得好多了……所以无论是寒冷的露水也好，太阳也好，呼啸的风也好，乌云也好，我现在都不把它们当作是对我的惩罚，而是当作珍贵的礼物来接受。”（谢尔古年科夫《秋与春》）

文字的母亲

作家应该是文字的母亲，她熟悉她所有的儿女，他们每个人的技能和特长，当她坐在案前感到孤单，她只要轻轻呼唤，孩子们便从四方欢叫着跑来，簇拥在她的身边。

散文与诗歌

惠特曼是诗人，但他写他同大自然的接触时便使用散文。他说：“我不知不觉地按这同样的标准对待其他的自然力量——避免追求用诗去写它们；太伟大，不宜按一定的格式去处理。”

诗人布罗茨基写过一篇题为《诗人与散文》的文章。他说从理论上看，一个诗人可以完全不作散文（也仅仅是从理论上看）。那么为什么有许多诗人写作散文呢？他认为大概有这样两个原因：首先，诗人可能在一个晴朗明媚的日子里产生用散文创作的冲动；其次，有些题材只能用散文处理。另外，“散文给人造成一种印象，似乎它比诗歌更长于连贯地发挥思想……散文可以牵着读者的手，把他领进这个境界，诗歌则需要连推带拉才能做到这一点”。关于散文与诗歌的地位，布罗茨基说，平等这一概念不属于艺术固有的本质，作家的思想存在着等级观念，在这一观念中，诗歌的地位高于散文，从原则上说，诗人的地位也优于散文作家。但他认为，其所以如此，主要原因不在于诗歌的历史较之散文更为悠久，却在于诗人能在贫寒的境地坐下来写诗，而处于类似窘迫环境中的散文作家几乎不会产生写诗的念头。因此，“散文作家面对诗人自觉到谦卑感，并不能因此就可以说，诗人面对散文作家一定产生优越感”。

布罗茨基认为，一般说来，如果散文作家缺少诗歌创作的经验，这将是致命的，他的作品难免累赘冗长和华而不实的弊端。那么散文作家可以向诗歌学到什么呢？借助词语在一定的上下文中产生的特定含义和力量，集中的思路，省略去不言自明的赘语，警觉高涨的情绪中潜伏的危险。同样，诗人也可以向散文学到东西，尽管不多：对细节的重视，对土语和书面语的采用，结构技巧。总之，散文与诗歌有着天然的亲缘，正如克劳塞维茨（《战争论》的作者）所言：“散文不过是诗歌以另一种手段的继续而已。”

古希腊的星空

《古希腊文学史》是我读过的最吸引人、最富文采的一部文学史书。作者，英国现代学者吉尔伯特·默雷。它有古代作家的朴素与智慧和现代作家的精确与机智。比如，对于希腊雄辩家，他认为，如果借口“美”的因素，否认希腊雄辩术的永恒价值，那是站不住脚的。他充分肯定这一学派对古代散文发展的贡献，同时也准确指出每个雄辩家的缺陷：“伊索克拉特真正缺乏一种较崇高的灵感。他不懂诗歌，也不爱好音乐。这种罪愆，人类始终不能恕宥，因为它们违反了人生永恒的要素。”他懂得如何使用恰如其分的语汇，最大限度地颂扬一个当之无愧的诗人：“在希腊所有的诗人中，忒俄喀里图斯或许是最引人注目的一人，人们也许可以这样说，世界上在田园诗里任何优美的章篇，无不出自忒俄喀里图斯之手。”《死者对话集》与《神的对话集》的作者琉善和苏格拉底一样，也是屹立于历史上的人类的道德楷模：“他过于渴求诚实，过于吹毛求疵，过于矜持；对自己生活的时代来说，他不能随波逐流。他所代表的那种人生观，无论古今都有永恒的价值。”在文本里，希罗多德的后继者修昔底德的文体是个异常突出的现象。他从来没有把一部历史写到底，他的性格和希腊文化在某一方面的特性，使他放弃了叙事的主要工作，从而把他的创作风格如同纯文学一样加以发展：“他的文体简洁、扼要、生动，是一种了不起的出色的文体。”在全部古代希腊作家中，他对柏拉图给予了最高评价：“就散文风格而论，他是希腊空前的最伟大的散文大师。”“如果一个人的一生可以他所想和他的生活目的来衡量，那么柏拉图当之无愧地可列于人类历史的圣贤之中。”一位明显不该忽略的作家，不知何故被此书遗落了，这就是智慧的盲寓言家伊索（也许由于伊索是传说人物，但他讲了荷马）。

美国的莎士比亚

毕生只写“家乡那块邮票般小小的地方”的福克纳，被外界誉为“美国的莎士比亚”。他的被总称为“约克纳帕塔法世系”的作品（几乎包括他一生的全部作品：十九部长篇小说和七十余篇短篇小说），都以美国南方密西西比州北部约克纳帕塔法县及其中心杰弗生镇（他的家乡的虚构名称）为背景。一个以一滴水写大海的作家。

与陀思妥耶夫斯基的信仰“美拯救世界”不同，福克纳专写南方的罪恶。他认为世人都是上帝创造的可怜的罪人，写美德和善，无助于改造他们。必须使人们感到无比愤怒或羞愧难忍，他们才能下决心与罪恶疏远。

晚年的福克纳为了隐居，悄悄买了一座农庄。当肯尼迪总统在白宫宴请著名艺术家和诺贝尔奖获得者时，遭到了他的回绝：“为了吃饭去白宫实在太远了。我年迈体衰，不能长途跋涉去和陌生人一起吃饭。”

福克纳死后，继起的南美洲作家这样赞美他：如果没有福克纳，当代拉丁美洲文学的叙述手法就不可能产生。

希望的限度

阿贝尔·科恩，法国当代引人瞩目的作家。他的代表作品《天主的美人》，一九八六年被收入《七星丛书》出版，这意味着法国已将他视为不朽作家。

在这部小说中，科恩倾注了他这样的情感：人生在世，恍如过客，注定都是要死的，人应该珍惜短暂的有生之年，摈弃弱肉强食、同类相残的所谓自然法则，和睦共处，相近相爱（“同类之间的相残究竟能使人得到什么快乐？”）。

在阿贝尔·科恩之前，晚年的马克·吐温已经对人类彻底丧失了信心：“在一切生物中，人是最丑恶的。在世间的一切生物中，只有他最凶残——这是一切本能、情欲和恶习中最下流、最卑鄙的品质。人是世界上唯一能够制造痛苦的生物，他并非出于什么目的，而只是意识到他能够制造它而已。在世界上的一切生物中，只有他才具有卑鄙下流的才智。”

到达事物核心最短的路程

晚星带回了
曙光散布出去的一切，
带回了绵羊，带回了山羊，
带回了牧童到母亲身边。

这是《古希腊抒情诗选》中萨福（可视为人类第一位女诗人）的一首名为《暮色》的短诗。而赫西奥德的《蝉鸣时节》里，“山羊最肥，酒最美，/妇女最动情，男子最虚弱”的诗句，同样使我无法忘记。

读了这册诗集后，我在当天片段性地写了几句：

“远古传来的清晰而亲切的声音。朴素之源。表饰未生的原质。到达事物核心最短的路程。舒畅的思想。每个时代都饮用的空气。现代面貌的根据。人类灵魂的保存。”

木头俄罗斯

俄罗斯，神的栖居之地和最后的秘密。我们如何才能懂得她呢？叶赛宁用他的天赋心灵为她定性：木头俄罗斯。而斯宾格勒，是她的忧郁与悲戚最好的旁观者。

在《西方的没落》中，斯宾格勒将一种比较古老的外来文化在某个地区是如此强而有力，以致土生土长的年轻文化被压迫得喘不过气来的现象，称作“历史的假晶现象”。

历史上第二次假晶现象，即发生在俄罗斯。始作俑者是为了强迫实行欧化，曾亲自将一些贵族的胡子剪掉的彼得大帝（一世）。俄罗斯假晶现象的一个标志，是一七〇三年以彼得大帝名字命名的圣彼得堡的建立。斯宾格勒说：“莫斯科的原始沙皇制度在今天也还是适合于俄罗斯世界的唯一形式，但在彼得堡，它被歪曲成了西欧的朝代形式。”“一个曾是命定在没有历史的状态中生活几个世代的民族，就这样重又被迫生活在一种虚妄的、人为的历史中，而古老的俄罗斯心灵对于这种历史简直就是无法理解。”这一点在十九世纪，陀思妥耶夫斯基已先于斯宾格勒感受到了：“彼得堡是世界上最空虚、最人为的城市。”

在无城镇的原始农民居住的土地上，外来形式的城市就像溃疡一样黏附在上面。永远怀恋着广阔的土地的俄罗斯心灵，激烈地憎恨基督之敌引诱他们走入的无情的灰色世界。

《家庭纪事》的作者，以将一种介乎回忆录和小说之间的新文体引进俄国文学而闻名的阿克萨科夫，一八六三年写信给陀思妥耶夫斯基说：“俄罗斯人民精神解放的第一个条件是，它应当用尽全力，竭殚心智地恨彼得堡。”莫斯科是神圣的，彼得堡是撒旦的。一个流传很广的民间故事把彼得大帝描写成基督之敌。

斯宾格勒将陀思妥耶夫斯基和托尔斯泰，视作这一假晶现象的两个代言人和牺牲者。他认为，陀思妥耶夫斯基是本土农民，托尔斯泰是西方社会的人。在这里，开始和结局碰在一起了：陀思妥耶夫斯基是一个圣者，托尔斯泰只是一个革命家。“他们一个是心灵上绝对离不开土地；另一个是，尽管拼命努力，却永远不能接近它。”

托尔斯泰是属于西方文明的，他是一个“开明的”“关心社会”的人，他在身边看到的一切都是一个晚期的、大城市市民的、西方形式的问题。他站在彼得大帝和布尔什维主义的中途，他和他们都不想接近俄罗斯的土地。他对财产的恨是一种经济学者的恨，他对社会的恨是一个社会改良家的恨，他对国家的恨是一位政治理论家的恨。

相反地，陀思妥耶夫斯基不属于任何一派，除非是原始基督教中使徒一派。像他这样的心灵是可以看到一切所谓社会的事情以外的。因为对他说来，这个世界上的事情是极不重要的，值不得加以改良。没有一种真正的宗教是以改良事实的世界为目标的，他和每一个原始的俄罗斯人一样，基本上不觉得有这样一个世界，他生活在一个第二的、形而上学的彼岸世界中。一个心灵的烦恼跟一种主义有什么相干呢？一种宗教竟去干预社会问题，它就不成其为宗教了。

斯宾格勒认为，每一个真正的俄罗斯人都是一个陀思妥耶夫斯基的门徒，尽管他们没有读过他的作品。因为这一无城镇的人民所怀慕的是它自己的生活方式，它自己的宗教，它自己的历史。

天堂的声音

我如此喜爱威廉·布莱克的诗集《天真与经验之歌》，以至我有这样一个感觉：就是拿人类的全部诗歌来换，我也不给。

它的每一首诗都使我震动，都能把我体内那个有限的人击倒：

甜蜜的睡眠，像温柔的天使一样，
在我幸福的孩子头顶上翱翔。

（《摇篮之歌》）

你寻找那美好的宝贵的地方，
在那里旅人结束了他的征途。

（《啊！向日葵》）

这金质诗句，是神那里传出的话语。布莱克，未被教育驯化的独特与纯粹，天定的诗人。他的诗是我们的福音。对布莱克的忽视，便是对往昔人类高贵精神的漠视。布莱克，让我想到辉煌的西班牙诗人，想到后来的洛尔迦。但同布莱克比，洛尔迦是孩子、兄弟、天使、早晨、心；而布莱克还是父亲、信仰、灵魂、泽世的慈祥、天堂的声音。

两类诗歌

这里，我想通过两个诗人，谈谈我对两类诗歌的感受和看法，他们具有代表性。一个是雅姆，一个是米修，两个法兰西诗人。

雅姆的诗是温善的、乡村的、木质的、心灵的、宗教的、古往的；米修的诗则是冷冽的、都市的、铁屑的、头脑的、哲学的、潮流的。在此对他们的诗，我不能多引：

在这灵魂的住所，让我俯身在你的
神圣的水上，我将如同那些驴子
厮守着卑贱而甜美的贫困
向着那永恒的爱——它清澈而晶莹。

（雅姆《和驴子一起去乐园的祈祷》）

大声音，他饮，饮我们声音。
大父，大大父
因事件而致富之父。

（米修《大声音》）

雅姆的诗激涌我们的血液，直抵我们的心灵，尽管我前面赞美了布莱克，我还是想说，雅姆是我最喜爱的诗人。米修的诗，机智、奇异，活跃了我们的想象，但对这类诗歌，我想用四个字评价它们：止于欣赏。

雅姆的一生，简单平静。他生于上比利牛斯省山区一个小镇，与梭罗一样，他一生从未远离过他的故乡。里尔克在他的《马尔特·劳里茨·布里格记事》中，赞颂过这位被他称作“外省的诗人”“知道歌唱自然及少女的诗人”：“一个诗人，他在山里有一所寂静的房子，他发出的声音像是净洁的晴空里的一口钟。一个幸福的诗人，他述说他的窗子和他书橱上的玻璃门，它们沉思地照映着可爱的、寂寞的旷远。正是这个诗人，应该是我所要向往的；因为他关于少女知道得这么多，我也知道这样多才好。”年轻时经过几次失意的恋爱之后，雅姆终生未婚。在他的晚年，当地居民常常可以看见一个白发银须的老人，一手拿着拐杖，一手牵着只大狗，在森林中独自漫步。莫里亚克说：“雅姆是不朽的，人们将不断地发现他。”

米修的一生，是不同寻常的一生，是体验生命和实验诗歌的一生。他漫游全球，沉湎想象，潜入内心，吸食毒品（想从“失常的角度了解正常”）。“每周中，我定一天完全静默，不接电话，不见人，一句话也不说。”他的诗，启发了超现实主义。晚年，他住在巴黎华贵的住宅区，对街就是联合国教科文组织。他为自己度过了八十五个春秋感到吃惊：“由于心脏不健，人们都预言我会早死。我如今还活着许是基于本能的缓慢性。”米修相信，文学助人生活，在没有文学的国度里，人很快会落入动物的愚蠢，或是发疯。

人类不幸的由来

《我弥留之际》，一个在十天之内发生和完成的历险故事，一部《堂吉诃德》式的深含寓意的现代小说。在这部小说里，福克纳借主人公安斯·本德仑的奇想，讲了一个古朴的道理，这涉及人类不幸的缘起。一天，安斯·本德仑看着从自家门口通过的路，仿佛一下子明白了他家厄运不断的起因：“住在路边紧挨在路跟前是一点好运也交不着的。”因为上帝造路就是让人走动的，不然干吗他让路平躺在地上呢。当他造一直在动的东西的时候，他就把它们造成平躺的，就像路啦，马啦，大车啦，都是这样。可是当他造待着不动的东西时，他就让它们成为竖直的，树啦，人啦，就是这样的。因此他是从来也没打算让人住在路边的，到底是哪样东西先来这里呢，是路呢还是房子呢？一般的情况总是人非要把房子盖在人人驾车经过都能把痰吐到自己的门口的地方，才觉得安生。人老是不得安宁，老是颠颠儿地要上什么地方去，其实上帝的本意是让人像一棵树或是一株玉米那样待着。因为倘若他打算让人老是走来走去上别的地方去，他不会让他们肚子贴在地上像条蛇那样躺平吗？

按理说他是可以那样做的。

美国批评家克林斯·布鲁克斯说："要考察福克纳如何利用有限的、乡土的材料来刻画有普遍意义的人类，更有用的方法也许是把《我弥留之际》当作一首牧歌（用一个简单得多的世界来映照一个远为复杂的世界）来读。"

世上有了诗人

公元前四八〇年，波斯人第二次入侵希腊，斯巴达王勒翁尼达斯亲率三百勇士，死守希腊北部通往雅典的要隘温泉关，最后全体壮烈牺牲。它的诗人，晚年的西摩尼得斯，到温泉关凭吊，写下了这首《温泉关凭吊》，千古传诵：

过客，请转告斯巴达人，
在这里我们长眠，遵守着他们的指示。

西摩尼得斯，被文学史称为古代希腊"第二个国际性的伟大抒情诗人"，生于爱琴海（古今诗人的摇篮）的凯奥斯岛，一生大部分时间住在雅典。在古希腊竞技的空气中，他数十次以诗取胜。一次献给马拉松之役牺牲将士的碑铭比赛，他战胜了埃斯库罗斯。

西摩尼得斯的诗具有泛希腊的意义，曾使全希腊激动的那些事件，在他的诗篇中几乎都得到了鲜明表现。他叙述简明，用语平易，字句凝练。这些诗篇充分反映了希腊精神：坦直无邪，克己自制，清明在躬，意气如神。他的言论被视为至宝，希腊人对于英勇为国捐躯者的记载，大多求助于西摩尼得斯，而不去找品达。

路接天际之地

一九九四年九月十日，这是"白露"后的第二天。这一天秋高气爽，就在这近乎一年中最好的一天，一个朋友来访。长时间交谈后，我们来到了西向的阳台上。面对明澈的天空、蓝色远山、成群涌起的云团，他情不自禁地咏出了勃洛克"麦穗垂头，路接天际"的诗句。在谈到俄罗斯这个天然的文学家园时，他说劳伦斯就有一个说法，即一个作家的居所应该在北方。我提到了里尔克。

一八九五年五月，二十岁的里尔克结识了一个俄罗斯将军的女儿，鲁·安德烈亚斯·萨洛美。正是她，神遣般将俄罗斯适时地介绍给了里尔克。这是里尔克生命中的里程碑。在世纪交替时期，他随萨洛美两度去俄罗斯旅行。广袤壮阔的俄罗斯景色震撼了他。他将它视作他的神话。他这样赞美它："我赖以生活的那些伟大和神秘的保证之一就是——俄国是我的故乡。"在他的《彼得堡记事》中，他描述了那里的景色：

“在伏尔加河上，在这平静地翻滚着的大海上，有白昼，有黑夜，许多白昼，许多黑夜。这浩荡宽阔的大川，一边岸上耸立着高入云霄的森林，另一边岸上平躺着荒原，在这片深凹的荒原中连通都大邑也不过像茅屋和帐篷一样。原有的一切度量单位都必须重新制定……我迄今所见只不过是土地、河流和世界的图像罢了。而我在这里看到的则是这一切本身。我觉得我好像目击了创造。”

一个素食主义者

萧伯纳也许是世上最长寿的作家，他一生在世九十四年。他将他的长寿归于素食和布衣。

一九三三年，萧伯纳访问中国，在上海，有人问他素食的原因，他答：“是我的健康所需要的，而且素食本是英雄和圣人的食物。”他的食物，一般为可可茶、通心粉、黑面包、鸡蛋和一定数量的生菜。他欣赏语言学家福勒的名言“溺死在酒杯中的人多于溺死于大海中的人”，因为他自己滴酒不沾。他的一生，也与香烟无关。在衣着上，他喜欢朴素的棉毛织物，全身装束显示出对华贵衣饰的鄙视态度。他忙于写作，“来不及享受花钱的乐趣”。他说：“对我来说，有钱和没钱的差别是微乎其微的。”为此他将颁发给他的一九二五年诺贝尔文学奖奖金全部转赠给诺贝尔奖委员会，用来加强瑞典和大不列颠之间的文化交往。他极少生病，一生见得最少的就是医生。老年的萧伯纳身高两米，面庞清癯，瘦骨嶙峋，一副不加修饰的红胡须，他自豪地宣称："我的肤色和体型成为全欧洲羡慕的对象。"

萧伯纳是一生写了五十二部剧作的戏剧家，他这样概括戏剧："思想的工厂，良心的提出者，社会品德的说明人，驱逐绝望和沉闷的武器，歌颂人类上进的庙堂。"

文明人从摘果人手里买果实吃

梭罗在《瓦尔登湖》中讲："那些扰乱了我们，使我们疑难、困惑的问题也曾经发生在所有聪明人心上。一个问题都没有漏掉，而且每一个聪明人都回答过它们，按照各自的能力，用各自的话和各自的生活。"一个名叫贝恩的当代德国诗人，由于偏爱尼采，也夸张地讲过同一性质的话："我们这一代人所讨论的企图领悟的所有事情，实际上尼采早就详论过这一切。他发现的是最后的准则，其余不过是对这些准则做解释而已。"

一九八七年我曾写过一篇很短的题为《你们的悲剧》的随笔，副标题为"致诗人们"，作为对在此谈论的这个话题的补充，我再次把全文放在这里：

"人类的第一代诗人没有诗读，他们读世界。他们用心把世界描摹在竹帛上，于是，人类有了诗。

"你们是幸福的，你们一出生就有诗尽你们去读，有诗人任你们去崇拜。你们也要读世界，当你们尝试用心把世界描摹在纸片上的时候，你们发现，你们无法像自己的先驱那样，直接面对世界。因为在你们与世界之间已经有许多先于你们而出现的人，你们的眼前总有这些携着诗与思想的人在晃来晃去，你们看不清楚世界本身。你们试图赶开他们，又无法完全赶开他们。你们当中的一个人（纪伯伦）这样说，野蛮人从树上摘果实吃，文明人从摘果人手里买果实吃。这是你们的悲剧，无法逾越和摆脱，因为你们是‘文明人’。

“茎里有的，种子里早已有了。”

帕斯卡尔也意识到这个问题，但他鼓励我们：“但愿人们不要说，我并没有说出什么新东西——题材的处理就是新的。在我们打网球的时候，双方打的只是同一个球，但总有一个人打得更好些。”

白昼与黄昏

与追求到处扬名、风风火火的卡波特（《别的声音，别的房间》作者）相反，塞林格体现了作家的另一个极端。

一九五一年，《麦田里的守望者》出版，三十二岁的塞林格由此声誉鹊起。为了躲避随之而至的那些妨害写作的东西，他毅然退隐到新罕布什尔州乡间。他在一条河旁的小山上，盖了一所房子，四周种上树木，外围圈起装有警报器的铁丝网。他在这片被他买下的土地上，离群索居。除去偶尔驾驶吉普车到附近镇上购物外，他极少与外界来往。他写得很慢，《麦田里的守望者》之后，十年间他只发表了三个中篇和一个短篇。他的作品发表或出版，在美国文学界被当作一件大事，而在他的读者眼里，甚至视为神的出现。（他不喜欢海明威，主要由于他曾目睹这位硬汉残忍地枪击一只鸡的脑袋。他借助他小说中的人物说：“人不仅要爱这个世界，宽恕这个世界，而且要在这个世界上努力尽自己的责任。”）

与我们的批评家刻薄地曲解张承志的决绝与不群相似，美国的批评家也曾非议过塞林格：“塞林格的声誉，有一部分是基于他故弄玄虚，不让人们接近。”

一个旗帜性的诗人

在二十世纪的诗人里，我称庞德是一个旗帜性的诗人。至少，以他为核心，现代文学中出现过一次新鲜的诗歌运动（“意象派”，即庞德给予这个运动的名称）。

一九〇八年二月，二十三岁的青年庞德，带着他的手稿和诗歌信念，来到欧洲。他要用“精练的字句”，取代旧大陆诗歌创作中的“美丽的空话”。他为欧洲文学带来的不仅是波澜（连长他二十岁的叶芝也因他改变了诗风），也带来了他深厚的友善。在后来的日子里，他尽心为其他诗人和作家争取经济资助，全力帮助他们发表或出版作品（尽管当时他自己也很贫困，作品也难以出版）。由于他，乔伊斯出版了《青年艺术家的肖像》与《尤利西斯》，艾略特发表了《普鲁弗洛克的情歌》和经他修改的《荒原》。他们尊敬他，爱戴他，钦佩他对文学的无私奉献。

一九二四年，由伦敦到巴黎，后又对巴黎产生了厌倦情绪的庞德，迁居到意大利。正是这个国家，使他后来受到了他的祖国的惩罚。第二次世界大战期间，由于庞德认定墨索里尼的国家社会主义，与他信奉的英国经济学家道格拉斯的社会信用学说相同，导致他成了意大利法西斯的同盟。他的主要表现，是应罗马电台之邀，在电台定期发表广播漫谈。他的数百次广播讲话，涉及广泛：欧洲文学、造型艺术、他的《诗章》、儒家学说、日本戏剧等；也涉及政治和战争，如为墨索里尼的政权宣传，大胆抨击美国的战争行动等。他的讲话，激怒了他自己的国家。战争结束时，庞德被意大利游击队逮捕，后移交美军。一九四五年他因叛国罪（罪状多达十九条），被押回华盛顿受审。

在美国诗歌界营救庞德过程中，出现了一件戏剧性的事情：争取诗人弗罗斯特的响应。美国当代诗人唐·霍尔在回忆录《虚荣心、名誉、爱——忆诗人罗伯特·弗罗斯特》内，讲了这件事的详情。尽管庞德当年一读到弗罗斯特的诗，就以极大的庞德式的热情去宣传、评论和推荐，逼使美国公众重视这位受到忽视的诗人，但弗罗斯特从来就不喜欢庞德（“他欠了庞德的情，这大概是不喜欢他的原因”）。怎么办？救援活动发起人、诗人麦克利什策略地去告诉虚荣心很重的弗罗斯特：埃兹拉还关在那里，太引人注目了；要是我们能使他获释，人们就不会再这样注意他了。于是，弗罗斯特专程去华盛顿，利用他的名声去影响那些有影响的人：找司法部长，拜访议员，与总统首席行政助理交涉。事情果然有了改观，一九五八年，被囚禁（比萨集中营的铁笼、美国的监狱和精神病院）十三年的庞德终于走出了伊丽莎白精神病院。

获释后的庞德，再次返回意大利定居。晚年，他对自己的过去追悔莫及，他说：“我只希望，我为艺术尽了绵薄之力。”

凭鲜花取胜

智慧的所罗门王说：“以剑取天下者必亡于剑。”在另一个领域，希腊当代诗人埃利蒂斯，也有一行感动心灵的诗句：“凭鲜花取胜。”

埃利蒂斯，一个在艾吕雅和超现实主义启示下上路的诗人，在写出包括《天蓝色记忆的时代》《疯狂的石榴树》等名篇在内的两本诗集后，应征入伍，以一名陆军中尉身份参加了反法西斯抵抗运动；战争期间完成《英雄挽歌》；战后沉寂十四年，直至伟大的《理所当然》诞生。

《理所当然》的篇名，取“理所当然应该赞美你”（希腊正教对圣母玛利亚的赞美歌首句）之意。埃利蒂斯在接受诺贝尔文学奖时发表演讲，第一句话就说“请诸位允许我为光明和清澈发言”，这非常恰当地表达了他的诗歌信念。他走的是一条“从现实向可能”伸展的道路。“凭鲜花取胜”是它的终点。他说：“美和光明有时会被看作不合时宜或微不足道的东西，不过我觉得想要接近天使形状的内心追求比起制造各种魔鬼的作用来要困难多了。”他认为，希腊语作为一种语言不适于对生活进行悲观主义的描写，而且它没有可能用来写诅咒性诗歌的措辞。《古希腊文学史》的作者就曾对柏拉图这样概括：“他总留心从事物中发现美，而不是专事揭丑攻讦。”

埃利蒂斯，“几千年来将珍宝冲上陆地，让西方得以收集起来引以自豪”的爱琴海的歌手，将美与善同太阳看成是一回事的“饮日诗人”，在受奖演说的最后告诉听众：“双手将太阳捧着而不为它所灼伤，并把它像火炬般传递给后来者，这是一项艰巨而我认为也很幸福的任务，我们正需这样做。”

一九九四年八月至九月

人道主义的僭妄

这个题目，来自一部书名。在某种意义上，这是一部可以同《天体运行论》和《物种起源》相提并论的书。它的著者为美国杰出的生态学家戴维·埃伦费尔德。

这里所说的人道主义，与我们常规所理解的有异。在埃伦费尔德的书内，它是指以人类利益和价值为中心的一种学说、一种态度或一种生活方式。它根源于犹太教——基督教传统和自大的目的因理论：自然界的面貌都是上帝为了特定的目的，主要是为了人类的利益安排出来的。因此，埃伦费尔德认为，犹太教——基督教传统和悠久的目的因理论，要为现代人类（资本主义工业文明以来）的僭妄在我们自己和我们周围的环境上造成的恶果，负主要责任。

科学使宗教衰落了。人道主义就是我们时代的主导“宗教”，它是几乎所有发达国家的人民和其他想要分享这类发达的人民日常生活的一部分。人道主义的相关物之一，是人类应该为自己而活着这个信念。现代驳斥利他主义的活动，对自私自利的颂扬，对效率和利润的神化，都是基于这个信念的影响。人道主义使我们别无选择，只能完全爱我们自己。

人道主义的另一相关物，是对纯粹理性的子女——科学与技术的信仰。它使人类相信自己拥有无限的能力。“一切问题（污染等等）都是可以解决的”“一切有尽或有限的资源（土地、矿物、物种等）都有替代物”。这种信仰和这些人道主义假设，使人类在对待自然的态度和行为上，表现出轻佻傲慢的随意性和肆无忌惮的掠夺性。

而埃伦费尔德则发明了他自己的两个“定律”：第一，大多数科学发现和技术发明都是以极大地损害人类、人类文化和人类环境的方式发展起来的；第二，要是一种发现或一种技术能够用于邪恶的目的，它就会被这么使用。他坚信它们的正确性，因为它们得到了最近几个世纪，尤其是二十世纪人类经验的支持。针对人类的科技迷信，埃伦费尔德引述了另一位生态学家的“准解决和余留问题”原理：一、一种技术——社会解决永远都不完满，因此是一种准解决；二、每种准解决都会产生新的、余留的技术——社会问题；三、新问题的激增速度快于发现解决方法的速度；四、每种后继的余留问题都比前面的问题难解决；五、在一个技术发达的社会里，未解决的、余留的技术——社会问题会聚到一处，在那里，技术解决根本不可能了。正是恶性膨胀的人道主义和人类倚仗的科技，使人类自己陷入了前所未有的生存危机。

那么，人类如何挽救自己？埃伦费尔德通过全书最后一章的标题向人类指明：超越人道主义。转变人类“自然界的面貌都是上帝为了人类的利益安排出来”的观念、态度与生活方式。恰如《沙乡的沉思》作者利奥波德在讲他的“土地道德”时所说：要把人类在万物共同体中以征服者的面目出现的角色，变成这个共同体中的平等的一员，它暗含着对每个成员的尊敬，也包括对这个共同体本身的尊敬。

这不仅是人类理应做的，也是它的唯一出路。

一九九五年五月

土地道德

《沙乡的沉思》是美国伟大的生态学家、环境保护主义的先驱、“土地道德”首倡者、可敬的奥尔多·利奥波德（1887—1948）所著。

在美国，这是一本与梭罗《瓦尔登湖》并列的光辉著作。利奥波德生平，也有与梭罗相近的超凡之举。他在远离现代文明的威斯康星河畔，买下一座被榨取殆尽后遗弃的沙化农场，每逢周末或假期，他便带全家来这里，试图用双手，“重建我们在其他地方正在失去的那些东西”。他在此努力十三年，直至猝死在去扑救邻居草场大火的路上。在美国人眼里，利奥波德是她二十世纪的梭罗。

全书分三部分。第一部分写利奥波德在他的农场所看到和所做的事情：他的农场四周的四季景色，他为恢复生态的不懈工作。自始至终由这样温暖快乐的文字组成：“松树，和人一样，对伙伴是很挑剔的，而且还不善于抑制其好恶。”“如果黑头山雀有一个办公室，它的办公桌后面的座右铭将会是：‘保持平静’。”这些文字，按十二个月份顺序，依次排列，构成“一个沙乡的年鉴”。第二部分，“随笔——这儿和那儿”，记述了利奥波德的科学生涯，他与大地的亲密关系，他的生态观念的转变背景，大地的无可奈何的恶化进程。第三部分，“结论”，是一组理论篇章，高瞻远瞩，超然于人类狭隘利益之上，这里，利奥波德提出了他的“土地道德”的宝贵观点。

利奥波德认为，道德的演变次序，实际上是一个符合生态演变次序的过程。因为一种道德，从哲学观点来看，是对社会的与反社会的行为的鉴别；从生态角度来看，则是对生存竞争中行动自由的限制。最初的道德观念是处理人与人之间的关系的，后来增进了处理个人和社会之间关系的内容，但是迄今它还未触及人与土地之间的关系这个不可无视的领域。迄今人与土地之间的关系依然是以经济为基础的，土地如奥德赛的女奴一样，只是一笔被任意役使和处置的财富。今天，道德向人类生存环境中的延伸，已成为一种进化中的可能性和生态上的必要性。

什么是土地道德？迄今所发展起来的各种道德都不会超越这样一种前提：个人是一个由各个相互影响的部分所组成的共同体的成员。土地道德只是扩大了这个共同体的界限，它包括土壤、水、植物和动物，或者把它们概括起来：土地。简言之，“土地道德是要把人类在共同体中以征服者的面目出现的角色，变成这个共同体的平等的一员和公民。它暗含着对每个成员的尊敬，也包括对这个共同体本身的尊敬”。

梭罗是十九世纪空气的诗人，他关怀人类的灵魂，他指明人类应如何生活。利奥波德是危机四伏的二十世纪孕育的科学家，他关注的是人类的命运，他指明人类如何才能长久生存下去。

马不停蹄的人们，尽可对他莫名其妙的论点置若罔闻。它其实是土地借助利奥波德之口，向忘形于主人幻象中的人类，发出的最后呼声。这呼声包含一个内容：“征服者最终都将祸及自身。”对此，阅尽人间的土地，充满信心。

一九九三年六月

马贡多与癞花村

我并非要写小说评论，只想谈谈读了小说《癞花村的变迁》（载《一九八七年全国短篇小说佳作集》）的感受。我无意将这篇小说同被誉为二十世纪最伟大的小说《百年孤独》相提并论。读了这篇小说，我便不由得想到了加西亚·马尔克斯这本曾在一九八五年被我们到处谈论的书。

《百年孤独》为我们呈示的马贡多，仿佛是一个尚未启用的世界，“那块天地如此之新，许多东西尚未命名，提起它们时还须用手指指点点”。马贡多勤劳、富足、欢快、幸福。村民只遵循自然法则生活，他们想象不出与外界沟通有什么必要之处。是马贡多终年不息的鸟鸣，引来了感官灵敏的吉卜赛人，他们叩开了马贡多紧闭的门，他们带来的奇迹，唤醒了沉睡在马贡多人心底的欲求与向往的本能。

从此，马贡多开始领略繁荣、嘈杂、动荡和战争。这一切是马贡多人始料不及的，以至他们终于觉醒：他们所想望与幻求的还是那已远远逝去，并永不复得的安详宁静的往昔生活。正如经历了显赫与荣光的奥雷良诺·布恩地亚上校晚年所彻悟的那样：刚刚死去的朋友是最好的朋友，简朴的生活是最好的生活。

癞花村不同于马贡多，这座具有梦魇般超世色泽的村落，为它的居民提供的是贫穷、忧郁和艰辛，仿佛以此在验证他们的生存力与耐性。癞花村人渴望与企求的意识始终清醒，他们幻想冥冥之中有改变自己命运的奇迹发生，但这奇迹来自哪里，超出了他们的想象。那富于象征意义给癞花村人带来耻辱与灾难，仿佛具有魔力而生生不息的鲜花，像地球的两面一样体现着双重性。它既意味着贫穷又意味着财富，这取决于癞花村处于封闭或开放的何种状态中。

开放与交往似乎是必要的，也是必然的，财富由此而来，繁荣由此而生。但接踵而至的复杂、纷乱、龌龊，又是简单、纯朴、善良的癞花村人难以理解和无法承受的。他们还未完全摆脱物质上的贫困，又陷入精神痛苦的泥淖之中。他们开始对自己的欲求感到困惑和茫然，他们搞不清楚应该缅怀过去还是向往未来。

马贡多与癞花村的变迁，为我们揭示了人类历史演进中物质与精神的相悖现象，呈现了人类两难困境的缩影。对人类在天性上原本应该居于过去或未来哪一端的断言，是我力不能及的。或许对此根本就无法断言。我们知道每个时代的伟大智者，都曾做过这种尝试和思索，譬如，喻世的《旧约全书》和现在正悄悄风靡西方的《道德经》。

一九八八年一月

幸　福

哲学家培根一生写了五十九篇小品文，他仿佛谈论了人世所有大的事情，但唯独没有论幸福。或许他缺少了时间，因为他最后的《论谣言》便是未完笔的残篇。培根没有论幸福，但他论证了那些往往被世人误解拥有便幸福，因而盲目和疯狂追求的事物，譬如财富。关于财富，培根把它称作德能的障碍物。因为财富之于德能正如辎重之于军队，辎重是不可无，但过量的辎重会阻碍行军，有时因为顾虑辎重而失却或扰乱胜利。

把幸福完全寄托在财富上，是人类无数错觉中最大的错觉。

幸福不是时代、国度、地区或阶层的专有物，幸福也不为财富的多寡所左右。宫殿里有叹息，茅屋中有歌声。人类在寻求幸福的终极目的驱动下，创造出愈来愈广的器具帮助自己，机器解放了人类的体力，电脑解放了人类的脑力。但没有任何一个时代像现在这样，人类的生活如此紧张和匆忙。中非洲的洛美人反对把电引进他们生活的丛林，南美洲的爱尔人阻止公路穿越他们定居的区域。他们并不认为是在拒绝现代文明带给他们的幸福，他们保持着自己纯洁原始的传统。在高度体现人类物质文明的欧洲边缘，有一座马德拉群岛，那里“日出而作，日入而息”，没有汽车和工厂，没有竞争和效率，劳动的人们面带微笑，在太阳下唱着舒缓悠长的歌谣。当工业社会的游客慕名而至，他们紧张的心弦备感松弛，躁动的情绪复归宁静。人类的心灵向往什么呢？这向往如同梭罗所比喻：好像水边的杨柳，一定朝着有水的方向伸展它的根。

幸福无疑建立在一定的物质基础上，但人们不应以此误入歧途，转而毕生追求财富。当人们把幸福全部寄托于此后，拜金主义兴起，消费主义盛行。“欲急速致富者将不免于不义。”我们费尽心机，仅仅为增加几枚银币；然而书内有黄金般的文字——历代最聪明的智者的话，我们无视。我们终日忙碌，头脑里装满市场和物价；然而壮丽的日出和春天等待观赏，我们无暇。有限的地球除了要养活人类，还要养活人类的奢侈和虚荣。工业革命发生仅仅二百年间，人类便为此走到了自身所造成的各种毁灭性灾难的边缘。

伟大的诗人泰戈尔认为，人类与世界存在着三种关系，即理性关系、实用关系和美的关系。理性关系让我们了解世界的秘密，实用关系使我们满足肉体各种所需，美的关系则赋予我们的心以爱，消除我们行为中的功利主义。与世界的理性关系好比是我们的学校，与世界的实用关系好比是我们的办公室，而与世界的美的关系则是我们的家庭。我们不会完全待在学校里，也不会完全待在办公室里，家是我们最后的栖身之地。由于有美的关系，我们与万物的距离消失了，我们同它们是近邻和兄弟。在万物中完整地获得自己的价值和人性，是人类心灵的天然属性，也是人类的终极目的，人在其中将得到真正的快乐和幸福。

一九八九年三月

没有门户的宝库

童话的化身

安徒生（1805—1875），丹麦作家。举世无双的童话大师。一八〇五年四月二日生于丹麦菲英岛欧登塞镇。父为鞋匠，母为洗衣工。从小做学徒。十四岁到哥本哈根，寻求演艺生涯。后经资助，进斯莱厄尔瑟文法学校和哥本哈根大学学习。早期写过剧本、小说、诗歌等作品。第一本童话集，《讲给孩子们听的故事集》，于一八三五年出版。之后，陆续又有新的童话集问世。生平共写下一百六十八篇童话和故事。曾遍游西欧、南欧、小亚细亚与非洲。写了大量游记。一八七五年八月四日，病逝于哥本哈根友人的居所。他有三部自传。他的童话故事，也多具自传色彩。

与神话、史诗、戏剧、寓言相比，童话并不十分年轻。童话是人类的一种借助，是实现它胸中正压邪、善胜恶这个永恒意愿的完美手段。读历代的童话作品，熟知历史的我们，深为民众长久不息的朴素心声所感动。童话不是始自安徒生，但在二十世纪，安徒生已成为童话的化身。安徒生是孩子们没有门户的宝库。没有安徒生童话，许许多多的金色童年将会黯淡。谁能估量，被安徒生童话浸润过的人生，曾给我们的世界增添了多少义举与善行？从安徒生那里永远获益的世界，在他生前并没有给他相应的报答。他相貌丑陋，一生孤单，经历了很多不幸的事情。安徒生是贫苦的儿子，他对幸福的理解最为纯正。早年的底层生活和成名后的广泛旅行，他阅尽人间。安徒生的童话，在天明地静的北欧出现，是一种必然。这些童话有着北方头脑的朴实和机智。也像丹麦农民一年的愿望，适度与美丽。

智慧的起点

伊索（生卒不详），古代希腊寓言作家。关于伊索的一切，全部来自希罗多德《历史》的几行文字及历代传说。可能“伊索”一名同两大史诗的作者一样，纯为后人假托。由《历史》而知，伊索生活在公元前六世纪，曾是萨摩斯岛雅德蒙家的奴隶，因其才智超众备受主人赏识，从而获得自由。后作为自由民游历了希腊各地。在德尔斐，他被控亵渎神灵，为当地人杀害。公元前五世纪，“伊索”这个名字已为希腊人熟知，希腊寓言开始归在他的名下。公元前四世纪，得墨特里奥斯编辑了第一部伊索寓言集（已佚）。又一部伊索寓言集于一世纪由费德鲁斯编写，经过他的修饰，人们才把伊索寓言当作文艺作品阅读。现在常见的《伊索寓言》，是后人根据十四世纪拜占庭僧侣普拉努得斯搜集的寓言及以后陆续发现的古希腊寓言传抄本编订的。可以肯定，一部《伊索寓言》，三百余篇，实际是古代希腊寓言的汇编。

寓言是与伊索连在一起的，“伊索”一词和寓言具有同一含义。伊索是否确有其人，《伊索寓言》是否全部为伊索所作，并不重要。《咏吉尔伽美什》（巴比伦）、《亡灵书》（埃及）、《奥义书》与《往世书》（印度）、《旧约全书》《古兰经》，甚至四大史诗（印度、希腊），历史学家至今无法准确说明它们的作者。我们愿意相信，这是古朴时期心智健全的人类整体精神的最高显现。它们塑造了古代世界智慧与武勇的面貌，也使现代看似强大的钢铁世界，依然受到它们神秘指引。这些古老的典籍，是人类确立她的形象的根本。在哲学失败的地方，寓言能够胜利。成熟的人类举手投足，无不露出童年注入的寓言因素。无论现代社会的变化与纷繁令我们多么困惑，《伊索寓言》蕴含的人类意愿和情感，仍旧是它的核心和主题。在古代希腊，无知等于不懂伊索。被判死刑的苏格拉底，在狱中等待服刑时，为易于人们传诵，曾把他记忆的伊索寓言，由散文体改写成诗。

作为智慧和指南，这些寓言从未被人类忽视（黑暗的中世纪除外）。《伊索寓言》，源远流长。它哺育了一代代民众，也启发和造就了后来的拉·封丹、莱辛、克雷洛夫等寓言作家。

原始诗人

惠特曼（1819—1892），美国诗人。生于纽约长岛一木匠家庭。只断续受过五年初级教育。几乎从事过社会底层的所有职业。主要作品为诗集《草叶集》。《草叶集》初版于一八五五年问世，收诗十二首，到一八九二年第九版问世，已增至三百八十三首。惠特曼称自己为真正的"美国吟游诗人"，他目睹新生的美国正逐渐沦为一个毫无生气、庸俗、追求物质享受的社会，起而放声歌颂人类昂扬的精神。他指明，"美国最重要的发展"在于精神方面的勇敢和顽强。惠特曼，在最高尚的意义上崇尚精神的伟大诗人。

惠特曼告诫人们："我告诫你们，永远不要相信那些解释我的人。"惠特曼不可解释，"我博大，我包罗万象"。解释惠特曼，你找不到相应的语言和标准。挪威作家汉姆生，称惠特曼为原始诗人。每次读《草叶集》，我都有一个想法：惠特曼是第一位到世界上来的诗人。他带着他强大个人的法理和规范，成为不受这个世界既定秩序约束的人。惠特曼是诗人，但他也用另一种文体写下了许多人们称之为“散文”的作品。这些优美散文，是他创作总体的一部分，同样有着他诗人的灵魂。惠特曼，大自然终生的热爱者和赞美者。我想，人间所有壮阔的胸怀，无不来自那里。

英雄的粮食

普卢塔克（约46—约120），罗马帝国时期的希腊作家。关于这位远古作家的详尽生平，今多据推断。生于希腊中部小镇喀罗尼亚，家境富庶，父为历史学者。曾在雅典学习哲学、修辞学和自然科学，后去亚历山大城再学。做过小镇执政官、行省总督及神庙终身祭司。一生广泛游历天下，热心公益事业。普卢塔克为古代闻名的多产作家，生平著述达二百七十七种，大体分为两类。一类称作《道德论丛》，包罗有关伦理、宗教、哲学、政治、科学、文艺各方面的论述。另一类称作《希腊罗马名人传》，全书涉及从上古黄金时代到作者当代的几乎所有希腊罗马的历史名人，计五十篇。此书择希腊人与罗马人品行或业绩相似者配对记述，是为证明希腊同罗马一样也拥有自己光荣的英雄。关于普卢塔克的著作，后人讲：《道德论丛》向我们表明，古代世界在思想领域里想要达到什么目标和取得什么样的成就；《希腊罗马名人传》则以同样的方式表明，古代世界在行动领域里取得了什么成就。

在我们读过的西方传记著作内，几乎无一例外会提到《希腊罗马名人传》，它是每个时代杰出之士成长期的必读书目。在激发和鼓舞人类的无畏精神上，没有哪部书比《希腊罗马名人传》所起的作用更大。它把人类青春时代的无限勇气，永恒地带向未来。没有普卢塔克，历史中会少出现许多英雄。有人问十七世纪学者西奥多·加札，假如书籍将面临一场沉船灾难，而他只能保留一位作家的著作，他会选择谁的？他回答：普卢塔克。普卢塔克对人类的重要，写在许多伟大作家的书中。从《希腊罗马名人传》，我们得以一睹古代大散文叙事（历史著作以外）文体的风采：准确、清晰、简约、自然，流水行云般不现笔底的媚痕。这是一种以生气和力量做后盾的自信，坦荡直率地面对事物本身。写作面貌的确立，不单是作者意愿的问题，它与血质和灵魂相关。

四季之地

德富芦花（1868—1927），日本作家。生于熊本贵族家庭。十八岁皈依基督教。一个富于民主思想的人道主义与自由主义者。主要作品：长篇小说《黑潮》，随笔集《自然与人生》《蚯蚓的梦呓》。一九〇七年去耶路撒冷朝圣，途经俄国，拜会了托尔斯泰。归国后作《顺礼纪行》，表达了他对托尔斯泰的崇敬之情。后半生携妻退隐乡间，过着托尔斯泰式躬耕田园的“农民生活”。《蚯蚓的梦呓》记述了他的这段历程。晚年在写四卷忏悔录时去世，这部回忆录性质的著作，最后由其妻完成。

世界上没有哪一个文明民族比日本更爱四季。日本民族的感官，天然为时令而生。他们在纬度适中的岛上，形成了自己的传统。四季中的自然，精神的最后居所，古今作家的一个永恒主题。在日本文学里，自然比人受到了更大的关注和尊重。《自然与人生》这部日本文学的经典作品，曾被定为近代日本国民实行“情感教育”的通读书目。写作《自然与人生》时的德富芦花，尚未见到托尔斯泰。从这部随笔我们可以看出典型的东方审美情趣，和对待自然的静观态度。与托尔斯泰的会面，使这位日本作家受到了震撼。相信在以后译出的《蚯蚓的梦呓》里，我们能看到一个与万物荣辱与共的热烈灵魂。德富芦花，用文字为自然画像的作家。他对自然的出色专注，将让每个阅读《自然与人生》的读者顿悟：我们功利之外的世界多么亲切美好。

无边的母性

米斯特拉尔（1889—1957），智利女诗人。生于智利北部比库尼亚村，具有西班牙、巴斯克和印第安血统。因父亲弃家出走，她早年独立谋生，十五岁为乡村小学教师，后做过女子中学校长、大学西班牙语教授及联合国官员。十四岁开始发表诗作。十七岁时恋爱，因对方自杀，终生未嫁。主要作品有诗集《孤寂》《柔情》《有刺的树》《葡萄压榨机》等。一九四五年，因为“她那富于强烈感情的抒情诗歌，使她的名字成为整个拉丁美洲的理想的象征”而获诺贝尔文学奖。她是拉丁美洲获得诺贝尔奖的第一人。一九五七年病逝于纽约。

米斯特拉尔是诗人，也写了大量散文作品。在世界文学里，我们可以列举的纯粹散文作家，非常有限。散文世界的广大，主要依赖小说家、诗人及其他领域作家的共同构筑。小说家的散文，往往在谈什么事情，与他们的创作缺乏使命感一致，他们的散文写作也像说话一般随便。诗人的散文，本质是另一种形式的诗。诗歌的元素，在诗人的散文作品内遍布。我们能够从中强烈地感受出激情、愿望、热血、灵魂这些文学中永远激动人心的成分。“现在我确信，树木和万物都有自己的孩子正在睡觉，它们则正躬身守护在孩子的上方。”（《母亲之歌》）很难想象这样的文字会出自脚踏实地的小说家们笔下，而其正是诗人米斯特拉尔的散文。“美是上帝在人间的影子”“美即是怜悯和安慰”。米斯特拉尔的艺术信念，使对孩子的爱、对人类弱者的广阔关注，成为她创作的主题。历史上曾出现过许多女作家，但在米斯特拉尔这里，我们终于看到了母亲的形象。

复活的先知

纪伯伦（1883—1931），黎巴嫩诗人、散文作家。生于黎巴嫩北部山乡卜舍里。早年进贝鲁特“希克玛（睿智）”学校学习。一九〇三年第一批文学小品在阿拉伯《移民》报发表。一九〇八年，小说《叛逆的灵魂》触怒当局，遭到驱逐。后去法国学习绘画和雕塑。一九一一年定居美国，从事绘画和阿拉伯文、英文写作。早期作品以小说为主，在美国定居后主要写作散文诗，他是阿拉伯近代文学史上第一个用此文体写作的作家。主要著作：阿拉伯语作品《泪与笑》（散文诗集）、《行列圣歌》（诗集）、《折断的翅膀》（长篇小说）；英语作品《疯人》（散文集）、《先知》（散文诗集）、《沙与沫》（散文诗集）等。纪伯伦还是一位出色的画家，罗丹称他为二十世纪的布莱克。死于纽约，遵照他的遗愿，骨灰运回黎巴嫩，那里为他修建了一所纪念馆。

纪伯伦诞生的那片地域，是孕育宗教与走出先知之地，是给予启示与传播箴言之地，人们无条件地把她看作人类精神的源和心脏。“人的智慧使她的脸发光，并使她脸上的暴气改变。”（《旧约全书》）“你们当中有一部分人，导人于至善，并劝善戒恶；这等人，确是成功的。”（《古兰经》）我们知道这两部试图化人间为天国的书，来自世界哪个部位。“一个伟大的人有两颗心；一颗心流血，另一颗心宽容。”这句话同样有着圣籍的语气，它出自纪伯伦之口，一个使先知在他的身上复活的人。尽管罗丹曾断言他为“伟大的艺术家”，纪伯伦并未受到他的世纪应有的重视，他没有得到那项文学上的最高荣誉。二十世纪蔑视严肃和教诲，而纪伯伦与它背道而驰。“我们在绘画和写作时应远离一切常见的平凡之物，以获得非凡的含义和色彩。”纪伯伦是一个写作散文的诗人，他的前述观念使他的作品抹去了时代之痕，具有超世的魅力。他向我们讲述的是本质和根，是人类世代亘古不变的永恒话题。这样的作家，仿佛由神遣来，于人类最宝贵。

清澈的心灵

清少纳言（约 966—1025），日本女作家。平安朝中期人，歌人之女。成年后到宫廷皇后身边供职。主要作品，一部《枕草子》，写于宫中十年。《枕草子》主要记述宫廷见闻、四季物象和作者对世物的见解。《枕草子》之前，日本已出现物语文学和日记文学，清少纳言的《枕草子》又开拓了一个新的领域，其为日本随笔文学奠定了根基。晚年的清少纳言，景况凄凉，落发为尼。

在妇女对文学的贡献方面，没有哪一个国家的妇女能够与日本妇女相比。《源氏物语》，最早的长篇小说，全世界妇女的骄傲。《枕草子》是日本妇女奉献给人类的另一颗星星，它的光芒在世界文学中同《源氏物语》一样明亮。关于清少纳言，史籍记载甚少。从《枕草子》我们可以断定，她学识渊深，见闻广博，是个无限热爱生活的人。她的诗书性情与宫廷寂寞环境，促成她在漫长的宫闱时光中记下自己的所见所感，不厌其烦。《枕草子》显示了清少纳言非凡的观察力和惊人的概括力。她深入事物的最细微之处，使我们在任何琐屑的事物中都能体会到意义和美感。《枕草子》告诉我们，世界上有多少不该在我们一生中忽略的事物。

唯美主义

王尔德（1854—1900），爱尔兰作家。“为艺术而艺术”的倡导者，十九世纪末英岛唯美主义运动代表人物。生于都柏林，父为名医，母为诗人。曾进牛津大学学习，被拉斯金和佩特的美学思想吸引。一八八二年前往美国和加拿大讲学，宣扬他的美学主张。回国后任杂志评论员、编辑。主要作品：《快乐王子集》（童话集）、《道林·格雷的肖像》（长篇小说）、《里丁监狱之歌》（诗集）及几部戏剧。王尔德也许是作家中仅有的因极不光彩之事而入狱的人。出狱后迁居巴黎，写忏悔录《从深处》。精神崩溃，生活潦倒，导致了他三年后的早逝。

十九世纪对人类来讲，无论怎么说它重要也不过分。当我们尽情呼吸二十世纪精神和物质的清新空气时，不该忘记促成这一切到来的上一世纪的前驱。现代文学的活泼、斑斓、诱人，常常令我们置身其中，流连忘返。以至连距这里很近的唯美主义与王尔德，我们都已感到陌生。唯美主义是艺术纯粹的真正追求者和捍卫者，只是他们没有进一步想清，让艺术脱离尘埃弥漫的大地，即是在夺取艺术的生命力。从王尔德作品的脆弱性，我们可以认定，唯美主义者最终是自己“艺术只为本身之美而存在”的观念的牺牲品。艺术革新者们的另一表现，往往是同既定社会生活规范的对立。王尔德的语惊四座和奇装异服，在当时与他的文学同样闻名。他后来私生活上的放浪，几乎使我们丧失了对他应有的敬意。王尔德的作品，最为出色的在他的《快乐王子集》。这九篇童话与世界任何的优秀童话比较，都不会缺少信心。尽管王尔德宣称“一切艺术都是毫无用处的”，我们在这些瑰丽的童话内，还是感受了强大的引人高尚的力量。

伟大的故事

列夫·托尔斯泰（1828—1910），俄国作家。一八二八年九月九日生于图拉省雅斯纳亚·波利亚纳，贵族家庭。曾进喀山大学学习。在高加索服过役。年轻时，两次去西欧游历。主要作品为三部长篇小说：《战争与和平》《安娜·卡列尼娜》《复活》。一九一〇年十一月十日，个人信仰与家庭环境对立的日益紧张，迫使他秘密出走。途中病死于一个三等小站。遵其遗言，遗体葬于波利亚纳森林。坟上没有竖立墓碑和十字架。对于托尔斯泰作为一个文学家所取得的卓越成就，评论家们从未提出过疑义。英国小说家高尔斯华绥说，倘若我要指出一部小说，对它可以贴上“古今最伟大的著作”这样标签的话，那我就要推《战争与和平》。

列夫·托尔斯泰，我所认为的最伟大的全民艺术家，所有世纪最高尚的人物，人类的良心。从来作家都沉湎于文学本身，而托尔斯泰仅仅把文学看作自己伟大活动的一部分。托尔斯泰是历史罕有的，用他的人生和全部文字，为人类指明正确道路的人。当晚年已身罹不治之症的屠格涅夫，注意到托尔斯泰正离开文学去接近“神秘的伦理学”，并有沉溺于其中的危险时，他不能忍受这样的损失。他勉力致信托尔斯泰，恳求他“回到文学活动上来吧”。屠格涅夫的忧虑，典型地反映了那些职业化作家的局限和弱点。在人们那里，托尔斯泰的名字是和他的三部巨著连在一起的，但当人们问起托尔斯泰，他认为哪些作品自己写得最好时，他回答说：民间故事《人靠什么活着》和《哪里有爱，哪里就有上帝》。托尔斯泰把他的民间故事看得重于他的长篇小说，显然异于人们囿于文学之中来衡量文学作品的标准。托尔斯泰将那些只有少数精选之人才能懂得的艺术，称作坏的艺术。他把朴素奉为写作的第一要素。我在读这些民间故事时，常常想到《新约全书》中的《使徒行传》，它们给我一种辽阔土地的感觉。

一九九一年五月至六月

答《美文》“九十年代散文写作随访”问

您对散文的基本认识？

答：虽然二十世纪的诺贝尔文学奖从未授予过狭义的散文作家，但散文无疑依旧是与诗歌、戏剧、小说并列的文学的四种基本文体之一（且中外都不乏纯粹的散文作家）。就我的感觉和经验，我将散文视作文学的平原，即散文不仅是一切文学写作的基础，本身也具备自己辽阔、明朗、坚实、开放的独立形态。它所独具的能够诞生距离和地平线的美，以及接纳、包含和负载一切的姿态，永远会令人沉醉或深思。这一点，没有其他什么文体可以与之相比，这是散文不朽的所在。

散文写作对您意味着什么？

答：我曾有过一段诗歌时期，即阅读与写作主要围绕诗歌进行的时期。这个时期在我读到散文名著《瓦尔登湖》（一九八六年末）后便基本结束了。迄今我从未想过写小说，也很少读当代的小说。我相信，与其说作家选择了文体，不如说文体选择了作家。对我来说，散文写作不仅今天，或许终生都意味着我的全部写作。我不大认同现代日益盛行的个体生活理性化，而对世界却采取非理性态度的做法（这种态度早已渗透到文学和艺术之中）。当人们每天对自己、亲人及朋友尽其应尽的责任时，世界也以同样的理由要求着它的每一个个体。作为一个散文作家，散文写作对我更多地意味着它是我对这个世界尽责的一种方式。当我看到诸如一位防范妇女儿童遭受性攻击的女警官（美国），一直将其早年看过的一幅尤金·史密斯的摄影作品《走向天堂花园》作为自己工作的目标时，我怎能怀疑文学或艺术对人类依然潜在的作用和影响呢？

您对当前散文写作现状的看法？

答：散文的本质和特征，大约注定了它是一种非前卫的相对稳定的文体。变化是有的，当枝叶醒目升降和飒飒地变幻着色彩时，散文也正形成自己新的年轮（比如所谓“新生代散文”“新散文”）。也像一条大川，除了纯粹的散文作家之源，散文似乎一直是由众多小说家、诗人及学者的支流汇聚壮大的（这与其他文体不同）。但后者往往将散文视作自己主体写作间歇步入的休闲的后花园，今天散文的表面繁荣和散文文体意识并不凸显的现状，正是人们根深蒂固的“散文易工”的观念制造的（它还迫使有限的散文作家隐隐欲到其他文体领域去证明自己的才华）。

您目前写作中面临的最大困惑？

答：应该说我在写作中尚未明显地感到过困惑。如果回答这个问题，我可以说我目前写作中面临的困惑，就是在相对主义似乎已经到来的时代，作家在写作中还应不应体现自己的立场或倾向？一个作家怎么可能完全摆脱他的立场或倾向呢？作家（人类）之间的隔阂与敌意，许多不正是在立场或倾向相异的名义下产生的吗？

您怎样看待今后散文写作发展的趋向？

答：散文无疑也有自己区别于其他文体的界线（尽管这条可以意会的界线似乎很难确定），但与任何概念一样，“散文”并不是先在的，而是通过具体作品体现及丰富发展的。因此从理论上讲，散文的未来意味着种种可能。相对小说家和诗人，散文作家之间的差异，远远大于他们的类同。就是说，散文相对难于形成流派，难于被批评整合和归纳共同特征。今后散文写作发展的趋向，我想总体上：文学的千军万马涉足散文的格局，依然会延续（这是散文繁荣的基础），具有文体建设意义的在散文的篇幅、语言、涉及内容、结构方式等方面的探索和实验，将在更多年轻的散文作家笔下涌现（这是散文变革的先锋）；“潜心自我”的写作在文学时尚话语的鼓励下，日益成为散文写作的主体，而与之对应的“关注外界”的写作不断边缘化，但永不会绝迹……

一九九八年十一月

在散文的道路上

——答《新生代散文选》问

一

什么是散文或散文的传统是什么，是一个远比什么是诗歌和小说难以回答的问题。散文的界定或文学意义上的散文文体的确立，有一个历史的演变和形成过程。我们有过“为学术而散文”的时代，西方也有“把历史（哲学）用散文写作”的时代。尽管我非常崇尚纪元前简约、清晰、准确、质朴的“散文”行文，但我还是倾向作为文学（文体）意义上的散文，中国始于“文学的自觉时代”的魏晋，西方始于“我本人就是这部书（《随笔集》）的材料”的蒙田。（我喜欢现在被倡导的“大散文”这一概念，但我觉得它主要的不应是针对散文“外延”而言的，因为它模糊和混淆了散文和其他应用散体文字的必要界线。）

二

关于作家或作品，尽管人们懂得“海纳百川，有容乃大”的道理，但就每个一生有限的读者，他的趣味、好恶、心质、观念乃至偏见，必定影响他的亲疏与取舍。就我个人来讲，我把古往今来的作家（作品）大致分为两类：一类我称之是木质的、温善的、心灵的、精神的、导引的；另一类则是铁质的、冷峭的、头脑的、分析的、揭讦的。当然，这种划分完全是相对的，非科学的，个人化的。对于人类，我将前者称作“建设”型作家，我个人比较倾向、心仪、认同他们。

根据我的有限的阅读范围和经验，过去对我影响较大的，确立了我的精神和信念、与我的写作面貌有关的作家和作品主要有：列夫·托尔斯泰（特别是他的《天国就在你们心中》和《那么我们应该怎么办》）、梭罗《瓦尔登湖》、泰戈尔（特别是他的《人生的亲证》）、雨果《悲惨世界》、爱默生随笔、雅姆和布莱克诗歌、安徒生童话、纪伯伦《先知》及《沙与沫》、希梅内斯《小银和我》、赫西俄德《工作与时日》、萨迪《果园》、席勒《欢乐颂》、史怀泽《敬畏生命》等，以及我必须在此列举的可马·奥勒留的《沉思录》和昂苏尔·玛阿里的《卡布斯教诲录》。对我来说，爱默生“最高等级的书是那些传达道德观念的书”的说法，无疑是正确的。此外，我比较喜欢的散文作家还有卢梭、蒲宁、黑塞、普里什文、德富芦花、谢尔古年科夫、阿斯塔菲耶夫、米什莱、赫德逊、列那尔等。说到中国作家，我便感到惭愧，因为我对自己民族的文学所读甚少。原因与鲁迅先生所写《青年必读书》中的告诫无关，主要基于我个人的文学观念和信念。就我接触到的，我比较喜欢的中国古今散文作家，主要有陶渊明、范仲淹、苏轼、鲁迅、丰子恺、巴金、张承志、一平等。

三

作家选择哪种文体写作，与其说是一种偶然，不如说是一种必然：它更多的不是与天赋和技能，而是与血质和精神相关（美国散文作家 E. B. 怀特在他的《散文家》一文中讲出了半个真理："只有那种生来就是以自我为中心的人才会有胆量与毅力赋写散文"）。在文学中，散文与世界（人类）的关系，是一种最为直接的关系；散文也是一种作家与作品相对合一的文体。一定意义上讲，小说家和诗人是"幕后"作家，而散文家则是"台前"作家。一个具有责任感和使命感的、富于理想精神的作家必定选择"散文"（正如诗人布罗茨基认识到的：散文可以牵着读者的手，把他领进这个境界，诗歌则需要连推带拉才能做到这一点），比如五十岁以后的托尔斯泰和"终极命题是'人'，而不是艺术"的鲁迅，以及当代敢于"以笔为旗"的张承志。

四

“诗人笔下的墨迹像圣徒的鲜血一样圣洁。”在这个文字被轻佻地滥用的时代，我尊崇古人对文字的敬畏和虔诚。巨量的字数对一个作家也许是有益的，但世界对此已经表示了它的忧虑。在散文的道路上，我常常这样提醒自己。

我愿意光明地、信任地看待一切事物。我希望我的文字给世界带来的是善意和温暖，而不是相反。对于人类来说，我坚信有些东西是永恒的，而不是仅属于哪个世纪的。关于我的散文美学追求，我想借用惠特曼的一句话表达：“艺术的艺术，表现手法的卓越和文字光彩的焕发，全在于质朴。”我想，质朴即包含着文字的质感、朴素、简单和温度，以及一个作家对世界应有的爱与祝福。

一九九七年二月

关于《蔚蓝色天空的黄金》

正如它的序言所讲，事情的缘起带有很大的即兴性。当时我恰处在刚刚交出《大地上的事情》书稿后的休整状态，《勃留索夫日记钞》中一则涉及出版“合集”的日记，触发了我潜在已久的一个想法，即我们应该有一部不拘文体的文学合集。比如诗与散文。我的这个想法，得到了诗人黑大春的热烈响应——我们希望通过自己的手，编辑一本我们很想在书店见到的书籍。

最初的构想是这样的，选择五十名（鉴于诗歌作者的数量，确定诗歌作者三十名，散文作者二十名）年龄基本在四十五岁以下的作者，每人一篇（首）作品，一篇自传性文字，一篇创作随笔，及附主要作品目录等。同时，全书配以若干青年画家的画作插图。

不久（约一个月后），在黑大春家里，由于编辑过数种小说选本的兴安，上述构想又有了演变或完善：范围扩大了，它接纳了小说。同时，基于全书篇幅所限，对所选作者的数量和年龄，做了相应削减和限定。经过反复考虑和商议，最后确定，在三个文体领域，分别选择十名（起初考虑各十五名）六十年代出生的代表性作者。这给最初的设想，赋加了新的意义：它不仅体现二十世纪六十年代出生的作家在诗歌、散文和小说领域各自达到的水准，而且也从整体（戏剧除外）上向外界展示当代中国大陆年轻一代作家的创作实绩。

确定入选的作者，是全部编辑工作的核心。而对于这样性质的选本，核心的核心是如何保证选择的客观与公允。绝对性也许是不存在的，因为与体育竞技不同，文学历来是一件见仁见智的事情。虽然三个编者各自在相关的文体领域都征询过前辈作家及友人的意见，但任何选本本身，主要体现的还是编者个人的倾向、审美和判断。下面即为最终确定的入选作者（按作者姓氏汉语拼音排序）：陈东东、戈麦、海子、黑大春、黄灿然、蓝蓝、吕德安、西川、俞心焦、郑单衣（诗歌）；安民、杜丽、冯秋子、胡晓梦、彭程、王开林、苇岸、尹慧、元元、张锐锋（散文）；北村、陈染、关仁山、格非、吕新、孟晖、述平、苏童、须兰、余华（小说）。就三种文体来说，小说和诗歌作者的选择余地相对要大（这与文坛现状和作家观念有关）。同时，选择即意味着割舍和缺憾，就像编者各自在跋中谦意地申述的那样。

对于作为编者，而“不失机会”地将自己纳入进去，事后一直令我深怀愧意（尽管当时我从多位友人观点里获得了这样做的勇气）。特别是当我后来读到《博尔赫斯传》时，我愈发感到自己有些无地自容。博尔赫斯四十二岁时曾同妻子编辑过一部《阿根廷诗歌选集》，他的传记作者说“选集最大的缺陷是它省略了阿根廷最重要的当代诗人之一”，即博尔赫斯。“博尔赫斯当时也许认为他由于既是编者之一又是序言作者而不应把他的作品收入选集”，因为他曾经于四年前写过一篇尖刻的书评，评论叶芝编辑的《牛津现代诗选》“把最大的份额留给了自己”。（这里，我绝无将自己与博尔赫斯比附的意思）《蔚蓝色天空的黄金》这一书名，来自俄国诗人安德烈·别雷一部诗集的名称。当黑大春提出它时，立刻得到了我和兴安的完全认同。我们喜欢它的美和象征。如我们在序中所说的：“它不仅表达了编者对文学与作家的某种理想看法，同时也愿以此激励和鞭策我们年轻一代的诗人和作家。”

《蔚蓝色天空的黄金》的出版，首先得到了一向出版谨严的中国对外翻译出版公司的支持，特别是具体负责此书出版事务的贾辉丰先生和林燕、徐小美女士，由于他们出版方面的良好建议和精益求精的敬业工作，使本书得以理想地问世。青年画家库雪明瑰美而不失朴素的封面和环衬设计，使丛书的面貌洋溢着令人心悦的艺术气息。对于他们，以及对编选工作给予过关心和帮助的师长与友人，还有积极提供作品的作者们，编者理应表示诚挚的谢忱。

我们以往的文学出版物，往往都是单一的诗集、散文集或小说集。它实质上是现代精细的社会分工在文学上的反映，或者说是现代精细的文学分工在出版上的反映。这种分工，一方面促进了各个文体的发展与演变；另一方面似乎也背离或偏离了文学的本义。《蔚蓝色天空的黄金》虽然最终仍以文体分卷的形式出现，但它的初衷确是成为一部合集（小说纳入后，曾设想上下两卷，最后由于出版方的建议，定为三卷。但采用同一书名，以喻示它是一个整体），并试图以此唤起人们对文学的整体观念。

墨西哥诗人帕斯说，诗把一切诗人变成兄弟。我更梦想有一种东西能够把人类变成兄弟，如果这种东西存在的话，那么它一定是文学（我将终生不渝地信奉列夫·托尔斯泰这一观点：最好的艺术作品是那些传播了促进人类团结和兄弟之谊的情感的作品）。我相信这是文学最初产生的根源之一，也是它今天依然存在的最大意义。

一九九七年三月

作家与编辑

——答《散文天地·名家荐散文》栏

作家与编辑的关系，可以恰当地喻为米与炊的关系：作家的姿态像农民一样，编辑则像厨师，将作家生产的作品转化为大众直接享用的“精神食粮”。正如农业先于工业，作家的历史显然也远远早于编辑的历史。编辑这一职业的出现，与近代新闻出版业的兴起和发展相关。赫西俄德公元前八世纪已写下文学史上第一部归于个人名下的著作《工作与时日》，而世界上第一张报纸一六〇九年才在斯特拉斯堡问世（古登堡的印刷机即诞生在该地），杂志及书籍的出版更在其后了。

当作家的作品面世的方式由原始的“手稿”传阅或当众朗诵，进步到凭借报刊及出版广泛传播之后，编辑作为具有三重身份的选择者和把关人，便站立在作家与公众之间了。就像弗洛伊德学说中位于“原我”之前的“自我”，编辑至少手执三种尺度裁定着作家提供的作品哪些可以走上他的版面。第一种尺度来自“官方”，其关系一个国家或政权政治的、道德的、宗教的、习俗的等法规和禁忌。例如英国政府制定有“坎贝尔法规”（禁止淫秽色情出版物法，它曾规定检验文学作品的道德标准以“做父亲的能在其家庭中高声朗诵”为原则），天主教罗马教廷一九四八年尚出版了它的第十二版《禁书目录》，等等。第二种尺度来自报刊，即编辑的选稿参照要体现他所供职的报刊的性质、立场、倾向和特点。第三种尺度来自编辑自身，它涉及一个编辑的鉴赏水准、审美趣味、个人好恶、人际亲疏等因素。

在作家与编辑的关系中，作家总意味着“个别”，编辑则代表着“一般”。故作家与编辑之间永远存在着一个矛盾，即作家希望自己的作品刊发时从内容到修辞都保持其原本的、新鲜的、独特的“个别”面貌，编辑则下意识地形成了以合法的、常规的、因循的、中庸的“一般”标准删改作家作品的习惯。一个作家经过苦心孤诣创作的作品，被编辑擅自删改后，往往会使他产生一种被剥夺了的感觉。面对发表的作品，除了陌生和无奈，他惯常的喜悦已消失殆尽。当《现代人》杂志刊出已被删改得面目全非、且更换了标题的列夫·托尔斯泰的第一篇小说《童年》后，读到了杂志的作者即刻愤怒地致信该刊主编涅克拉索夫：“……所幸我尚有可能以自己的名字把整部长篇小说印成单行本，而完全弃绝那部实际上已不属于我、而属于贵刊编辑部某位编辑的中篇小说《我童年的故事》，这是我现在唯一能聊以自慰之所在。”在涅做了解释（事关书刊检察机关）和道歉，并“最恳切地请求”他继续将作品寄给《现代人》后，托尔斯泰又相继寄出了短篇小说《袭击》和《弹子房记分人的笔记》，并一再附言声明：对于我的作品，倘若阁下有意在贵刊继续予以刊登，则请勿删节，主要的是勿做任何添加和改动，设若事与愿违，则即请退我，而切勿将它伤痕累累地刊出。尽管当时的托尔斯泰尚是一名偏远的哥萨克小镇上无人知晓的年轻士官生，但他的声明无疑表达了所有作家对待自己作品的私爱态度。

作家是文字的职业运用者，当他顾及了他所置身的社会对他所写内容接受的限度后，他与编辑之间的矛盾便经常地表现在作品的修辞上了。奥威尔在其《新词》一文中说：“写作的艺术事实上大部分是词语的歪曲。”就是说一个优秀的作家创作时总是力避轻易地、因袭地使用词语，而会采用一种“有意识地改造语言创造新词”的方式。诗人舒婷将“激活母语变造母语”视作诗人的天职之一，她在写作散文时即自觉地避免常用“便词”。但缺乏创作经验的编辑往往站在“词典”或个人语文修养的立场，自以为是的对待作家在修辞上的尝试。《中华读书报》前不久刊登的文章《一字之差，旨趣两样》，便说明了编辑轻率改稿的不良后果。为了保持词语的活力和益于“新词”的诞生，除非作家由于一时疏忽或个别无知而出现的错别字词，编辑应信任地慎用自己把握的删改权力。

一九九八年二月

散文的可能

——《蔚蓝色天空的黄金·散文卷》跋

这个工作，本不该由我来做。

关于《蔚蓝色天空的黄金》散文卷的作者人选，除了我个人的视域、判断和审美取向外，我也征询了散文界一些前辈和朋友的意见。这里，我特别要提到两本老愚编的新生代散文选：北方文艺出版社一九九一年版的《上升》和北京师范大学出版社一九九三年版的《九千只火鸟》。尽管我很想在上述两书之外有所发现，但经过全面、综合的比较和衡量，最终确定的作者仍未超出两书的范围。因此，我应表明，我的工作是建立在散文建设先行者的劳动基础之上的。

在这个工作过程中，与二十世纪六十年代出生的小说作者和诗歌作者相比，我深感可供选择的散文作者是很少的。我知道这与当代作家头脑中文体的等级观念有关，比如文坛便有散文只是诗人与小说家的副产品，不存在独立意义上的散文作家的论点。

在此我不想涉及文学中不同文体之间是否具有可比性，但我可以谈蒙田对莎士比亚、卢梭、拜伦、斯蒂文森的启发；还有，爱默生对惠特曼、霍桑、狄更生、梅特林克的催化。我的意思是说，中国当代的散文作家凭借自己的思想和精神力量，同样具有赢得外界对散文及散文作家应有的敬重的可能。

一九九五年六月

我喜爱的五本散文集

梭罗《瓦尔登湖》

这是一部优美的、自信的、撼人的散文。在精神的意义上，有些书籍形成了丰富我们情感的血肉，有些书籍构成了支撑我们一生的骨骼。本书属于后者。

爱默生《爱默生集》

这部著作所辑的篇章，是精神分析主义对人类进行“解构”之前，关于人类的最后的颂歌。这位伟大的、光明的、富于思想的散文作家，位列人类精神大厦的最后一代建设者。

希梅内斯《小银和我》

它以一种巨大的升华灵魂的力量和令人百读不厌的魅力，向我们展示了在西班牙田园背景中，一位诗人与一头毛驴的深挚关系。我深信，无论唯新是求的人类怎样变动，这册瑰伟的小书都将永存。

米什莱《米什莱散文选》

在强大的支配者人类之中，每个世纪都例外地存在着谦卑地与万物荣辱与共的博大心灵：散文作家布丰、法布尔、赫德逊、列那尔、普里什文，以及我个人更为偏爱些的米什莱，都是典型。

张承志《心灵史》

它不是小说，也不是史书，而是一部具有“叙事”色彩的关于信仰和心灵的散文巨著。在中国当代吞噬一切的物质主义汹涌洪流中，在某种意义上，我把珍视与高扬清洁、信仰、精神、心灵的张承志散文，视作“中流砥柱”。

一九九七年三月

关于一平散文的推荐语[①]

一平本质上是一个诗人。但在文体上，他更多的是一个散文作家。在中国当代散文中，相对其他散文作家，我对一平的散文有一种最大程度的认同和呼应。他的像土地一样朴素、温和，并闪现着土地色泽的“人本”散文：有机、宽阔、仁爱、睿智。我喜欢这样的文字，我喜欢在文学中看到这样的胸襟。

① 此文是为《台港文学选刊》一九九八年第二期《羁旅文学》专栏刊发的一平两篇散文写的推荐语。——作者注

第五辑

我热爱的诗人

——弗朗西斯·雅姆

“一个诗人，他在山里有一所寂静的房子。他发出的声音像是净洁的晴空里的一口钟。一个幸福的诗人，他述说他的窗子和他书橱上的玻璃门，它们沉思地照映着可爱的、寂寞的旷远。正是这个诗人，应该是我所要向往的……”（《马尔特·劳利得·布里格随笔》）

被里尔克所向往的这个诗人，即是弗朗西斯·雅姆，一个十九世纪末、二十世纪初的法国“外省的诗人”，“知道歌唱自然及少女的诗人”。雅姆一八六八年生于法国西南部毗邻大西洋的比利牛斯山区，就像美国的亨利·大卫·梭罗，雅姆的一生基本上也是在自己的故乡度过的。关于他的生平，除了百科全书上的条目，《法国七人诗选》中简略地提到了他的晚年：当地居民常常可以看见一个白发银须的老人，一手拿着拐杖，一手牵只大狗，在森林中独自漫步。在当代汉语话语中，雅姆算不得法国的重要诗人，我从未读到过关于雅姆的文章，也极少见到中国的当代诗人提及雅姆，我读过的雅姆诗歌全部汉语译作迄今不过十几首（它们散见于戴望舒、罗洛、程抱一三位先生的法国诗歌译本中）。但我热爱雅姆，没有什么大诗人比他更令我倾心。

“主啊，既然众生都认真完成任务，/既然拖腿的老马和垂首的牛/都一声不怨地走向市场，/祝福乡村和它所有的居民吧！/你知道的，在闪光林木和急流之间，/麦子呀，玉米呀，还有卷曲的/葡萄藤，蔓延到蔚蓝的天边；/这一片形成一片善良的海洋；/在其上普照宁静的光芒……”在雅姆的译成汉语的十来首诗中，这首程抱一先生译的《祈祷》和另一首罗洛先生译的《和驴子一起去乐园的祈祷》是我特别钟爱的。它们与雅姆的其他诗歌一样，散发着一种令人欣悦的高于人性之上或者说展现了人性另一种可能的清澈、宽阔、仁爱、朴拙的气息。“他是抛弃了一切虚夸的华丽、精致、娇美，而以他自己的淳朴的心灵来写他的诗的。从他的没有辞藻的诗里，我们听到曝日的野老的声音，初恋的乡村少年的声音和为禽兽的谦和的朋友的圣弗朗西斯一样的圣者的声音，而感到一种异常的美感。”戴望舒先生的这几句译后附言，恰当地概括了雅姆诗歌所特有的灿烂和本质。

“我爱那如此温柔的驴子，/它沿着冬青树走着。/它提防着蜜蜂/又摇动它的耳朵；/它还载着穷人们/和满装着燕麦的袋子……”雅姆诗歌的温暖和清新，使当时巴黎的诗坛为之一震。马拉美怀着一种欣喜的心情，勉力推荐雅姆的诗集在巴黎出版。关于雅姆的诗歌，他的同时代作家有过许多情不自禁的评论。如纪德：“人们只要不人为自我限制地接近雅姆，就立即会这样感到，只有雅姆他一个是诗人。”莫里亚克：“雅姆是不朽的，人们将不断地发现他。”等等。

一九九六年夏，我同北京的几个青年诗人，与两个来华的法国诗人有过一次接触。通过译员，我曾问这两个法国诗人，雅姆的诗歌在当代法国的情况，及他们对雅姆的评价和看法。回答大体是，雅姆在法国基本上是一个已经过时了的二流诗人。后来我在给域外一位友人（他同样喜爱雅姆）的一封信中谈起了此事，他回信时写道：“只有在精神的尽头才能看到雅姆的美好，那是温纯的宗教感。至于那两个法国诗人，世界上这样的艺术家太多了，他们只是时尚与时髦而已。”

法国文学史家朗松在评价雅姆时曾说，阅读和理解雅姆，“需要忘掉一切习惯，一切俗规，一切传统和一切流派”。是的，雅姆本质上是一个超越了历史的梦魇和文学的因袭的诗人，是一个仿佛生活在时间之外或世界的开端的诗人。他给这个世界带来的是祝福、慰藉和温暖。对于人类，他不是一个止于“认识”的思想者，而是一个重在“行动”的建设者。他的诗歌呈现的不是人类的现状，而是人类的可能。他没有试图揭示人性的诡秘与幽暗（在一些作家那里不乏刻意渲染的因素），而是在人性的“黑夜”里点燃了一支蜡烛。一个没有宗教和圣徒传统的民族，以及唯一信奉“上帝死了”“人也死了”的二十世纪，对于雅姆这样的诗人是难以理解和推崇的。

前不久，我在一位从事法国诗歌翻译的友人那里，见到了一本法文版雅姆诗集。这是一本装帧与雅姆的诗歌十分相应的诗集，里面有一些朴素的村舍、田园和毛驴等景物的摄影插图。拿在手里，我很兴奋。我想到了尤索福·卡希的一幅题为《辽阔麦田里的农民贾纳》的摄影作品：黑白画面中农民装束的贾纳双脚陷在盛满麦粒的卡车箱里，他一手拄着铁锨，一手扶着伸向车厢的收割机粗大的出粒筒，身后是辽阔的麦茬地和低矮的天空。卡希在照片下面的文字注释是：“他从乌克兰来到加拿大，凭着自身的勤勉和新世界的机遇，他成了富人，但他依然热爱接触土地和触摸谷物。”我将这幅照片和文字视作人类进程的一个写照或象征，即无论人类走得多远，他都无法脱离自身的根柢。我想对于今天的人类而言，雅姆的诗歌所具有的正是“土地”和“谷物”的意义。

一九九七年十月三日

去看食指

就像位于法国南部阿尔地区的圣雷米精神病院因凡·高而闻名于世，位于北京北郊昌平县沙河镇的北京市第三社会福利院因其收治的“开辟一代诗风的先驱”诗人食指（郭路生），也正渐渐被中国的文化界和热爱诗歌的读者所知。

第三社会福利院是一家国立的以收养无依无靠、无经济收入和复员、退伍军人中的精神病患者为主的精神病医院，它坐落在沙河镇东北侧，南距市区二十公里，北距昌平县城约十公里。食指最初是在部队患的精神分裂症（一九七二年，入伍的第二年，时年二十四岁，患病原因难于确定），因病退伍后，根据病情显隐主要在北医三院间歇治疗，也住过安定医院。一九九〇年五月第三社会福利院建成开院，食指便转院住进这里，病院共分十二个病区，食指住在二病区。

我在前面所以提到凡·高，除了作为艺术家他们都与精神病院有关外，主要的还由于作为一个个体，他们在精神上显现的类同性。昌平与沙河的距离，使我能够常去看看食指。当我了解了病院中的得到病友、医护人员及门卫普遍尊重的食指后，我首先想到的即凡·高，特别是他早年在比利时南部贫贱的博里纳日矿区“传教”的经历。

“盛夏如雨的汗滴下擦拭的楼道／隆冬刺骨的冷水中洗净饭碗”，这是食指今年写的诗《在精神病福利院的八年》中的两句，带有“自传”色彩。病院本不安排病员值日，一种强烈的“人总要有益于世”（以及以此可以磨炼体魄和意志）的意识，使他自愿每天擦楼道并为病区餐厅承担了清洗五十余名病员餐具的工作。因其腰疾，尽管院方曾多次劝阻，他仍坚持了数年，直到餐厅添置了洗涤餐具的设备和他离开病区到病院的“职工之家”做管理员后方终止。病院根据病员的经济状况，将伙食标准分为三档，食指不顾家里反对，执意选择了最低一档（该档主要是无依无靠、无家可归、无经济来源的“三无”病人的伙食标准，每月伙食费现为一百一十元）。他说：“我不能搞特殊化。”他清楚中国还有八千万农民尚未脱贫，并熟悉这些农民的生活状况，他曾为我学过早年他在农村目睹过的农民的一餐：一手一口红薯干，一手一口大蒜。（这点很像“二战”在伦敦刻意减少进食的西蒙娜·韦依，她说：“我无权吃得比留在法国的同胞们更多。”）由于经常熬夜写诗，这样的伙食使他的身体每况愈下，最后家人与院方不得不采用欺骗办法，称他患了肝炎，必须改善伙食恢复身体，否则会传染别人。食指在二病区是“民选”区长，使他赢得病友尊敬和拥戴的，是他处处想着他们。病院“三无”病人约占百分之四十，他们没有亲友来探视，也无钱购买其他物品。每次家人或朋友来看食指，他都要将带来的食品、水果和烟等分给他们。他常用自己的生活费和偶尔收到的数目不大的稿费给病友们买东西。例如一次买上百斤西瓜或每个病区分一条廉价烟（他平日即吸这种烟）。出于关心，院方曾以发烟等于害他们为由劝过他。为此他对我讲：“你说怎么办呢？”他向我描述了那些捡拾烟头吸的“三无”病人，怎样将烟头吸到从嘴上拿不下来，便吞咽下去的情形。对食指在病院的做法（我仅举了几个典型事例），我曾问二病区主任朱美兰大夫，是否与其病有关。朱大夫认为没有什么关系，因为同样的病人收到食品会很快藏起（《在精神病福利院的八年》也有这样两句：“懒惰、自私、野蛮和不卫生的习惯……/在这里集中了中国人所有的弱点”）。食指早年的朋友对他患病前的回忆，支持了朱大夫的观点。

朱大夫是病院开院后从湖南株洲市精神病院引进的专业医务人员，一直负责食指的诊治，现在已是病院最受食指信赖的医生和朋友。据朱大夫讲，食指进院时病症是较重的，带有一般精神病人的表征。经过审慎、有方的治疗，他的病情逐步减轻。我第一次随朋友去病院看食指，约在一九九四年，当时即感觉他并无什么异常。后来的单独接触，除了两三次他表现出过“妄想”外，我觉得他各方面都很正常（谦逊平易，思路清晰；出入总赶在前面为你开门，走路会提醒你注意脚下井盖）。一些初次看过他的朋友也有这样的看法。当院方渐渐得知他是一个诗人后，便在许多方面对他给予特殊照顾，特别是朱大夫、梁泽勇护士长等，尽可能为他在病院的环境写作创造条件。如为防伤人或自伤，病院规定白天病房不许关门，但食指可以闭门写作（夜里他可以破例带火柴及水去接待室写。食指嗜烟，为防意外起初未让他带火柴，他便一支接一支吸，以使烟不灭）；他可以随时去院里自由走动，不必遵守病院作息时间；每天报纸一来，在分发各科室、病区前，先由他浏览一遍等。在管理过一段时间病区图书室后，两年前食指被安排离开了嘈杂的病区，到病院的“职工之家”做了一名管理员。

作为开辟一代诗风的先驱（北岛早年将打印诗集《峭壁上的窗户》送给食指时，即在扉页郑重题赠：“请郭路生指正，你是我的启蒙老师！”），尽管食指后来主要生活在严酷的精神病院环境中，但他近乎奇迹地并未终止写作。他说：“在精神病院所受的苦难使我终生难忘，但它也使我的诗提高了一大块。”从最近出版的《诗探索金库·食指卷》所附“食指诗歌创作目录”，我们可以看到自一九六五年至今，食指几乎每年都留下了作品。林莽在《食指论》一文中将他的创作分为四个时期：一、一九六六年至一九六九年的“黄金时期”（这一时期他的最重要的代表性作品大多都已写出）；二、一九七〇年至一九七七年的“相对停滞期”；三、一九七八年至一九八二年的“回复心灵震荡的再创期”；四、一九八三年至今的“沉郁的历史回顾期”。关于食指呈现给我们的迥异于今天的诗歌时尚的作品，除了时代——当年对他影响最大的诗人，是他直接接触的何其芳和贺敬之。前者使他的诗歌形式呈现为新格律体，后者在语言上“要求我语言明快”——和他的特殊境遇因素，我觉得它们在本质上与凡·高的绘画也有某种类同性：食指不是一个艺术型或思想型诗人，而是中国的一个圣徒式的诗人，他的诗蕴含的不是智识或机巧的现代技法，而是热血与燃烧的“由于人类的苦难而受伤”的灵魂。

在封闭的精神病院中生活，时间对食指来说几乎是终止的。他每天通过报纸了解外面的变化，也渴望能与朋友探讨目前的诗歌问题。在写本文之前，我曾请他谈过对当代诗歌现状的看法。他说：“首先一点，诗歌是中国的强项，这有一个继承问题，传统问题。古人讲炼字，现在的诗人炼炼句、炼炼意总可以吧？所谓炼句是诗不要太散文化了，要讲究点声音、韵律的起伏和变化；炼意就是要让人知道你写的是什么，想表达什么。另外一个就是口语化问题，我们应该要让人听得懂，看得懂。诗歌的趋势是走向口语，但诗歌语言又不同于口语，而是从口语中提炼出来的。为什么我在语言上这样强调呢？因为中外诗歌的发展都证明了这一点。中国诗歌从唐诗、宋词到元曲，即体现了这一不断口语化的趋势。外国诗的发展也同不断变化的语境有关，典型的是俄罗斯的诗。”他认为现在的诗大多光有观念，没有形象。他说：“形象是能深刻地反映感觉的。光有感觉我不写，我要把感觉像火药塞入子弹那样打出去，子弹就是形象。”对于诗人在社会中意味着什么，他说：“首先我要说诗和诗人应该是一致的，就这一点，我对现在的诗人感到失望。至于说诗人在社会中的角色，用波德莱尔一首诗说：母亲说怀上一个诗人是罪孽，爱人说诗人的爱人要穿金戴银，上帝说我把痛苦赐予你。这就是诗人在社会中的位置，什么都不属于诗人，只有痛苦是属于诗人的。而诗人的痛苦，用别林斯基的话说，都是扎根在人民的土壤中的。”

对于孤寂中的食指来说，朋友的探望和关心不仅是一种温暖与慰藉，也是一种潜在的创作上的动力。在此应该提到林莽、黑大春、徐晓、李恒久、刘孝存、田晓青、姜诗元、冯秋子，以及远在山东的刘烨园和身在域外常在信中嘱我代其去看看食指并用其稿费为他买些书籍的一平等。特别是林莽，作为同代诗人，多年来为不使食指完全隔绝于国内的诗歌环境及使外界能够了解食指，做了许多事情。从“食指诗歌创作目录”可以看出，自一九九三年起，食指的创作又进入了一个高潮，每年他都写出了十首左右的作品。这一现象即与一九九三年五月《食指　黑大春现代抒情诗合集》的出版，及同期北京作协诗歌委员会召开的食指作品讨论会的激励有关。现在，酝酿、准备了三年的《诗探索金库·食指卷》出版了。为了编辑此书，林莽不仅写了长文《食指论》，经过广泛走访和查询，还详尽撰写了近万字的《食指生平年表》，并将食指现存的全部诗歌作品按年代顺序编排了“食指诗歌创作目录”。我曾对食指说：“你有林莽这样的朋友是幸福的。”对此，他感到很欣慰。

一九九八年七月

诗人是世界之光

——关于海子的日记

约一九八五年年末或一九八六年年初

一位写小说的朋友，带来一个人。他给我介绍说：这是海子，写诗的。一个衣着随便，戴旧色眼镜，瘦小的，外省少年形象的诗人。我尚未读过他的诗，也未听说过海子这个名字。海子刚刚二十一岁，已经在中国政法大学执教两年，由于“法大”筹迁昌平，他们的宿舍搬到了这里。海子本名查海生，一九六四年生于安徽省怀宁县的一个乡村，一九七九年十五岁时考入北京大学法律系。他的身上显示着早慧和天才的迹象。

结识一个温和的朋友，仿佛走进一座阳光普照的果园。海子涉世简单，阅读渊博，像海水一样，单纯而深厚。他走到哪里都会受到喜欢，他也会很快和任何一个人交上朋友。海子给我的印象，让我想起惠特曼的一句话：“我想凡是我在路上遇见的我都喜欢，无论谁看到了我，也将爱我。”

一九八六年十一月十九日

海子送来一本油印诗集《麦地之瓮》，里面收集了他和西川的抒情短诗。目前打印诗集仍是青年诗人清理创作、保存诗歌、传播作品的唯一方法。

海子已经是个成熟的诗人。在语言上，我看不出他的破绽。语言在他手里，像斧头在樵夫手里。海子的诗不指向任何具体事物，而指向实体。幻想和实体是它的两翼，尽管它像精灵一样漫天飞翔，但依然活生生，可感，有质量。海子把他唤来的一切幻象，都化作他所熟悉的家乡事物的意象，使他的诗在根源上与民间和大地保持着亲密的联系。

读海子的诗，你也许感觉不到它实在的意义和目的，但它至少打开了你关闭已久的精神之窗，使你的心头忽然一亮。

一九八七年五月十九日

今天海子来找关于大地的书。他说至今还没有看到一部这样的书，梭罗的《瓦尔登湖》沾点边。我提到汉姆生的《大地的成长》和俄罗斯的作品。俄罗斯作家，除极少数外，都可看作是“大地”的作家（俄罗斯的心灵，是永远怀恋着广阔土地的心灵），大地和季节与俄罗斯文学的关系，如安详和麻雀与村庄的关系。

海子找的是关于大地本身的书，不是小说，也不是土壤或地貌的教科书。

我的书橱内摆了一只画盘，图案是一头毛驴，像西班牙乡村道上跟在希梅内斯身后的普拉特罗（小银）。海子看了取笑我。驴子是诗人天然的朋友，从驴子那里，诗人得到温和、朴素、谦卑、机警。我所热爱的两位诗人，弗朗西斯·雅姆和胡安·拉蒙·希梅内斯，都是热爱驴子的诗人。

想起一些遥远的、渐渐陌生的事物：农夫、渔夫、船夫、樵夫、猎户、牧人、采药人、养蜂人。它们属于已经逝去的世纪，这是一些词和职业，也蕴含着另外的意义：它们是人类与自然之间的桥梁。

一九八七年七月十一日

海子来告诉我，书店在卖惠特曼的《草叶集》，人民文学出版社出版，上下两册，他买了一套。他说，优秀的诗人看看选诗就行了，伟大的诗人要读全集。

关于维柯和汤因比，海子认为有了维柯的《新科学》，可以不必再读《历史研究》。

作为历史学家，维柯与汤因比的区别，实际上是诗人与哲学家之间的区别。维柯这样写《新科学》："当英雄们把谷穗称为金橘时，谷物一定还是世上唯一的黄金。"汤因比这样写《历史研究》："我们现在也许建立了一个真理，这就是安逸对于文明是有害的。"

一九八八年二月十八日

读海雅达尔《孤筏重洋》。书是海子送的，他对我说，一九八六年读的最好的书是梭罗的《瓦尔登湖》，一九八七年读的最好的书是海雅达尔的《孤筏重洋》。这是两部闪耀着人类自古不熄的英雄主义之光的书。两书的作者通过自己的行动，为人类提供了新的可能，他们是做出了人间壮举的英雄。

亨利·戴维·梭罗，美国作家，生于马萨诸塞州康科德镇，爱默生的朋友和门生，超验主义精神的践行者，一个把思想与人生完美地结为一体的人。为了试验人除必须的物品，其他一无所有也能在大自然环境中愉快生活，一八四五年七月四日，二十八岁的梭罗提着一把斧子，只身来到康科德郊外林中瓦尔登湖边。他用林木造了一间小屋，小屋宽十英尺，长十五英尺，四壁开窗，大门朝向湖面。他在这里种植、阅读、思考、写作，整整居住了两年。他的木屋从不上锁，两年间木屋接待过从逃亡的奴隶到哲学家各式各样的客人，从未丢失过什么。只有一次，来客带走了他的一本希腊文诗集。此事使他得出了这个结论：人类中唯一不能信任的人，就是那些喜欢书籍的人。两年自给自足的湖畔生活，他写出了被称作超验主义圣经的重要著作《瓦尔登湖》。

托尔·海雅达尔，挪威人，动物学家，年轻的勇士。一九四七年四月二十八日，海雅达尔驾驶一只木筏离开秘鲁海岸，驶入茫茫太平洋。木筏漂流四千海里，历时一百零一天，终于到达马克萨斯群岛，从而证实了他的一个伟大设想：太平洋诸群岛上波利尼西亚人的祖先，是公元五世纪从南美大陆乘木筏漂洋而来。他把这次传奇经历，写成一本书，取名《康铁吉》（我国译者将其易名为《孤筏重洋》），铁吉是传说中波利尼西亚人的领袖，他率领波利尼西亚人来到这些岛上，波利尼西亚人称他为“太阳之子”。海雅达尔的木筏以之命名。

一九八八年七月七日

晚上去政法大学新校海子宿舍。

开门的海子长发抵肩，脸带伤痕。我已很久没有见到他了，他的样子使人吃惊。他指给我看屋角扔着的一堆空酒瓶，酒瓶无色，都是纯酒。他每日大量饮酒，须发绕脸一周。他告诉我，前几天在城里餐馆喝酒，与同桌发生争执，对方的拳头打碎了他的眼镜，他的脸上留下了血痕。伤反而使他感觉舒畅一些，他仿佛从某种极端状态中得到了解脱。他正在写一部诗剧，一位政治领袖在诗剧中的诗赛上获得了第九名。最近经过申请和介绍，他加入了“幸存者协会”，一个对中国诗歌有所贡献的诗人组织。

一九八八年七月十六日

临近深夜，海子敲门。他称刚从北戴河回来，他告诉我，明天要和一平去西藏，这次是到藏南。他吃了一个番茄，然后幽灵似的消失在黑夜中。海子似乎永不会疲倦，一个劳逸不显于色的人，我从未见过他的脸色憔悴或丰润。

海子正跋涉在挺进史诗（他称作“伟大的诗歌”）的路上，荷马、蚁垤、维吉尔、但丁、歌德、莎士比亚，远远地照耀着他，命他倾尽全力到达。“我写长诗总是迫不得已，出于某种巨大的元素对我的召唤，也是因为我有太多的话要说。这些元素和伟大材料总会涨破我的诗歌外壳。”他本是一个出色的抒情诗人，他本应该留在抒情诗领土上做王，一种崇高的使命感，驱使他出来流浪。他似乎知道世界期待于他的是什么，他也决心不辜负这种期待。他对诗歌的过去了如指掌，他看到歌德之后，在人类诗歌史上创造伟大诗歌的两次失败。他为自己立下了誓言：这一世纪和下一世纪的交替，在中国必有一次伟大的诗歌行动和一首伟大的诗篇。他仿佛是由神指定到世上来做伟大事情的人。

一九八九年三月五日

去看海子。他正在写作，桌上摊着稿纸，桌下放一只塑料水桶，他坐在椅子上，双脚浸入水里。他谐谑地说，作家写作都有一些个人癖习（海明威站着写作。卡波特构思要躺下来。穆尔写诗时常常脱光衣服。易卜生要把对手斯特林堡的像在面前摆好方能动笔）。他病了，不断咳嗽。寒假过后他从家里回来，母亲给他带了家乡的草药，老人认为儿子的病是努的。去年秋天，他去西藏，回来背了两块佛石。这是两块厚实的并不规整的石板，光洁的一面镂着佛像，上注彩漆。两块佛石的重量近二十公斤，我惊异千里迢迢他是如何背负这两个重物的。他在西藏看到藏族民众都睡地铺，他的床也铺在了地上。

一九八九年四月五日

清明。风和祖先的节日。我们祭奠逝去的亲人、朋友和英雄。

十天前，一九八九年三月二十六日，未来将会铭记这个日子，在万里长城的东端山海关，中国杰出的诗人海子，放弃了自己的生命。坡路缓速行驶的火车，将他的躯体整齐地切为两部分，眼镜完好地垂落一旁。他的胃里干干净净，只有几粒橘核，像他纯洁与占有很少的一生。他在这个黑白相间的世界上，仅仅生活了不足二十五年。

在世界所有的诗人当中，海子与叶赛宁有着同一的命运。他们的早晨生涯最为相近。海子热爱叶赛宁，他给叶赛宁写过一首诗（《旅程》）[①]：

我是浪子

---

① 此诗收入《海子诗全编》时，为《诗人叶赛宁（组诗）》之七《浪子旅程》，并有较大改动。

我戴着水浪的帽子
我戴着漂泊的屋顶

灯火吹灭我
家乡赶走我
来到酒馆和城市

我本是聪明能干的农民子弟
我本应该成为迷雾退去的河岸上
年轻的乡村教师
和纯朴的农家少女一起陷入情网
但为什么我来到了酒馆和城市

我要还家
我要转回故乡，头上插满鲜花
我要在故乡的天空下
沉默寡言或大声谈吐
我头上插满故乡的鲜花
如贝亚德引导的
头上插满天堂火焰的但丁

我是善良的母亲的儿子

风吹雨打妈妈的门
儿子的帽子是浪子
在此刻和水浪不分轻重

叶赛宁死后，他的朋友在把他的遗体运到瓦甘科夫斯克墓地之前，抬着他的灵柩沿普希金纪念碑绕了一周。阿·托尔斯泰写道："我认为我们整个民族应该为叶赛宁服丧。"在蒲宁的《阿尔谢尼耶夫的一生》里，我知道了另一个早逝的诗人，谢苗·雅可夫列维奇·纳德松，他的终年与海子相同。他的金属棺材沉没在鲜花丛中，俄罗斯为他举行隆重葬礼，出版了他的诗歌全集。海子与我们永别了，他的骨灰由母亲含泪抱回家乡，他遗下的大量作品等待着我们整理。将海子送给我们的神，正注视着我们这些活着的人。

一九九〇年三月二十六日　海子周年祭

海子离开我们一年了，我们身旁空旷，坐在黯淡和怀念里，抚摸海子留给我们的诗歌。许多瑰丽的、优美的，甚至伟大的诗歌，被海子带走了。环顾四处，没有一个人能够走来，代替海子，把他的黄金、火焰和纯粹还给我们。

海子含着泥土，来自大地的深处。他是民间的儿子，具有和谐的自然启示的诗人。"农业只有胜利／战争只有失败""双手劳动／慰藉心灵""第一个牺牲的／应该是我自己"。这些箴言圣歌式高贵的诗句，是大自然在心脏中所讲，它通过这个诗人之口传授给我们，使我们听了战栗。

天才是自然所给予我们的最宝贵的礼物，为了得到这样一件礼物，也许我们要等待几个世纪。如果它在我们手中受到损失，责任全在我们自己。卡莱尔讲："诗人是世界之光。"这光芒射自天堂，它映照一切事物的本质和核心。世界上缺少了诗人，我们的精神将会黯淡，大地垂首默默无言。

一九九〇年六月 整理

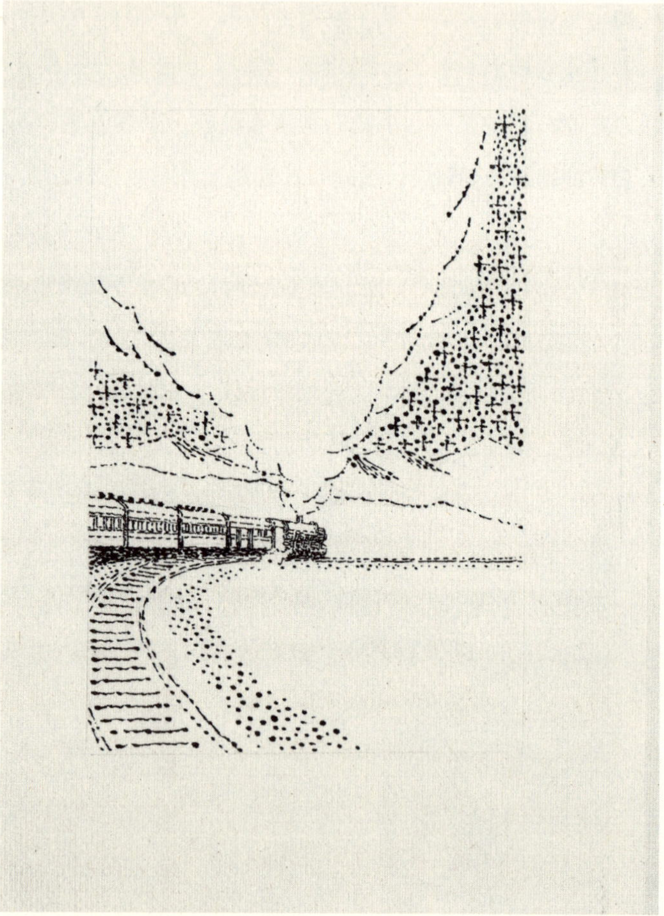

与诗人有关 · 海子死了

我认识的海子

我和海子第一次见面，是在一个冬天，时间约在一九八五年底或一九八六年初。那天晚上，他是随一个写小说的朋友，一起到我家来的。当时他所执教的中国政法大学，正准备由市区迁往昌平，部分教师的宿舍先行搬到这里，临时住在城西北角西环里小区中央政法管理干部学院租用的楼里。我记得当朋友向我介绍说：这是海子，政法大学的教师，写诗的。我感到很惊异，因为看上去他还完全像个孩子。他身体瘦小，着装随便，戴一副旧色眼镜，童子般的圆脸，满目稚气。虽然他此时已二十出头，但在他身上，依然是一种少年的和早慧的气息。海子一九六四年生，一九七九年十五岁时即从安徽怀宁家乡考入北京大学法律系，他毕业时的年龄恰是我们一般入学时的年龄。毕业后，他被分配至中国政法大学，初编校刊，后走上了讲坛。我尚未读过他的诗，也未听说过海子这个名字，但他的神童历程，已令我肃然起敬。一生远离巴黎，居住在比利牛斯山区的故乡小镇，写出“把我们得不到的幸福给予所有的人吧！”（《祈祷》）的法国诗人雅姆（一个我非常喜爱和崇敬的诗人），被里尔克敬重地称为“外省的诗人”。此时我将我眼里的海子，看作“一个外省的少年形象的诗人”。他实际已在自己的诗中，写下了“第一个牺牲的／应该是我自己”（《一九八五年诗抄之二：种子》）这同样震撼心灵的诗句。

这之后，我们好像见面并不多。真正密切交往，是后来的事了。不久我从家里搬出，恰好也住到了西环里。我住的六号楼距他们的十五号楼很近，一楼之隔，几分钟的路。由于我们都是单身居住，因此来往没有任何顾忌。谁想到谁那去，完全不必考虑此时是什么时间，直到一九八八年他们搬进位于城东的政法大学新校。我们在西环里做了近两年的邻居。

海子在我所结识的朋友中，是我感到交往上最无障碍、最自然、轻松、愉快的一个人。他胸无城府，世事观念很淡。平日的海子，既有着农家子弟温和与纯朴的本色，又表露着因心远而对世事的不谙与笨拙。

海子比我小几岁。但无论是在文化视野，还是在诗学修养上，他都是一个先行者和远行者。他对诗歌更为专注和深入，他是一个洋溢着献身精神的纯粹的诗人。

海子广读博览，涉猎宽泛。他看书的速度很快，每次我到他那去，发现他正在读的必定是一本新的书。有时他从我这拿走一本书，第二天便会将读完的书送还。我有一些书是经他谈论、推荐，才买来或首读的。这里我首先要说的，是美国十九世纪作家梭罗的那部光辉著作：《瓦尔登湖》。由于海子的传播，我读到了这本有生以来对我影响最大的书（海子讲，他一九八六年读到的最好的书是梭罗的《瓦尔登湖》，一九八七年读的最好的书是海雅达尔的《孤筏重洋》)。《孤筏重洋》是一本小书，译本为一九八一年版，定价很低，海子碰上时大概买了好几本，分送给朋友。海子卧轨时，身边带了四本书，其中即有我们上述谈到的两书（另两本为《新旧约全书》和《康拉德小说选》)。一九八八年春，海子去了一趟四川，回来后，有这样三个细节使我至今记忆犹新。一是他说的一句近乎戏谑的话：四川常年阴天，所以当地人看起来就像每天都在搞阴谋似的；二是他送给我一张他在沐川与诗人宋渠、宋炜兄弟合影的照片；三是他向我推荐他在当地书店买的一本有着"文明人从未能在一个地区内持续文明进步长达三十至六十代人以上"论断的书：《表土与人类文明》。海子曾到我这里找过关于大地的书，他说至今尚未看到一本这样的书，梭罗的《瓦尔登湖》沾点边。那次他并未如愿，只拿走了汉姆生的小说《大地的成长》和一本《爱鸟知识手册》。

我们常一起进城。主要是去书店、看展览或见见朋友。我现在能够记起的有这么几次。一次在新街口书店，我们每人买了一本奥维德的《变形记》。这是一本深受历代作家喜爱的书，《神曲》中，它的作者被但丁列为荷马、贺拉斯之后的人类第三大诗人。我曾有在买来的书上即兴写下一两句话的习惯，类似“有助于文明社会丧失了的想象力复苏”（《希腊的神话和传说》）等。在这本书上我写了“热爱人类的童年”，时间是一九八六年十一月二十九日。另一次是海子随我去顾城处，那天我们被主人诚恳留住了。都谈了什么，我完全想不起来了。印象仅存的一个细节是，晚上我们一起看一个有关西藏的电视片，当时美术馆刚刚举办了一个“西藏民间艺术展”。我问顾城去看没有，顾城说了这么几句：听江河讲不太好，就没有去。后来我忽然醒悟了，江河是只看书、看画片、听音乐，而不看实物和自然的，我被他骗了。还有一次，我们一起到美术馆看一个国外画家的画展。是一人的，还是一个画派或国家的画展，我搞不清了。只记得这个展览出售许多印象派以来的绘画大师的画册，印制精美，都是原版进口的，很贵，但机会难得，我们每人买了一册。海子选的是塞尚，我选了马蒂斯。塞尚，一个崇尚体积和结构，注重造型的革命性画家，被世人公称为“现代绘画之父”。除此，我仍想更深地理解海子这一选择。写作本文的时候，恰好我的一位熟知海子作品的朋友，上海的青年画家丁乙，自沪来京观看意大利当代画家米莫·巴拉第诺画展。我请他谈了他的看法。他认为，海子的作品虽然有着理性的框架，但本质上仍是抒情的，直觉上他需要补纳“理性”，故他选择了塞尚。

布莱认为，年轻一代的美国诗人在成长中，正在被学校生活的稳定、富裕所软化。他主张诗人应自觉接近自然和底层普通大众，过艰苦的日子。和梭罗一样，他身体力行。布莱毕业于哈佛大学，在纽约生活几年后，便迁到了明尼苏达州马迪森市附近的一个农场。在美国，我还知道诗人弗洛斯特和散文大师怀特等，亦在农场（美国的乡村）定居。在僻远的地方生活久了的诗人，唯一感到不利的是什么呢？布莱说："最近我认识到住在一个不需要你，不敬重艺术的城镇，就一定会产生自我怀疑。是的，叶芝有时和自己争辩：不知多少次好奇地想到自己，原可以在一些人人能理解和分享的事物中证实自己的价值。"住到昌平这座距市区三十公里，毫无文化和精神可言的北方小城的海子，是否具有与布莱相同的感受呢？海子曾有一首关于"孤独"的诗，发表时，我注意到他换了这样一个标题：《在昌平的孤独》。

在骆一禾致友人的书信和西川的纪念文章里，都对海子的居室有所提及。一禾写道："海子是个生命力很强，热爱生命的人。""他的屋子里非常干净，一向如此。"的确这样。在他的楼道门上，贴着一幅优美的摄影作品，内容为风景中的欧洲城堡。从楼下上来，你会觉得这幅画在向你说：这是一个诗人的居所。一张床，几个书架，一张书桌，大体构成了我们这位热爱生活的诗人居所全部内容。墙上饰有一块醒目的富于民间色彩的大花布，一张梳着无数条小辫子的西藏女童照片，凡·高的《向日葵》，还有一幅海子很喜爱的俄国画家弗鲁贝尔的作品：画面是一个坐着的男孩或小伙子，英俊、漂亮，神情略显忧郁，画题为《坐着的魔鬼》。一禾说，海子的屋子里有一股非常浓郁的印度香的气味，并曾警告他“不要多点这种迷香”。这与他的写作有关。海子喜欢夜里写作，每晚他还要喝咖啡。

到了一九八八年上半年，他们搬进了新校。这使我们的来往骤然减少。新校在城东，由西环里骑车，至少需二十分钟。海子不会骑车。我到他那去，又时常扑空。此后直到出事，近一年时间，我们见面的次数很有限。

关于海子的死因，当时有各种说法。虚妄的，铁心的，听到别人的灾难便兴奋的。如：海子练气功走火入魔，想试试火车的力量；海子写完《太阳》之后，感到难以为继了；海子想以死来提高他的诗等。一禾的“有过‘天才生活’的人，大都死于脑子”的说法，是善意的，研究的，负责任的。他的角度，是依据海子留在校内的遗书中说他出现了思维混乱、头痛、幻听、耳鸣等症兆，伴有间或的吐血和肺烂了的幻觉等来确定的。他认为，“这是脑力使用过度以后脑损伤的症候”。西川认为，加缪讲，任何诗人的自杀都是有其直接原因的，一禾的说法，提供了一个“背景”，它还是另有导火索的。我觉得这样的判断是全面的、客观的，接近真实的。

上海诗人陈东东，在他的悼文《丧失了歌唱和倾听》中，生动地把海子看作嗓子，把一禾看成一个倾听者，一只为诗歌（或海子的嗓子）存在的耳朵。这是个极为恰当和出色的比方。当我们读了一禾关于海子的文章和书信，我们会说，没有什么人比一禾更知海子及他的诗。一禾认为："海子是我们祖国给世界文学贡献的一位有世界眼光的诗人，他的诗歌质量之高，是不下于许多世界性诗人的，他的价值会随着时间而得到证明。"我赞同他的结论和信心。海子，一个祖国难得的"点石成金"的诗人，在他的短暂的写作生涯（成熟期：一九八四年至一九八九年）中，为祖国和人类留下了五百首抒情诗，七部长诗（诗剧），计二百多万字的诗文作品。这里，我想再提两位早逝的俄罗斯诗人。一位是谢苗·雅可夫列维奇·纳德松，一个终年与海子相同的诗人，他死后，俄罗斯为他制作了金属棺材，举行了隆重葬礼，随后出版了他的诗歌全集。另一位是我们熟知的谢尔盖·叶赛宁，在他的故乡梁赞，每逢九月二十一日（叶赛宁的诞辰日），都要举行俄罗斯文学日；他出生的康斯坦丁诺沃村，也以叶赛宁的名字命名，并与周围地区一起，被宣布为国家保护区。海子离世已经十年了，而他身后的一切，还仅限于朋友们私下的种种努力。

我幻想，期盼，并满怀信心地相信：终有一天，海子会从他的祖国那里，得到像俄罗斯给予她的叶赛宁那样的荣誉。

一九九四年四月至五月

一九九九年五月五日修改

“童话诗人”

——记青年诗人顾城

他注视着西方缓缓沉没的太阳，深为惋惜地说：“好像一个朋友，你和他刚刚认识一天，他就死去了。”这人就是被他的挚友舒婷称为“童话诗人”的顾城。我想，这是对顾城和他的诗的特点，再恰当不过的概括了。的确，顾城非常喜爱丹麦童话大师安徒生，为他写过《给安徒生》和《给我的尊师安徒生》两首诗。称安徒生为他的尊师，当然这不仅在于他们两人都做过笨拙的木匠。他用诗说：“*我是去爱／去寻求相近的灵魂。*”

拉·封丹一生用诗写寓言，克雷洛夫也写诗体寓言，但顾城并非在用诗写童话，他是要用他的诗，在现实的土地建筑起一个高于现实的童话世界。他自己讲：“万物、生命、人，都有自己的梦……我也有我的梦，遥远而清晰，它不仅仅是一个世界，它是高于世界的天国……我要用心中的纯银，铸一把钥匙，去开启那天国的门，向着人类。”他建筑的童话世界，就是那天国，就是他的全部追求和毕生目的。他认为，诗人写诗主要的还不在于要让这个社会平等均衡，歌颂什么，赞成什么，这不是艺术家要做的事，艺术家要做的，是让人类飞起，到那个童话的地方去。

我第一次听到顾城的名字，是在一九七九年刚入大学读书时。那时同学们课下喜欢谈论萨特、弗洛伊德、毕加索等，也谈论着当时中国新诗中出现的一种新的诗歌——“朦胧诗”及它的作者们，曾流传着“南有舒婷，北有顾城”的说法。后来我们认识了，每次见面都谈得很多。

顾城喜欢讲起他的过去，因为那是童年时期。他的过去已经写在他的《剪接的自传》(见一九八三年《青春》七至八两期）里。每次他都会讲到一个人和一本书，并且激动不已，那就是法国杰出的昆虫学家法布尔和他用美丽的文笔写下的《昆虫记》。

他说：“法布尔不是什么科学家，而是一个艺术家。他不是像科学家那样是距离对象之外的，一种观照的关系：这东西和我无关。他是用一种生命加入的方式，或者说进入这个世界的方式：这个世界是我的。他同那些昆虫是兄弟、是朋友、是敌人，跟它们有道德上的联系、亲缘上的联系。一个偶然的机会，我得到了他的那本书，那是最早地建立了我信仰的读物。当我看到它时，我的生命感觉到终于找到了幸福所在，我的生存之柱，我的一切。”

他那万分兴奋，洋溢着无上幸福的表情，不能不同时感染着我，使我分享着他的这一巨大快乐。我的眼前仿佛是一个天真的孩子，仿佛是那个王尔德童话里从未见过苦难的快乐王子，而不是一个将近而立之年的男子。是的，顾城现在已二十九岁了，他为此而非常痛苦，这是一个诗人的痛苦：

“我觉得我的童话已经一去不复返了。到底是应该让它一去不复返呢，还是不应该？到底是一个必然，还是一个人为？到底是我的一个胜利，还是一个失败？我还搞不清楚。我失去了这个童话后，面对这个世界的大峭壁，这种冷酷的真实，这种所有哲学万象的压迫，我真受不了。我的本性不是那么个人，我就这么渺小，就想钻到蛐蛐洞里，唧唧叫几声，还挺高兴，看到一两颗星星就高兴。我常常想了解另外一种生命是怎样生活的，或者变成另外一种生命，哪怕变几天或那么一刻。但就好像有一种永恒的隔绝，把你同它们隔绝开来。”

“今后该怎么走，根据是什么，你找到的能焕发出灵魂方向的物质是什么，我现在一点谱都没有。但我知道，我们势必不能走和欧洲一样的路。作为一个中国人来讲，我们东方的东西与西方的毕竟不同，我觉得在我们这块土地上还可以，或者说经过我们的努力有可能建立起一个东西，同他们欧洲的文明相媲美，我确实觉得这是我生命的目的，但同时我又很绝望，我感到有一个宿命在我身上，是不可能做到这点的，根本就是绝望的努力。这两点虽然矛盾，但又是一个东西，这就是我要做的事，我的全部诅咒和热爱。”

听着它，我暗暗为那些轻率地指责过他的评论家感到惭愧，我觉得他们并没有真正了解顾城和他的诗。

这是从一颗晶莹的童心里发出的声音呵！

原载《诗歌报》一九八五年十一月六日

本土歌手

作为一个诗人或导师就是做一位认识者，首先是要成为一个本地的代言人。

——惠特曼

这是一些富于地域色彩的诗人；这是一些脚踏实地，手掌粗糙的诗人；这是一些把诗歌与民众普普通通的生活联系在一起的诗人。他们处变不动，各居一方，坚忍地守定自己的理想。他们不是革新文体的先锋诗人，不是专注内心的精神诗人，如果诗歌分类可以成立，我称他们为本土诗人。他们生活和行吟在养育自己的本土上，关注四方。他们知道大地的脉络，河流的走向；他们熟悉劳动的姿态，农事的细节；他们了解普通人的尊严，简朴的内涵；他们懂得家园的意义，人类全部生活的根基。他们的声音，充满生长在那里的事物朴素的愿望。有了这样的诗人，世界最初的朴实和原质，在现代文明的进程中，可望得以保存。

一九九〇年十一月

你们的悲剧

——致诗人们

人类的第一代诗人没有诗读，他们读世界。他们用心把世界描摹在竹帛上，于是，人类有了诗。

你们是幸福的，你们一出生就有诗尽你们去读，有诗人任你们去崇拜。你们也要读世界，当你们尝试用心把世界描摹在纸片上的时候，你们发现，你们无法像自己的先驱那样，直接面对世界。因为在你们与世界之间已经有许多先于你们而出现的人，你们的眼前总有这些携着诗与思想的人在晃来晃去，你们看不清楚世界本身。你们试图赶开他们，又无法完全赶开他们。你们当中的一个人（纪伯伦）这样说，野蛮人从树上摘果实吃，文明人从摘果人手里买果实吃。这是你们的悲剧，无法逾越和摆脱，因为你们是“文明”人。

茎里有的，种子里早已有了。

原载《拉萨晚报》一九八七年八月十一日

最后的浪漫主义者

——诗人黑大春

语言的有限性

叶赛宁是这样称自己的："我是乡村最后一个诗人。"他的结论，只有熟知叶赛宁的诗歌及工业文明在俄罗斯土地上进程的人，才会懂。在此，我想称黑大春、一个当代中国富于传奇色彩的诗人，为"最后的浪漫主义者"。我这样称他，同样有一些理由和特定的诗歌背景。两种称呼，都具伤感气氛。

早在上个世纪末，被泰戈尔视作"本质上不是新的，而是衰颓的"文学的现代主义蜂起之际，为爱情忧郁一生的叶芝就曾宣称："我们是最后的浪漫主义者，选择了传统的神圣和美好的主题。"我上面的称呼，即来自我对叶芝这句话的偏爱和对一个鲜明诗人的印象与认识。当然，差异和距离是巨大的。这里仅是一种单纯移用，它完全是个人的、感性的、粗浅的，不带任何批评成分。

同样，我也想使本文成为一篇介绍一个诗人的散文，而不是一篇诗学意义上的评论。我赞同里尔克下述观点：一切事物都不是像人们想象的那样可理解又可言传的，它们完全在一个语言从未达到过的空间；而比一切更不可言传的是艺术品，“再没有比批评的文字那样同一件艺术品隔膜的了”（《给一个青年诗人的十封信》）。面对一个艺术家，也是这样。

被诗歌俘获的少年

黑大春是我的同龄人，我们都是六十年代最早出生的人。在我的读物匮乏、没有一本书给我留下深刻印象的乡村少年时期，一天，他幸福地得到了姐姐从图书馆为他借来的两本已经发黄的诗集，它们是《拜伦抒情诗集》和《普希金爱情抒情诗选》（几乎与此同时，他还得到一位知心同窗的珍贵馈赠：一本硬皮的、繁体字版的泰戈尔《飞鸟集》）。捧在手上，十岁的少年如获至宝，欣喜若狂。他这样向我讲述他当时的心情：“像是第一口酒和第一场恋情，不啻人类发现新大陆时的惊喜，带我进入那类似原始初开的混沌而神秘莫解的冥冥状态。是神的感召？或许不过是春天对一个酷爱幻想，禀承天赋，正处于青春骚动期的中学生必然的催萌。”

时间对于大事，向来不会忽视。适时而至的几册诗集，开启了一个少年天赋的诗性心灵。在未来众多的可能面前，这个少年，从此命中注定要做一个前路“凶吉难卜”（食指有一句接近真理的诗：“诗人的命运凶吉难卜”）的诗人。

走入诗人大家庭

当第二个节日临近的时候，这个少年已是一个青春洋溢、广读诗文、豪迈挺拔的青年。一九七九年，共和国文化的春天。这一年，在他的生命历程中出现了另一件大事。我将这件大事，称作他的第二个节日。促成这个节日到来的是周郿英，一个不幸已英年早逝、兄长般对他具有引路意义的人。这是一个与诗人一平著文纪念的赵一凡相似的人。他们不是诗人，但我觉得他们是比诗人更为宽阔的人，我愿在此称他们为“诗人的摇篮”。在周郿英的悉心安排下，他结识了他仰慕已久的，后来导致了一场诗歌革命的北京诗人群中的两位主要英雄：北岛和芒克。

怀着叶赛宁初见勃洛克一样的心情，他向两位诗人朗读了自己的作品。就像“今天的俄国最杰出的诗人”（布罗茨基语）埃夫吉尼·莱因，当时指导青年布罗茨基“要写好诗，必须把形容词压缩到最低限度”。他清楚地记得，北岛指出他的诗里有太多的三十年代的诗歌语言，告诉他要注意使词从繁复中解放出来，“星星就是星星，不是繁星”。他格外珍视这一瞬间，他将这次相识，视为“千载难逢”。他说：“他们的诗与生活方式在当时对我的启蒙和影响都是不可估量的。”

自这次会面，他已经成为一个诗人大家庭中的一员。诗歌的天空和空气，师长的经验与胸襟，而他从中感受更深的还是一种亲密无间的手足之情。在这个诗歌大家庭里，恰如《太阳石》的作者帕斯所讲：“诗把一切诗人变成了兄弟。”

至爱的勃洛克

帕斯捷尔纳克认为，在所有的诗人里，给他这个诗人打上“最深烙印”的，是亚历山大·勃洛克。他的说法，同样适用于我的这篇散文中的主人公。

一九八〇年，第一次远游归来的年轻诗人，带回了“自己的声音”：《绿岛》和《青铜骑士》。他将这两首诗，视为自己的处女作。就在这一年，在爱伦堡的多卷本回忆录《人·岁月·生活》中，他遇见了他的至爱的勃洛克。今天他依然清晰地记得回忆录的这样一个细节：当爱伦堡去看茨维塔耶娃时，她的七岁的女儿，向进来的爱伦堡背诵了一段勃洛克的诗：“多么苍白的衣裳，/多么奇异的宁静；/怀中抱着百合花，/而你却在漫无目的瞧着。”这使爱伦堡大吃一惊。也让我们的二十岁诗人，对勃洛克的诗歌，一见钟情。

当时，年轻的诗人们都很喜欢勃洛克的诗。北岛随口咏出的一句“生活我欢迎你，/我将以响铮铮的盾牌向你致敬”，使他再次受到震撼；一本手抄的《十二个》，在诗人们手上辗转流传。从此他开始寻找、阅读涉及勃洛克的一切文章和书籍：《俄国象征派与亚历山大·勃洛克》《苏联诗坛逸话》《苏联作家自述》《金蔷薇》《面向秋野》，及一些外国诗歌选本和外国文学期刊等。一九八六年，他终于得到一本朋友赠予的勃洛克诗集，即《美女诗草》，勃洛克二十四岁时出版的第一本诗集。这是一个难得的，非选集性的，而是完整的原始诗集的译本。

对他来说，勃洛克不是阶段性的、时期性的；而是始终的、永恒的。而且随着他的成熟和深入，勃洛克愈来愈意味着他的完美和唯一。在他所喜爱的域外诗人中，首先是他所称的“伟大的俄罗斯白银时代”的三大诗人：被誉为太阳之子的象征主义先驱巴尔蒙特（“揭示了现代诗歌中非凡的音响和充满魔力的音乐的奥秘”）；以朴素和意象见长的田园歌手叶赛宁（“常常催人泪下地带我重返家园”）；及我们正在谈论的“十九世纪末和二十世纪初之交的集大成者”，亚历山大·勃洛克。

他认为，勃洛克天才地将浪漫主义延伸为一种抽象的神秘主义，使现代诗歌上升至一种神性，给俄罗斯和全世界建立了一个比宗教更令人神往的，蓝色的和深紫色的彼岸世界（但他从未忽视处在象征主义迷雾中的现实主题）。

我们中间许多人，那些年轻的，自由的，英俊的，
都在由于没有爱而死去。

啊，在你辽阔的大地上，给我们荫蔽吧！

没有你，我们将怎样生活和哭泣。

（勃洛克《秋天的意愿》）

这是他最喜欢的一首勃洛克的诗，《秋天的意愿》最后一节。没有哪个诗人的诗，能够比勃洛克的，更令他迷醉、动情、血液激涌（由于黑大春及我的这篇散文，我仿佛刚刚认识了勃洛克，并开始无限地爱上了他的诗歌："你若把偶然的因素去掉，/就会发现：世界是美好的"）。

诗人总体精神的楷模

在他喜爱的、影响了他的精神与诗歌面貌的诗人中，还应该提到祖国的两位古典诗人，他们是他的另一种审美、极致和精神。

用他的话说："首先是李白—— 一饮便醉的老酒，青春原初型的歌手，颓废的先驱。"最后是对他具有终极意义的，他给予备加礼赞的王维：诗人总体精神的楷模；从青春激情过渡到皈依宗教的最完美的例证；没有谁能如此善始善终，语言能如此出神入化，从自我能如此自然地抵达大我和无（但不空）；也没有谁能如此回归少数人类所具有的神性意识，诗歌那永不能阐释的梦幻和音乐。

家园圆明园

他出生在北京西苑，不久全家即迁至中关村。由于中关村与圆明园毗邻，这座“京城唯一富有荒野自然风光和历史文化背景的非公园化场所”，便成了他从小就经常光顾和漫游的地方。就像勃洛克的涅瓦河，叶赛宁的奥卡河和梁赞；黑大春的圆明园，对他来讲，无论怎么说它重要也不会过分：在繁奥的现代诗歌背景下，它给了我们一个可贵的具有浓郁“家园”色彩的诗人。它不仅是他的童年，四季，土地荒野的意义；也是他的梦寐，彼岸，渴望重归的家园。

一九八四年秋天，他再次来到圆明园。这次他没有离去。他在福海荒凉的三仙岛上，看中了一所被遗弃已久的空房。房子的主人不知是谁，岛上的咸水，也许是主人弃屋而去的原因。他将房子草草收拾了一下：窗子糊上报纸，墙上挂上马德升的“石头系列”油画。住在这里，没有人干涉，也没有人来过问。周围的农民只说，这里住了一个黑衣疯子。他用蜡烛照明，到附近的一个气象站借火煮面。在这座荒岛空屋里，他写诗、饮酒、沉思、体验，怀恋那些已经和正在逝去的东西。他在这里住了一个月，完成了他早期的代表性作品《圆明园酒鬼》，及其他一些以废墟、田园为主题的诗作。

在岛上给他印象最深的，是两样富于神秘色彩的东西。一是刚上岛时他遇见的一只黄鼠狼（他称它为“拖着金袍的最后一个皇帝”)。他与这个具有“灵”“仙”“民间”意味的岛的主人，打过照面：扫帚般的大尾巴，三角形的小花脸。遗憾的是，随后造访的其他诗人和画家，吓跑了它。另一是岛上遍地盛开的，洋溢着东方气息的野菊。他的“菊”的感觉，即来自这里。这个长久萦怀的感觉，曾多次在他的诗中显现：如“仿佛是最后一次聆听漫山遍野的金菊的号声了/丝绸般静止的午后，米酿的乡愁”(《秋日咏叹》)，及这首十年后写下的出神入化的、令我爱不释手的《菊》：

正午，当遍撒金子的声音响起
我君临北中国草木凋败的山地
没有谁能向太阳投放光芒
没有谁能让鬣毛狮子回过头去

野菊，拦劫我！灿烂的女性
无论毁灭或再生于煜煜的星系
唯有你的铜号能唤醒蓝色
唯有你的斗笠能无限接近天际

如同美国诗人费林杰梯在二十世纪看到的瓦尔登湖：“我看见瓦尔登湖被排干了水/为了修建一座游乐园。”今天，因他而与当代诗歌相连的圆明园，出于商业目的，也已令他伤感和无可奈何地发生了巨变。

现代吟游诗人

在历史上，吟游诗人属于比文字更古老、更悠久的一类事物。他们伴随人类口语的发展，而在黎明出现。他们是吟咏英雄的歌手，史事的保管者，传统的传递人。他们是史前的历史，是文字之前的书本，是一个部族精神的核心。吟游诗人是人类的、凭借“声音”的、最初的诗人。

诗歌从其本义和原初来说，是一种听觉艺术。文字的诞生和演进，使诗人背叛了诗歌的本原（文字起初与诗歌无关，最早的文字是作记账和记事用的）。诗歌出现了由听觉艺术向视觉艺术的转折：从这一天起，便意味着它开始远离人民。这种情况，到了现代主义诗歌尤甚。

我曾问黑大春，对吟游诗人或行吟诗人（诗与人民的媒介）的看法。他说：“它的精神和血液，诗人应部分地接受它，并全部地向它致敬。”他认为，现在流行歌曲到人民中去了，这是它的精神的表层；而它的实质——诗，却还在诗人手里。他倡导的“把诗歌从印刷品的棺材里解放出来”的全部美学原则，即是使诗回到原初：恢复诗歌原始的声音性和吟唱性。为此，他做了不懈的实践和努力。

以他为灵魂的“圆明园诗社”（存在时间：1984—1986），

提出过“到民众中去”的口号，祈望诗歌与人民相互接近。他们曾同其他诗人一起，成功地将诗歌带到了礼堂和广场。

今天，世事沧海桑田的变迁，熄灭了诗人们到“人民”中去的精神。但这一恢复诗歌原始声音性和吟唱性的努力，在他的最新作品里，依然继续：

黄牛像口铜钟，嗡嗡震荡空气
偶尔发出岁月深井般沉闷的吼叫
我也淌下星星的口涎，把往事反刍
青春像堆畜栏前废弃的酒糟

这里，从盛夏，从时光隐遁的暗夜
从幽幽闪着绿光的灌木丛后面
浏亮地传来布谷鸟
近乎幻听的口哨

家园的歌者，手持七孔清泉的笛箫
你所咳血啼唤的仅是感伤的情调?
让我深入梦境，更显明地聆听
你！爱情的夜莺　你！诗歌的伯劳

（《鹃》）

艾略特曾预言，当代诗歌正处在一个寻找合适的现代口语的时代，但是到了诗的用语可以稳定下来的时候，随之而来的将是一个讲究音乐性的时代。如果这个预言应验，届时，黑大春将由于他的“最后”，而成为先驱。

西方诗歌史上，浪漫主义诗人曾崇尚诗歌的原始音乐性和韵律感。在当代中国，黑大春是身体力行倡导和实践诗歌的音乐性与吟唱性，最鲜明、最典型的一位诗人（这一点，另一个典型即食指）。正是在这个意义上，我非正式地称他为“最后的浪漫主义者”（当然也有其他因素，如在二十世纪“智性”诗歌的背景下，他的诗作浓郁的抒情性和生命感，及个人生活的传奇色彩等）。这是一个并不确切的称呼，从他的诗歌全部美学特征来看，正如他自己判断的，它们体现的是一种“广义的浪漫主义中的象征主义”。

中了魔法的漂泊者

巴别尔称勃洛克，是一个“中了魔法的漂泊者”。如果我早一点看到巴别尔这个说法，也许我会用它作为这篇散文的篇名。的确，在中国当代诗人中，我觉得黑大春与这个称呼最接近。

在关于他的全部传说中，酒和女人是中心。外省的青年诗人说他腰间常年挂着一只酒壶，走到哪儿，喝到哪儿；并由两个女人养着。显然这是一种易于出现在诗人身上的渲染和夸张。

对他的早期诗人生涯（这是由漂泊无定，频繁的圆明园诗歌聚会，成夜成夜地饮酒、浪诗、争论等等构成的。“浪诗”，是他对朗诵诗歌的一种简约的、鲜活的说法）中，有关酒和爱情的一些事情，他确有感触，甚至悔悟：“酒和女人都不是浪漫和传奇的，一不小心就会给你带来灾祸。”酒精给他造成的伤害，使他刻骨铭心，他希望今后能够与酒建立一种新型关系。

他一直没有一个使他在社会定位的职业，没有一份能够为他带来固定收入的工作。在众人的眼里，他似乎是一个不明来路的人。这一切，全部缘于他的诗人的血液和天性。他说，诗使人无法安居乐业或安守本分，一个诗人很难长时间干一件与诗不相干的工作。而生活在他那里，仿佛永远是明天的事情。这必然常常使他要以非人的力量，承担由此而来的后果：“为此，付出的代价是难以忘怀的。”

我曾问他，他的“漂泊”是阶段的，还是始终的。他说，在心灵和精神的意义上，应是始终的（如他诗中所言：“流浪已命中注定”）。他把这当作诗人诗歌品质的试金石。

诗歌啼血的杜鹃

“在大地上我们只过一生。”多么好的话啊，谢谢叶赛宁。而一生，我们只能做好一件事情。黑大春是一个奋不顾身以全部生命，努力做好诗歌这件事情的人。做一个诗人，他清楚地知道意味着什么。他只用一句，便写明了诗人的生平：“一块黄金把我绊倒在贫穷之中。”还有里尔克：“我歌唱的一切全变得富足，/唯有我自己遭到它们遗弃。”困厄，几乎成了诗人必然的命运。世界不声不响收下了他们的黄金，对他们的死活却从不过问。

他写诗极慢。诗歌十五年，是他“苦吟”的十五年。在有人一年能出几本书的文坛，他的十五年，总计不过数十首作品。“诗歌是永远修订不完的”。他在谈到他对诗的修改时，引用了一句域外诗人的话。他的一首诗，通常要改七八遍。往往最后的定稿，与初稿已完全两样。写得最苦的时候，他大量饮酒，寝食不安，甚至产生绝望感。他说：“如果这时有人问我最不喜欢什么，我会告诉他：最不喜欢写诗。”

诗人写诗的痛苦，读者阅读的幸福。他的诗歌，不仅为我们呈现了山溪般动听的音响；同时，更显著的，他对“隐喻”的个人偏爱和奇异运用，也将我们应存的想象，从死气沉沉的常规中美妙地唤醒：

把一颗又一颗星星的米粒
啄净
喔！这红冠的伸长了脖子的
黎明

（《乡村即景》）

是谁？让薄嘴唇的斧子在炊烟中停止了歌唱
哦！霞光闪闪的土灶里正煮着大红枣似的夕阳

（《夏天好像是一天》）

瞧，你的头发就像长在那儿的一束野蔷薇。
你微微张开的嘴唇就在那儿的花朵里把我陶醉。

[《给（一）》]

俄国的一位批评家有这样一个看法：近现代的俄罗斯文学，出现过一次都会文学取代以往田园文学的转折；这一转折过程中的巨星，就是亚历山大·勃洛克。还说，似乎勃洛克不能在某种田园气氛中思索，而只能在巴黎的游乐场或彼得堡的列斯特兰这类地方获得灵感。如果这个说法成立（值得商榷），那么我觉得黑大春与他至爱的勃洛克恰好相反：在他的诗里，没有任何与生命和自然隔绝的东西；他的诗歌，充满了田园或他喜欢称的家园的音响和芳香（与讴歌家园必然相连的，是他对亲人、友谊和祖国的深情）。在因人类崇尚发展而导致的一切都背离本原的今天，在这样的诗歌里，我们的心灵备受慰藉。

一次电话交谈时，诗人田晓青认为，大春是一个原初意义上的诗人。我赞同他的这个观点，换句话说，在当代，黑大春或许更鲜明地体现了诗人的本义。我相信，他会得到人们渐进性的认识；中国的诗歌，将会愈来愈意识到他的独特、宝贵和难得。

作为一个诗人，黑大春同样面临这样一个问题，即像艾略特评论威廉·布莱克所讲的：布莱克秉承了一种相当了解人性的能力，对文字和文字的音乐有一种非凡的创新意识，而且有一种臆造幻象的天赋才能……但他的天才所需求的，所可悲地缺乏的，是一个公认的也是传统的观念所构成的底子……神话学、神学与哲学的底子所导致的集聚，便是但丁为什么是一个古典文豪，而布莱克却仅仅是一个天才诗人的原因之一。

一九九四年十月

写诗是我保留的一种权利

——诗人田晓青访谈录

至今才发现，仅一墙之隔，我们的高邻竟是位事火的外道。当他外出未归，有哭泣与切齿之声自无人的寝室中隐隐传来——那尊平日以腥膻之物私下供养的蛮神，正因渴血而憔悴。

在火年勿谈火，勿谈与火有关的事体，诸如书页、朽木、燔祭的馨香；勿谈干燥的藏书阁及其书中有关早年火灾记载。勿谈那华贵的丝楠木帝国眼下如何（被白蚁侵蚀得仅剩轮廓，稍有风动，穹隆下接榫处即发出阵阵呻吟……）。

——摘自《火年》

这是田晓青在一九九二年写的一首诗开端的两个片段，这首名叫《火年》的诗是他一九八八年出版第一本诗集《失去的地平线》之后，所写的零星几首诗中的最后一首。自此，这个与《今天》（“朦胧诗”）有关的、中国当代诗人中具有鲜明知性色彩的、一直未曾在诗坛凸现的诗人，便彻底消隐了。

我曾在一则读书随笔中直觉地、印象式地写过：“在当年‘朦胧诗’的核心诗人之外，有两个相对不太显著的、特异的诗人：一个是田晓青，一个是林莽。前者的诗让人想到火、历史、宗教、智慧；后者的诗让人想到水、自然、人伦、心灵。”

这是一个对中国的当代诗歌有过建树，为之贡献了自己独特的诗歌方式的诗人，这样的诗人是不该被我们遗忘的。《诗探索》“关于 ××”的专栏恰是在做对朦胧诗时期重要诗人的评介工作。关于这个我在生活和文学上一直视作兄长的诗人，我为此对他做了书面访谈。下面即是整理后的访谈内容：

苇岸（以下简称“苇”）：不知为什么，你让我想到中国的一句古话：“大隐隐于市。”在当代诗人中，我觉得你一直具有一种隐士色彩。能先谈一谈你的经历吗？

田晓青（以下简称“田”）：好。我生于一九五三年四月二十二日。记得小时候每次撕日历撕到这天，都能看到这一页是红颜色的，上面印着列宁的头像，下边是一行小字：“伟大的无产阶级革命家弗·伊·列宁同志诞辰”（这就是当初我们生活中的意义层面一个小小的标识，而如今这一页已经不用红颜色标出了）。这是全世界无产阶级的节日，但当时我却奇怪，这么重要的纪念日干吗不放假，却要用节假日的红颜色标出来。

小时候体弱多病，每学期都有近一半时间缺课，但因当时小学的功课简单，不怎么用功就可以对付过去。一九六六年夏，我以很好的成绩通过了毕业考试。在班主任的建议下，我准备在升学考试的报考志愿栏内填上“男四”，一零一……但当时北京外语学校提前招生，我被学校选拔参加考试。考场设在西城一所小学，学校的隔壁是一所教堂。也许那间教室曾是教堂的附属建筑，因为我们在答卷时可以听到板壁那边信徒们含混的祷告声如浪涛般涌起又消退。当时星星之火正从报端蔓延至整个社会，渐成燎原之势，而我们还坐在教室里参加那之前的最后一次考试（考试的结果和对未来的预期已经毫无意义）。一场狂欢开始了，接下来是长达三年之久的漫长的假期……影片《阳光灿烂的日子》多多少少唤起我当年的记忆。

那一段时间对我们而言，是一个意义顿失的年代——成年期被无限推迟。面对大段空白的日子，没有功课，没有压力，没有未来，生活一下子变得轻如鸿毛，我们欣快地体验那种悬浮感。

一九六八年，也许为缓解新中国成立后生育高峰出生的一代对城市的压力，毛泽东号召我们“知识青年到农村去，接受贫下中农的再教育”。我们又有了生活的目标。同伴们一拨拨地走了，北京的街头和院子一下子沉寂下来。我意识到漫长的假期终于结束了，未来在我们毫无准备的情形下猝然而至。一九六九年，为躲避上山下乡，我当了兵。四年兵营生活的收获有三：我知道我不是当兵的料；我不会再劝年轻人当兵；胃病。

复员之后进一家工厂，一干就是十一年。在那里，你可以充分体验什么叫“齿轮和螺丝钉”。一个人从进厂到退休，是一下子可以望到头的平坦岁月（而今可不那么平坦了），到了儿你可以坐在街边的小酒馆里，用从牙缝里省下的退休金买二两二锅头和一盘花生米，仗着酒胆对挤兑你的人自豪地说：“……我是什么东西？我是普通劳动者，退休工人……”我就是在泡酒馆时听到上面的话，才最后下决心离开工厂的。

离开工厂后，我在不少地方干过，但时间都不长。这一切都与诗无关。生活与诗无关，我的诗从不写日常生活，没什么可写的，也没有什么意义可言。而在诗里可以写意义的寻觅和缺失，人毕竟是需要意义的。

苇：奠定一个作家或诗人的，大体有两个基础，一个是童年，一个是阅读。里尔克《给一个青年诗人的十封信》中就讲，对于一个创作者来说，即使他身陷囹圄，监狱的四壁隔绝了他对外部世界的感受，他仍可以写作，因为他依然占有着他的童年。你的童年对你成为一个诗人产生过什么作用？

田：这个问题我没有好好想过。我没有被四壁隔绝过，所以也很少想到童年。童年留给我的只是一些琐细的感受。实际上我经常无意中从别人的作品中感受童年。我曾看过一部日本电影《泥之河》，其中有这样一个片段：放学后，两个孩子滞留在学校的操场上，其中一个坐在沙坑里，将一只装满沙子的鞋举起，沙子从鞋尖的破洞流下，灌满另一只鞋。然后他再把两只鞋颠倒一下，就像是一只沙漏。而另一个孩子吊在单杠上，他闭着眼睛在数：一，二，三……这个镜头持续了很久时间。这部电影唤起我强烈的童年的感觉：灰色的，沉闷无聊的，单调的流逝的感觉。

我小时体弱多病，而患病与治疗的特殊体验构成童年回忆的重要部分。比如我还记得小时发烧经常引起的幻觉：周围的一切都无限膨胀，充满了整个空间，然后又无限缩小，令人恐怖……当我后来看到一位作家（纳博科夫？）对这种幻觉精确的描写，不禁十分惊讶：我总以为那是我独一无二的体验。

我曾在一篇小文里描述过童年一次全身麻醉的过程中，意识消失的临界状态。意识的范围不断缩小，直到缩小到一个不具广延、不占空间的数学上的一个点，我称那种体验为形而上学的幻觉。

另外，我小时有强烈的恐高症。我发现我无法持续地仰视星空。在四周缺乏参照物的情况下，那些星星在我眼中都成为极远的发光的球体，而星空也成为深邃无边的渊薮，我仿佛头朝下，随时都有掉下去的可能。这种理智判断和感官判断的重合竟引起极其强烈的恐怖。后来我从康德的一本书中得知，这种恐怖是因宇宙的尺度远远超出人的尺度所致。

也许这种童年的类似形而上学的感受只具有心理学上的临床意义。说到对我写诗的影响，可能更多是表达方式上的：我总想在感觉和语言的层面上寻觅我曾在边缘状态体验过的那个世界，那个抽象、含混，远非用语言能够表达的世界。

苇：对于阅读，由于生长在那个特定的年代，可以说我们同属于“阅读贫乏的一代”。作为一个作家，我们有着先天的不足。但在“朦胧诗”或“新诗潮”诗人中，我觉得你却是很博学的。能再讲讲你过去的阅读生活吗？

田：每个作家都有自己的局限。“百科全书”的时代已经过去，尤其是在当今这个信息时代。当代的作家已经变得谦虚起来，全知全能型的写作方式已被束之高阁。作家们有的缺乏生活（见鬼。他没有生活，难道他死了吗），有的缺乏阅读。细想之下真是“人生苦短，指涉无穷”啊。

我的阅读是“非专业化”的阅读，起于兴趣，止于兴趣。在那一特定的年代里，书籍是稀缺物资，是毒品，是禁忌；而阅读是秘密流行的时尚和生活中犯禁的乐趣。这对在信息时代成长的一代也许难于理解。那时为看一本书我可以两天两夜不睡觉（为在期限之内读完）。不像现在，一拿起书就犯困。

我曾从我们处长那儿得到两本书，一本是《辩证唯物主义与历史唯心主义》，另一本是《政治经济学简明教程》。这两本厚厚的书对于一个缺乏文化准备的孩子来说，就像砖头一样难啃。而我竟然将这两块砖头啃完了。你由此可以想象当时的日子有多么乏味。它们陪伴我度过了夜间站岗难熬的两个半小时。

在一个山区林场的院子里，一个小兵背着沉重的56式突击步枪，胸前挂着弹夹带，俯身在放着一盏防风马灯的窗台上，读一本厚厚的《政治经济学简明教程》……这个形象在记忆中显得不真实，却又无可否认（我的书签是一个插蚊香用的铁片）。

苇：那年你多大？

田：十六岁，是连里最小的兵。我同文学的每一次遭遇也是在这个山沟里。当时我们住在老乡家。老乡的儿女都在外边工作，五十年代就走了。那天我们从山上训练回来，出于无聊我开始翻老乡的柜橱，结果在抽匣里翻出了一本书。那本书的书名叫《海鸥》，精装本，薄薄的。书里夹着一张农村姑娘的照片（可能是老乡的女儿）和一首献给拖拉机手（可能是这女孩的恋人）的诗，诗中充满了社会主义建设初期欣快的乐观主义和小资产阶级的浪漫主义情调。但扉页上那个外国人给我很好的印象，他戴着夹鼻眼镜，有着漂亮而忧郁的面孔。他叫契诃夫。书里是三个剧本：《海鸥》、《三姐妹》和《樱桃园》。剧中的年代、场景和人物我从未梦见过，仿佛是另一星球上发生的事情。剧名叫《海鸥》，但跟这种鸟儿没多大关系（当时我还不知道什么叫象征），剧中的人物说话拐弯抹角，不知所云，我完全没有读懂，但却着了魔似的被弥漫在字里行间的某种气氛魔住了。最后一声枪响，终于引发了我天性中小布尔乔亚的伤感——我落泪了。后来每当我想起这事总觉蹊跷：也许这就是文学？我总想概括一下对契诃夫的感受：优雅的，精致的，有点忧郁……后来读到纳博科夫的评价：鸽灰色的。就是这样。我想那可能也是他眼睛的颜色。

我的阅读生活就这样，在一个与文化隔绝的年代，在一个远离城市的闭塞的山沟里孤独地开始了，没有同伴，也没有交流。

马克思语录的线头越倒越多，越倒越乱。复员之后，我进入了读书的饕餮时期。凡是能够到手的，不论是《精神现象学》还是《曼娜回忆录》，我都读它一家伙。就像萨特小说里的那位自学者，从索引中的 A 开始，按照字母表顺序一路读下去……

总之我无法列一个书单，那时大伙都在读同样的书。我记得“四人帮”刚刚倒台的时候，出版社开始重印“文革”前出版的外国文学作品，一时间新华书店人满为患……这让我想到当西方世界进入后现代时期，他们的古典文学却在北京的街头引发了一场短暂的复兴运动。

值得一提的是，我们这一代大部分都有根深蒂固的俄罗斯情结（不同于我们上一代的苏俄情结）。比如我最感兴趣的是它的历史：主要是知识阶层演变的历史——十二月党人，平民知识分子，无政府主义者，民粹派，布尔什维克和自由派建立起来的俄国临时政府……

后来是那些众所周知的“白皮书”和“灰皮书”，现代思潮和现代主义艺术开始进入我的视野。

所有这些宽泛的不求甚解的阅读渐渐为我建立了一个杂乱

的文化背景，并形成我人格的一部分，就像鸟儿衔来的各种杂物为自己筑巢。“你就是你身后这一堆……”一次在我家同于友泽（江河）发生争执，他向我身后的书架做了一个概括性的手势这样说。我感到气愤，却无从辩驳。而这种阅读的最终效果是：我似乎拥有了某种精神世界，所有这些书籍构成一个庞杂的能指——互指系统，让人想起博尔赫斯的巴别图书馆。而顺带的结果是，不论别人谈什么，我都能插上一两句。但现在情况有了变化，在大多数情形下，我已经插不上嘴了。

我现在仍在阅读，但兴趣和势头小多了。我不想赶末班车，即使赶上了，但是去哪儿呢？

苇：你是属于《今天》群体中的诗人，但从社会影响性来看，显然你不是其中的核心性诗人或主要诗人。这主要的似乎还不在于参与其中的时间早晚，比如顾城、杨炼介入的也较晚。我觉得主要在于你的作品相对的非现实性或非直接的现实性。当然写得少也是一个因素。你是什么时候开始接触这个群体的，它对你的写作产生了哪些影响？

田：关于我的诗的社会影响，你说得很对。我不是一个刻意追求社会影响的人，能与一些诗人交往，并在《今天》上发表作品，我已经很满意了。我比较自闭，不善于表达和交际，最初甚至面对读者的拜访都浑身哆嗦。记得我头一次去铁狮子胡同赵南家，我手足无措地站在门口，幸亏赵振开（北岛）善解人意，把我介绍给另一个向隅而坐的沉默客。那人就是刘自立。无形中我成了聚会上缩在墙角的无言的旁观者和见证人，而不太像一个参与者。

我同这些诗人的接触大约是在一九八〇年。我还记得我站在文化部墙外的积雪里，屏住呼吸看贴在墙上的《今天》，而光线正渐渐昏暗下来。它连续三天改变了我上下班的路线。在最后一天，我带了一个本子，将其中的一些诗句抄在上面。这些诗句对我而言就像是一间封闭了很久的房间猛然敲开了一扇窗，清新的空气和炫目的光线扑面而来。它们向我展示了另一种生活的可能性，而且确实改变了我的生活，只是同当时朦胧的预感并不一致。

于是我忘掉了我以前的阅读，开始写诗。我的第一首“诗”是一首哀悼童年的小诗，其中充斥着迷宫般的胡同，断了线的风筝和风筝一同飘逝的童年的伤感意象。我趴在车间的钳工案子上写下这首诗，还附了一封言辞恳切的信。收信人的地址是“东四十四条七十六号”……现在回想起来，我那封信更像是一封求救信，一个孤独的年轻人从封闭得令人窒息的生活中发出的呼救。

后来我惊奇地发现，《今天》实际上是一个很小的地域性的概念。它的主办者和主要的作者绝大部分都均匀地分布在十三路公共汽车沿线，这正好也是我每天上下班的路线（我至今仍在这条线上往返，但沿途再也看不到他们的身影）。

那一时期就像短暂的狂欢节，它很快就过去了。我曾在《闲暇》中写道：“窗外，城市萧条的地段，清洁工打扫着昨日的痕迹。/宿酒者从街心的长椅上突然惊醒——/今天是人口普查日，官吏们正带着户籍前来，/于狂欢之夜失踪的人们陆续回家。”

至于说到他们对我写诗的影响，我想更多是在语言层面上，那时我力图写得像他们的诗，但我身上的怀疑精神和以往杂乱的阅读经历却时时冒头，后来我写了一个薄薄的诗集《失去的地平线》作为对那一时期的清算。这些诗是我去石家庄出差的半个月里在一家招待所的房间里写的。在那一时期我深切地感到意义世界的丧失和对它的疑虑。于友泽对这些诗大加称赞，而赵振开读完后却冷冷地说：“像这样的诗，写一首就得了……”当时我想到我在《约会》里写下的句子：“我只不过是在寻求美/却好像无意中说出了脏话。”

我中断了写作。直到我看到叶维廉先生翻译的圣·琼·佩斯的作品，或者用现在的话说，圣·琼·佩斯的汉语文本……我以前不知道汉语能够有如此漂亮和华丽的效果，于是我开始了另一种风格的试探。

苇：你说开始了另一种风格的试探，《闲暇》和《火年》是不是这种试探的结果？

田：是的。我当时就隐隐意识到，这种风格注定是没有前景的：它完全封闭，违反了神圣的充足理由律。既与神的世界隔绝，又无法从尘世间得到求证。“你是从哪儿得来的这种废墟般的痉挛的语言？你能不能放松点？”在一次诗歌讨论会上崔卫平女士给我递条子说。而当时歌德学院的徐女士正试图将《火年》译成德语，她埋怨地瞪了我一眼，就放弃了。每当别人质问我为什么要这么写时，我都回答：我愿意。虽然听上去迹近无赖，但这大概是每个人最后的论据了。这种风格保证了写作的私人性和非功利的性质。它招致了某些人的反感，但也赢得了另一些人的喜爱。

苇：《闲暇》及《火年》等诗的形式，的确让人想到圣·琼·佩斯。但我从你的诗所触及的，觉得它更体现了一种博尔赫斯式的“本质”。似乎你对历史的兴趣远大于对现实的兴趣，对域外文化的兴趣——犹太及阿拉伯文化？——远大于对本土文化的兴趣。你能谈谈它的内在根源吗？

田：这个问题我没有很好地想过。但最近我偶然读到韩东的一篇叫作《从我的阅读开始》的文章，读完我感到非常惊讶，他的绝大部分观点可以说明我的写作态度。他在其中一处写道：“……这里，距离至关重要。我在此，想象的本能寻求最大限度的在彼。在此和在彼之间的距离激活了我的创造灵感。”

说到《闲暇》，你可能更多地指的是它的最后一组诗。它的写作就像一个很偶然的机遇。我曾在一个小小的快印部打工。有一段时间，这个快印部一直为中国藏学研究中心复印一批古代文献，都是有关清政府与边境地区的关系的。其中有奏折，则例，游记，记略，及手抄的私家文集，等等。比如《平定两金川》《廓尔喀记略》《理藩部则例》《长春真人（丘处机）西游记》等。当时我负责制版，这些生僻的文字激起我强烈的好奇心，于是我就一边干活一边读。一个开阔的全然陌生的领域向我展现出来：叛乱与征伐，迁徙，流放，册封，进谒，商旅，衡器与货币，宗教，瘟疫，风物，传奇，边界的划定……这梦中迷人的疆域……还有我，一个不在场的异乡的漫游者，眼睛追随着手指（竖版的，容易串行），嘴唇喃喃……这个漫游者有着文化中心猎奇者的目光和当代的人文意识，还有就是平庸的现实：一个街边快印部的制版工，对着一堆线装书发出喟叹……

正巧当时一个朋友，《开拓》的编辑陈雷向我约稿，而我手头又没有，只好急就章似的赶写，那一组诗占用了我的将近半个月下班后的时间。那组诗实在是一个印刷工业余时间的副产品。

一平曾评价这组诗是传统文化上的“根底浅薄”和“理解上的偏差”导致的结果。我想他有他的道理。但我宁可让这种文化保持着“在彼”的身份，好让它能在我心中激起新奇感和兴趣，而不让它在我心中成为一种烂熟的文化。而理解上的偏差就和“误读”有关了。总之我们两人审美趣味的差距非常之大，但这并不妨碍我们之间的友谊。

我喜欢陌生感，喜欢距离：我同遥远事物的距离，词语之间的距离（但不能太远、太陌生，那会产生隔绝的感觉），它们发出的共鸣和余响暗示出那个看不见的穹隆的跨度……

我在写诗时有时想到博尔赫斯，也许他的神的观念无形中影响了我，那个异教的、蛮荒的、不可理喻而又无人性的神，那个产生于史前蒙昧的时期却在现代生活中作祟，被当代人偷偷供奉的神……

我把诗留给想象，对待现实我宁可用其他形式。这是一个个人趣味的问题。我还想说的是，西方文化也是我们的现实。

苇：我有一个大学同学，叫周新京，你们年龄更相近，在学校时他给过我不少有益影响。他也写过诗，当时与芒克等人有来往。他喜欢你的诗。谈到你和芒克，他认为芒克的诗基本上是一种未触及文化的诗，如纯生命体的枝叶，质朴得几乎无需形式（他后期写的一些故作神经质的诗是个失败），体现了诗应有的自由。而你的诗则更多地来自阅读和内心的一种神秘冲动，让人想到一种尚未发育成熟的宗教。你怎样看待他的说法?

田：我想他说的有道理。实际上我的头脑中的实证论倾向抑制了我的宗教本能，但在诗的写作中我将它释放出来。圣·琼·佩斯说诗是诸神最后的避难所。现在看来这个避难所也岌岌可危了。人类在把野生动物从毁掉的原始森林里赶出来的同时，开始将诸神从它们最后的避难所中赶出来。这就是起源于基督教的科学主义的结果。我曾在一个场合同美国学者奚密女士有过争论，她认为大陆的诗已经过时了，最现代的诗里已经没有宗教感了，比如台湾的诗。我先问她这是真的吗？然后说既然宗教是人的本性的一部分，为什么不允许在诗的写作中得到反映呢？

这些都是临时想到的题外话。宗教是我本性中陌生异己的冲动，是“在彼”。在现实生活中我礼貌地，小心翼翼地同它保持着距离，但它以艺术的名义在我的诗中找到一方简陋的栖身之地。

苇：我最初是在学校从别的同学手里看到《今天》的，那时在东单好像也遇到过有人卖。我记得你当时用的笔名是“小青”。你的诗我印象最深的是《断简》，它似乎是由几首短诗构成的组诗，如《博物馆》《历史》《幸福》等。我还记得这样的句子：“我看见骆驼们 / 驮着沉重的幸福 / 在棍棒的驱赶下 / 穿过针眼 / 脸上还挂着 / 梦一般的痴笑。”它当时给我的感觉就是，这是一种知性的、智慧的写作，一种注视历史的写作。但你后来写得很少，公开发表的更少。你给我一个印象，似乎在写作上你一直没有上升为一个“自觉”的诗人，这是什么原因呢？

田：我觉得我不是写诗的料，写诗对我而言像是“友情客串”，这样少一些约束，少一些沉重的“责任感”。可以偶尔为大伙提供一些“另类”的产品。我没有太多的功名心，懒惰，对诗的兴趣越来越小——除了偶尔翻翻。于是我就不写了。我这是第二次不写，也可能是最后一次，但谁说得准呢？诗就在我身边——我一伸手就能从书架上拿到它，我现在就可以在电脑上打下一行诗句，那又有什么意义呢？多一个或少一个蹩脚的诗人于世界无补亦无损。

苇：具有特定内涵的“朦胧诗”已经成为历史了。你如何看待“朦胧诗”在中国新诗发展史上的作用？

田：我想“朦胧诗”在当代文学史上的地位是很重要的。它的意义是双重的，一是接续，一是开创。它接续的是四十年代后期自九叶诗派后断掉的中国新诗传统，重新开始了与世界诗歌界的对话。重新确立了个性在诗的写作中的地位。而自此以后中国诗的实践总是以它为参照系。

苇：中外诗人中，你喜欢哪些诗人？谁对你的影响比较大？

田：中国诗人中我喜欢戴望舒，他是一个功德圆满的诗人，诗写得很有味道。当代的诗人我喜欢多多，早期的北岛、芒克……外国的是一些拉丁派的诗人，从巴拿派到象征主义，从法国、意大利、西班牙到拉丁美洲……我先后对以下的诗人着迷：马拉美、古尔蒙、波德莱尔、阿波利奈尔、瓦雷里、圣·琼·佩斯、亨利·米肖、蒙塔莱、阿莱克德雷……不行，这就像是在试图恢复整个“古老的罗曼蒂克王国”（海涅语）。

我曾经受过北岛、江河和多多的影响，受过瓦雷里、圣·琼·佩斯、博尔赫斯和聂鲁达以及帕斯的影响，受过艾略特的影响。《失去的地平线》的题记我引的是艾略特的诗句：“在思想/和现实之间，在动机/和行为之间，落下了阴影……”

苇：迄今你一共写了多少首诗？《失去的地平线》中收入了多少首？

田：写了四五十首。《失去的地平线》收进了三十来首。

苇：显然写诗是无法为生的。我觉得文学在本质上讲，不应作为谋生的一种手段。但现代写作已经愈来愈成为一种谋生写作、效率写作，一种“资本主义”式的写作。在《古拉格群岛》中，我看到作者引述了马克思一句话：“资产阶级抹去了一切向来受人尊崇的令人敬畏的职业的神圣光环。它把医生、律师、教士、诗人、学者变成了它出钱招雇的雇佣劳动者。”尽管他的引述另有其意，但我对这句话还是很感慨。作家作为个体以写作谋生，对文学意味着什么呢？应该说博尔赫斯算不上一个高产作家，但他在出版社出版他的全集时说：“我认为我写得太多了。如果写得多是最终留下决定性的几行字的一个必要条件的话，我不后悔。”

田：“谋生写作”从目前来看是一种必然的趋势。其实卖文为生古已有之，但那时文学主要还是有闲阶级从事的事情，所以并不典型。随着资本主义社会分工的出现，文学成了一门职业，它必须争取读者，必须把自己卖掉。只要独立的文学还有市场，资本就会继续利用它而不管它是否会对资本骂娘。一旦独立的文学失去了市场，资本就会抛弃它——顾客是上帝。这就是世界范围内发生的事情。你看过《自由与交流》吗？独立的艺术家将在社会的缝隙中，不断调整策略，以保持岌岌可危的独立性。这种尴尬的情形可能是我们下辈子将要遇到的。

马克思的批判至今仍然有效。在他写作的年代，资本主义的公共生活空间正在发育，独立的写作仍有可能，马克思本人就是明证。

至于写多写少的问题，我还真没有仔细想过，因为这好像不是衡量一个作家好坏的标准。当然，肯定存在着你未讲明的后果：作家因挣钱而粗制滥造……博尔赫斯那样讲我想有他自谦的成分。他的最差的作品也是我无法企及的（但正如契诃夫所说，大狗叫，小狗也得叫）。有一件事大概可以说明他的文字的质量。前几年我在刘自立处看到一张台湾《联合报》，在它的文艺副刊上有一篇二三百字的小故事，作者是包赫时。当时我对刘自立说想不到台湾还有这样的大手笔，自立更正我说那是博尔赫斯，那张报是为他的逝世出版的专号。我觉得写作者不必过分考虑作品的多少，最要紧的是自己是否多少感到满足。我记得博尔赫斯在回答为什么写作这个问题时说，为的是在时光的流逝面前使自己安心。

苇：博尔赫斯曾被问过，假如他必须烧毁他的作品，只能保留一首诗或一篇短篇小说的话，他会选择哪一篇。他回答：小说是《沙之书》，诗是《夜间的故事》，“其余的作品可以毫无遗憾地付之一炬”。如果我这样问你，你会选择哪首诗？

田：我的东西一篇都不值得留。细想起来那都是些临床的记录，病人死了，也就随之烧掉，除非病例比较典型，有参考价值。但如果非让我选的话，我会选择《火年》。

苇：我曾经有过一段诗歌时期，读诗和写诗的时期。这个时期在一九八八年便基本结束了。应该说我对近年国内诗歌的状况是比较疏离和陌生的。但总的看，似乎诗人和诗歌批评家是自信的，而诗歌界外的公众或说读书界对当代诗歌的现状则颇为不满，比如一项比较广泛的关于文学的民意调查中，最不受公众欢迎的就是诗歌。最近从一份读书报上又读到一篇措辞激烈的长文，标题叫《当代先锋诗十病》，它对八十年代中后期崛起的“第三代诗歌”的方向，基本持否定态度。但“第三代诗人”自己也有一种极端说法，即一九八六年以前中国没有诗人。你如何看待“第三代诗歌”？对当代诗歌的现状是怎样估价的？

田：我不太了解所谓“第三代诗歌”的情况。这些年偶尔读读到手的诗作，我更关心的是诗作本身的好坏，而不是标签和宣言。“政治上的正确”并不能保证诗作的质量，相反，却可以为以次充好提供便利。至于“一九八六年以前中国没有诗人”的说法不必认真对待，说这话的人要不就是为了耸动视听，要不就是脑子有毛病。但我想他真实的用意是想争夺那个越来越不值钱的诗歌“话语权”，就像是一条狗去抢一根已经啃得干干净净的被丢弃的骨头。他大可不必那么虚张声势，其实没人跟他抢。我弄不懂什么叫“第三代诗歌”，但我却知道一些很出色的诗人一度也被贴上了这个标签。就此推论，“第三代”的情形大概与任何一代一样，由相对少的好诗和大量的平庸之作构成。至于对当代诗歌现状的估价我还是慎重点好，因为我看的实在不多。

苇：我也不完全清楚诗歌界是如何界定“第三代诗歌”的，一般文章似乎是指“朦胧诗”之后的诗歌。我想听听你对“诗到语言为止”或“诗人只是语言的操作者”的诗学主张的看法。显然它是建立在复杂的背景上的，且会与传入的后现代主义文学思潮有关。

田：对，这一问题的确有很复杂的背景。在西方世界，随着古典形而上学的衰落，它的主观—客观二元对立命题成了一桩无头案。既然意识或灵魂众说纷纭无法界定，语言作为中介便代替它们成为合法的研究对象。人们说人不能脱离语言进行思想，所以语言即思想。就像现象学者所说现象即本质。同时，为使语言成为合法的研究对象，分析学家试图用尽量少的几个最简单的基本句型来概括全部语言现象（就像几何学和数学），但是他们发现不得不给这些句子加上限定的条件，结果却中了老形而上学分子黑格尔的圈套：任何限定即否定。我始终怀疑用语言作为自身尺度的做法：你只能用秤砣去称鸭梨，而不能用鸭梨去称。你也不能用语言去衡量语言。但语言学的研究成果却在实用科学领域得到了广泛的应用。而在理论的领域中，人们对语言的使用更加慎重了，在某些人那里，对语言的怀疑达到了极致，认为语言与其说是沟通不如说是阻隔。这些极端的理论对文学批评和文学写作产生了很大的影响。

你提到的那种说法可能是对国外这种思潮的一种回应。但真正的问题是创作本身。作为文学批评，你可以从语言的层面上去分析作品。但创作是另一回事。我实在看不出标榜“语言”的诗的独特之处究竟在哪儿，读后却想到那件“皇帝的新衣”。若从常识上看，诗人可以“操作”的只有语言，也只能“到语言为止”。西方的语言派诗人标榜自己的诗是颠覆性的。他们认为现存的语言及其规则都是统治者强加给社会的，其中包括对语言透明性的幻觉。这种霸权话语无所不在，从日常语言到哲学家们使用的哲学术语，还有传统的诗歌语言，等等。这些有着良好文化背景，有着固定收入和职业的中产阶级分子开始造反，他们试图取消诗歌里的个性或“唯一者”以及语言的“透明性”。问题在于他们无法摆脱传统语言及其规则。他们诗中使用的语言迹近“胡说”或者根本就是“胡说”，你甚至无法分清这二者的界限。按照他们的理论，他们的诗作不被理解是很自然的，因为语言是不透明的，这种在象征层面上的造反只不过是杯中的风浪，是“一九六八年造反”在世纪末的微弱的余响，丝毫动摇不了建立在牢固的物质-意识形态基础上的“资本主义现实”。但它毕竟给诗的写作提供了新的样式，尽管是乏味的，不堪卒读的样式。

中国的“第三代”缺乏的是西方语言诗人的自我意识，把一种解构的、边缘性的写作当作建立新的中心话语的革命，试图成为新的“唯一者”。另一方面，西方的语言派诗歌有着激进的政治立场和强烈的社会责任感，他们认为他们在语言层面上的革命最终目的是导致整个资本主义上层建筑的倾覆。但他们在中国的模仿者却是地地道道的“保守派”，在他们那里，只剩下了无人能解的不透明的语言。这是后现代语境与前现代处境相遇时必然会发生的扭曲。

苇：我有时喜欢从原始意义来看待和理解事物。我觉得后来的变化不足以改变一个事物的固有本质，正像梭罗所讲：“时代虽在演进，对人类生存的基本原则却没有发生什么影响，好比我们的骨骼，跟我们的祖先的骨骼，大约是区别不出来的。”叶芝也有一句类似的诗：“虽然枝条很多，根却只有一条。”诗歌从其原初看无疑是具有“广场”性、“民众”性的（并非“到语言为止”），无论西方的史诗，还是我国的《诗经》，莫不如此。今天诗歌朗诵仍然是国际各类诗歌节的重点内容，似乎也喻示了这点。但仿佛由现代主义肇始，出现了诗歌写作与阅读分离的趋势。就是说诗人正在渐渐成为诗歌的唯一读者。我在一则读书随笔里写过这样一句：今天“诗人已从‘世界的精神’，返遁诗歌本身。单一的、艺术型诗人，取代了复合的、先知型诗人”。你如何看待这种变化，它对诗歌将意味着什么呢？

田：我倾向于赞同你的看法。人在改变世界的同时在改变自己，但这改变并不足以使人类成为超人。我们仍须面对死亡、疾病，我们的恐惧和欲望是古老的，我们仍拥有同前人一样的内心世界和心理结构以及表达方式。一个浪漫主义时代的人会对他所爱的女人说“我爱你”，一个矫情的疑虑重重的后现代主义者也许会这样表达：“如果我是上个世纪的人，我就会说我爱你。”诗歌肯定有它稳定的一面。

至于诗歌“民众”性的消失，我想原因是两方面的：一是客观条件发生了变化，一是诗歌本身发生了变化。现代化的管理和组织原则要求对社会进行整合，因为这是减少意外因素，提高效率的唯一途径。政府要求统一意志的公民，资本要求可以量化的按各种不同类别的需求划分的受众。总之一切都要保持在监控下，因而变化是可以预期的。这甚至不是“散文的时代”，简直是“公文的时代”。在这个时代，为填满公众的闲暇时间，满足他们被消费方式培养起来的“文化需求”，文化商品化是自然而然的。而诗歌作为一种心灵的非官能文化样式必然受到冷落。人们需要的不是自省，而是有助于“身心健康”的文化快餐。而它本身的民间性，它的波希米亚式的亚文化本性也使它无法融入。在这种情形下，给诗歌留下的领域很有限，它只是因一部分“有教养的公众”的喜爱才得以保存下来。公共生活的空间被分割殆尽，没有人听诗人的朗诵，诗歌只好从已经不复存在的广场返回书斋，在广场上空回声响亮的声音变成了灯下的喃喃自语……诗人因而获得了多重身份：精神病患者，有自杀倾向者，游手好闲者，潜在的吸毒者和有犯罪倾向的人，其实他不过是有点怪癖，无伤大雅。我曾在一首叫作《字眼》的诗里描绘过这种自省和困惑（那时商品社会的冲击还未形成）。在这种情形下，人类的精神领域后退为写作时遥远的文化背景，成为诗歌从中撷取意象、词汇和隐喻的工具库。这种变化意味着诗歌在现在和未来只能维持，这种状况正是今后诗歌的正常状况。

苇：你讲得非常好。但我觉得诗歌写作与阅读的分离，还有一个不可忽视的因素，就是诗人将诗写得愈来愈玄虚、繁复。

诗歌专业化了，学术化了，仿佛不如此便不足以体现诗人的才能，不足以与今天的世界对应。托尔斯泰将只有少数精选之人才能懂的艺术称作坏的艺术，我想他是有资格这样说的。但丁为了使他的诗能够接触大众，不用拉丁语写作——拉丁语当时只有贵族、修士和学者能懂——而特意在民间语言的基础上，创立了一种大众的语言，即后来的意大利语。叶芝对泰戈尔的诗歌在印度广泛传播是羡慕不已的。而博尔赫斯所以选择《沙之书》（全篇总共不足三千字）和《夜间的故事》作为自己最好的作品，原因就是“它们是用一种最简单的方式写成的，夸张的成分最少”。而对人类日趋纷繁的生活进程，有时我倒觉得文学或艺术不该再推波助澜，而应崇尚返璞归简。因为“上帝等待着人类在智慧中重新获得童年”（泰戈尔语）。

田：所谓专业化写作是诗歌界一小部分人要求整合的一种反映，要把波希米亚式的亚文化的中国诗歌整合到主流文化（西方的？）里去，同时在诗界内部建立起专业写作和非专业写作的等级制，这是符合“第二次浪潮”的潮流的。这其间“专业写作”的批评家尤其让我困惑。我始终弄不清楚，他们的某些论点究竟有多大成分是出于古老的“生存智慧”和最初的“保护性反应”，又有多大的成分是出自勇敢的“后现代”选择？大师的话说的就是我们这里发生的事情，接轨出奇地顺利，顺利得叫人起疑：这其间是否有意无意地忽略了什么。我不禁想活剥艾略特的诗：“在现代的处境 / 和后现代的语境之间 / 落下了阴影……”实际上当前学界最应该研究的是这两者之间的令人困惑之处，而不是不分青红皂白就拿那个牛头来对这个马嘴，对是可以对上，但是第一会引起“排异反应”，二是有点四不像。我这样说有点反动，像是在开“全球一体化”进程的倒车……我又扯远了。

总之，后现代的专业写作是追赶他们想象中的国际列车的一次尝试，代价是火车没赶上，“有教养的公众”也被他们甩在身后，那是他们的最后一批读者。不过说句公道话：“专业诗人”中有些是很出色的诗人，我偶尔读他们的诗，因为其中并没有注明是“专业写作”，我也没有读出来。其实“有教养的公众”不必害怕这些标签，其中有不少诗很值得一读。

历史证明简约的语言是最难掌握的。这需要沉下心来悉心领会，反复磨炼。现在人心浮躁，急急火火地抢夺话语权，站在台上，唯恐麦克风让别人夺走……就像我现在这样喋喋不休。至于你说的“返璞归简”，我想这种风格应是诸多风格之一种，问题是现在最缺乏的就是这种。

苇：知道你在写一部长篇小说，它是关于什么的？进度怎样了？写作它的初衷是什么？能透露一下吗？

田：可以。这东西——说小说我不好意思——我写了三年，绝对的“业余写作”，也是“业余水平”。它写的是民国末年的事。我在写第二遍。我的初衷是觉得写诗只能断断续续地写，无法把时间占满，而且太受拘束，不如写小说。至于内容，我是很随便地给自己定下的：既然要写，总得写点什么，我开始幻想那一时期的有闲阶层，准文化圈儿的生活和趣味，因其陌生而显得有点儿……异国情调。而我这人从趣味上也有很陈腐很怀旧的一面。糟糕的是这篇东西的质量甚至不能满足我的最低要求，我想我的下一篇会好一些？

苇：今后在写作上有什么打算？还会写诗吗？

田：在一段时间里我还会写散文体的东西，直到我厌倦了为止。而写诗，我想是我为晚年保留的一项权利。

原载《诗探索》一九九八年第四辑《诗人访谈录》专栏

第六辑

大地短诗

（一九八九年九月十八日）[①]

如果你歌颂美，即使你是在沙漠的中心，你也会有听众。

——纪伯伦

① 一九八九年九月十八日，苇岸亲自编定这一组诗，并简装成小册子。——编者注

三　月

三月是远行者上路的日子
它们从三月出发
就像语言从表达出发
歌从欢乐出发
三月连羔羊也会大胆
世界温和，大道光明，石头善良
三月的房间最空
孩子们遍地奔跑
老人在墙根下走动
三月使人产生劳动的欲望
土地像待嫁的姑娘
三月，人们想得很远
前面有许许多多要做的事情
三月的人们满怀信心
仿佛远行者上路时那样

结　实

秋天是结实的季节
生命的引导者
接纳一切满载之船的港湾

北方，鸟在聚合
自然做着它的大循环

所有结着籽粒的植物
都把充实的头垂向大地
它们的表情静穆、安详
和人类做成大事情时一样

太阳在收起它的光芒
它像即将上路的远行者
开始打点行装
它所携带的最宝贵的财富
是它三个季节里的阅历

东　方

在大地遥远的边缘
有许多美好的事物
望着我们

这是黎明神圣的故乡
它与我们之间
大片大片的谷物相连

那儿河流终止，太阳启程
果实和鸟在树上闪耀
只有人类的勤劳能同它比较

热爱家园的永恒情感
也使我们热爱东方
人类黑夜注视的方向

秋　分

风
把丰满的果实留给
诚实的树

燕子将巢穴
托付给北方
纯朴的土屋

绿色已不在叶上居住

小河同怀里的村庄
一起消瘦
失去太阳宠爱的草儿
憔悴了
像远古的传说
一样干枯
天空告别了大地

静夜里

再也听不到

虫儿缠绵的低诉

原载《丑小鸭》一九八二年十一期

冬日的田野（外二首）

因为贡献
你便豁达了

从此与同样豁达的天空
开始相视

天上飘着眷恋的云
你的身上有农人的心

待到守诺的候鸟
从太阳的故乡归来

所有苏醒的柴门
都将为你打开

夜　行

路很黑
圆圆的天宇
布满星光

它们爱银河
一些在水里
一些在岸上

要是星星
都聚在一起
路上的孩子想

夜空中也会
悬挂一枚
亮亮的太阳

古　镇

幽暗的小巷

召唤着远方

一个深奥的故事
在屋宇中生长

把钥匙留下
交给好奇的目光

我们走吧
路灯在另一条街上

原载《五台山》（季刊）一九八五年第二期

五　月

五月是红色的季节
从黎明到初唱的歌声
辽阔的大地准备完毕
为了人类的寄托和劳动

五月是花朵的家园
是敞开心灵的时刻
空气把芬芳的语言
传播到世界的各个角落

五月的阳光像一所房子
欢乐的孩子跑进去
金色的海面便浮现
一座座移动的岛屿

五月的北方
太阳与候鸟一同归来

太阳把巢筑在山那边

筑在孩子们的幻想里

原载《新潮》一九八五年第一期，后经作者修改

图像与花朵（组诗）

天　空

这是一片肥沃的土地
阳光每天浇灌着它
在阳光渗入泥土后
星星开始萌芽
它们刚一破土
就开了花

落　日

远山的落日
仿佛是个顽童
趴在墙顶
向院子里张望
站在岸边的渔夫

就要拉起他的网

季　节

太阳像一个钟摆
在赤道两侧摆动
使大地不断变幻
颜色和图案
如同万花筒
拿在孩子手中

傍　晚

炊烟升上来
太阳落下去
一条条道路的河流
注入村庄的海里
我在园中等待星星
等待见面就微笑的你

原载《新潮》一九八六年第一期

冬　天

无论什么时候走出房子都
有一条道路在门外
像匹马等候着他
如果他想去没有人到过的
地方，只好把马丢下

冬天笼罩在蝉蜕里
土地的颜色无边无际
在这广阔的时刻
一切都变得狭小了，远处的树
林，挡住了山的漫延
也使太阳的道路中断
叶脉般稀疏的树影
在薄薄的阳光上画来画去
温暖像一件秘密
被珍藏在心里，那些
为了再次伸出而缩回的

触角，使生命与生命失去联系
风好像赶着一群狼
给窗户后面等待雪的
孩子带来恐惧
发白的道路拉着村庄
仿佛这样固执下去，就能使它
走进春天的地域

原载《新潮》一九八六年第二期

诗二首

黎　明

你
从另一个世界走来
迈过海洋
踏上另一块陆地
一只红色的鸟儿
被你从芦苇丛中惊起
一幢幢房子向你
张开窗户
一条条道路如缎带
为你挥起
你把一粒光明的种子
种进大地

原载《中国交通报》一九八六年十二月三十一日

黎明颂

人类行为中最美丽最值得纪念的事情，

我敢说，都在黎明时刻的氛围中发生。

——梭罗《瓦尔登湖》

你披着黑夜　从另一个世界走来

一件乌木的斗篷　缀满野葡萄般的星星

你迈过海洋　踏上另一块陆地

一只红色的鸟　被你从芦苇丛中惊起

你眼含露水的泪滴

让万物沐浴而充满生机

你头戴霞光的花冠

使劳动者醒来黄金遍地

你握着一颗光明的种子

在天空的大路上走着

一幢幢房子向你　张开窗户的手臂

一条条道路如缎带　为你优美地挥起

你握着这颗光明的种子走着

直到把他种进大地

原载《中外产品报》一九八八年十月一日

美好如初

当我们不再是孩子时，我们便死了。

——里　德

我还是应该单纯
因为这个世界
并不缺少复杂

我喜欢早晨
到田野的广场上去
等候太阳到达
当黑夜的列车停下
太阳踏上天空的站台
仿佛一个远方的朋友
微笑着向我走来

我喜欢游戏
在孩子手里

一代一代传递
喜欢蚂蚁把家
搬到雨的外面去
我喜欢冬天的河岸
像一根木柱
拴着一匹匹流水的马

我不能不停住脚步
看着道路
伸出，好像要求的手
我是一个穷诗人，朋友
把我仅有的影子给你吧
让它忠实地跟你去
浪迹天涯

我还是应该单纯
因为我去的那个地方
是一个孩子的国家

原载《新潮》一九八七年第二期

人　类
——献给和平

我们共同生活在
天空的房子里
蓝色房顶下的人们
都是一家
我们一块劳作，一块歇息
夜里紧紧挤在一起
我们一同希望，一同梦想
每天早晨起来走向太阳
去打开那扇窗户
为了让灿烂的光明
照到每一人身上

原载《中外产品报》一九八九年三月四日

诗三首

乡村少年

他的家乡
在平原上
平原像一页纸
摊开在山边
他看远山
像一堵围墙
每天傍晚
太阳都趴在墙顶
朝院子里偷看
许多道路像小河
弯曲着流进村里
长出海草一样
晃动的炊烟
他走过村口
那棵驼背老树

总要伸出幻想之手

去摸花斑鸟蛋

原载《北京晚报》一九八七年九月五日

太阳鸟

我们居住的大地

是一只鸟巢

我们是一群幼鸟

太阳远程飞来

永恒的母亲

她吐出光喂养我们

我们是太阳之子

以光明为生

原载《北京晚报》一九八八年一月三十一日

麦　田

收割的日子已来临
五月开始金黄
在夏季的边缘
麦田轻轻摇荡

麦田是立体的
安放在辽阔土地上
那是积聚
千年之久的阳光

麦田被道路切割
麦田把村庄环绕
居住在麦田之内
便是居住在贫穷之外

原载《北京晚报》一九八八年六月一日

诗二首

谣　曲

天空的嘴巴是圆的
唱着阳光的歌
我在它的歌里生活

我的祖先死在远方
两脚在庄稼里
头枕着故乡

你姓什么
你不幸福
手从没触摸过泥土

痛苦是自己的
欢乐是大家的

我的心愿

在每个人的天堂上

我的家园没有篱笆

没有栅栏

月亮的羊群

走出走进

天空的嘴巴是圆的

唱着阳光的歌

我在它的歌中生活

我的村庄

你的心事

在黎雀第一声鸣叫里

我从如灯笼亮起的窗纸下

已经听到

大地是水

泊着我的村庄

把你的手递给我

我们有两片白木的桨

叠在蝴蝶的背上

鸟窝高挂在桅杆

春天给我们绿帆

早晨的天气

多么美好，阳光

在地面奔跑过来

仿佛一群黄皮肤的孩子

响着金属的声音

现在让我们启航

划向太阳

那黄金的岸

原载《滇池》一九八七年第八期

第七辑

英国当代诗人

——格林·琼斯[1]答问录

苇岸 译

问：您是从什么时候开始写诗的？

答：我的母亲是中学教师，祖父是一个威尔士诗人。在我很小的时候，家里就有许多诗歌方面的书籍，父亲也是一个诗歌爱好者，所以诗歌在我们家是司空见惯的，并不觉得它是什么怪异或陌生的东西。大约在我十四岁，正是一个中学生时，我爱上了诗歌，那是英语诗歌。不过，那时及后来许多年，在我看来诗是那么奥妙、那么神秘，令人可望而不可即，使我不

① 格林·琼斯（Glyn Jones），一九〇五年生于英国威尔士默瑟泰菲，先后在该地卡尔斯中学和切尔顿哈姆的圣保罗书院就读。曾在克摩根郡学校担任教师。其作品除在译文中提到的外，还有评论集《龙有两种语言》（一九六八年。侧重介绍威尔士文学）以及与约翰·罗兰兹合著的《二十世纪威尔士文学简介》（一九八一年）等。——译者注

敢想象自己将来也能成为一个诗人。

直到十年以后，我开始写些东西时，才感到诗是可以接近的。我出版的第一本书是短篇小说集（《蓝色的床》，一九三七年），随后在一九三九年出版了第一本诗集，名称就叫《诗集》。这时我已经三十四岁了，其中大部分作品在当时出版的英格兰、爱尔兰及美国的报刊上发表过。从那以后，我又相继出版了几本诗集：《杰·霍普金斯的梦》（一九五四年）、《费尔萨海滨》（诗剧，一九七四年）和《诗选》（一九七五年）等。

问：在您开始写诗时，哪些诗人对您影响较大？

答：当时，作为一个青年诗人，对我具有较大影响的诗人是霍普金斯（他受威尔士诗歌影响很大）、劳伦斯和勃朗宁。还有一些知名和不知名的威尔士诗人，主要是十六、十七世纪威尔士的民间诗人。他们中一些人的诗，我曾译成英文，结集出版（《玫瑰丛结出苹果时》，一九八〇年）。

问：在威尔士使用两种语言的情况如何？

答：威尔士大约有二百七十五万居民，使用威尔士语和英语两种语言。约有百分之二十的人能讲这两种语言，另外的百分之八十居民只会讲英语。威尔士语文学是欧洲最古老的文学之一，它的历史可上溯到公元六世纪，至今仍然很繁荣。威尔士人用英语写作约始于都铎王朝统治英国时期。最初将英语移入自己母语的威尔士人是上层贵族阶级。自十九世纪以来，许多下层威尔士人从他们的母语也转向使用英语，造成我们上面谈到的现象。原因之一是威尔士儿童的教育状况，在威尔士，从一八七〇年至今，一直通用英语。另一原因是大量讲威尔士语的农民，从乡下涌入南威尔士的工业区。这里也吸引了许多来自英格兰、苏格兰、爱尔兰及其他国家的移民。因此，在这个占威尔士人口约半数以上地区的公共语言，就变成了英语。

大多数用英语写作的威尔士作家，都出生在这些通用英语的地区。有些用英语写作的威尔士诗人，如R.托麦斯、M.斯蒂芬斯、E.汉弗莱斯、G.威廉斯、H.韦伯等，都能使用英语和威尔士语两种语言。但是，由于他们所受英语教育形成的艺术素养，使他们感到不得不用英语来创作。这在一定意义上讲，不能不说是一件憾事。近年来诗人们在尝试使自己用这两种语言都能写作，但看来能出色地运用双语的能力是很有限的。一些用英语写作的威尔士诗人，对威尔士诗歌很感兴趣，受了不少影响，他们将许多威尔士诗歌译成了英文。

问：从您的自传可以看出，在您转向您的威尔士诗歌本源之前，英语文学对您一直起着主角作用，您认为复归威尔士文学传统是一条可行之路吗？

答：我的母语是威尔士语，在我幼年时它就是我的家乡语言，但我上学后就逐渐将它丢在一边了，因为我在威尔士受的教育，使用的完全是英语。不过由于双亲方面所有的亲属都讲威尔士语，我并没有纯粹脱离威尔士语环境。这使我后来，至少还能重新拾起一点儿我的这份威尔士遗产。现在我可以用威尔士语交谈、阅读、写东西，不过我从不用它创作，不论是诗、小说，还是评论。

问：在您看来，狄兰·托马斯的小说和他的诗一样成功吗？

答：我认为，狄兰作为一个诗人比作为一个小说家更出色，尽管我年轻时初次结识他的时候，他对他的小说同对他的诗一样充满自信。狄兰写过两部风格不同的小说，一部是典型的超现实主义作品《可爱的图》，另一部是较为现实的自传体小说《作为一只小狗的艺术家画像》。后来的作品，他自称是“为混饱饭吃而造出”的。他的散文这里就不谈了。

问：您认为您自己是一个威尔士诗人吗？

答：从某种意义上讲，我不是一个威尔士诗人，而是一个用英语写诗的威尔士人，无论在哪里我都有这种感觉。我并不同意这样的看法，认为诗人在许多方面是具有天赋的人。除了一点，那就是他们具有驾驭语言的特殊本领。就我自身的经验看，诗人并不比一般人知道得更多，观察事物更清晰或感觉更深刻。但他们具有运用语言表达他们的认识、理解、感悟的才能。

毕竟，诗人也是各种类型的人，愚蠢的、圣洁的、卑劣的等等。他们唯一的共同之处就是：他们都是语言天才。

一九八四年译

一九九一年二月改

译自英文《诗风》诗刊

索尔仁尼琴自传

［俄］索尔仁尼琴 著

苇岸 译

我于一九一八年十二月十一日出生在基斯洛沃茨克。我的父亲曾在莫斯科大学学习语言学，一九一四年第一次世界大战爆发，他中途辍学，志愿应征入伍。在德国前线，他当了一名炮兵军官，参加了整个战事，于一九一八年夏阵亡。六个月后，我出生了。我是由母亲抚养大的，她在顿河上游的罗斯托夫市做速记打字工作。我的整个童年和青少年时期都是在那里度过的，并于一九三六年在当地中学毕业。甚至还在童年、尚未受任何外界影响，我就梦想成为一名作家，并创作了大量幼稚的作品。三十年代我曾试图发表这些作品，不过没有一家编辑部肯采纳它们。我需要接受文学方面的教育，但是在罗斯托夫，能够满足我这种愿望的教育是无法获得的。到莫斯科去是不可能的，一方面因为母亲身体不好需要有人照顾，另一方面家里的经济条件也不允许。于是，我进了罗斯托夫大学的数学系。

学习数学，证实我在这门学科上有很高的天赋。尽管我发现学习数学是件轻而易举的事，但我并不愿将自己一生献身于它。不过，在我日后的命运中，数学起了非常有益的作用，至少有两次，是它将我从死神那里拯救了出来。如果不是由于我作为一名数学家，被转到一个叫沙洛克的地方——在那里我度过了四年——我是不可能从八年的劳改营岁月中幸存下来的。之后，在流放期间，我被准许教数学和物理，这使我的境况有所改善，并使我有条件进行写作。假使我学的是文学，大概我不会幸免于那些磨难。实际上，我后来同样受到了文学教育。这是一九三九年至一九四一年间，我在罗斯托夫大学学习数学和物理的同时，通过函授在莫斯科文史哲学院完成的。

一九四一年卫国战争爆发前夕，我从罗斯托夫大学毕业。战争初期，由于我体质孱弱，在一九四一年至一九四二年的冬天，我被分派当了一名炮车驭手。后来，鉴于我的数学知识，我被调到一所炮兵学校。经过一段紧张的短期培训，我于一九四二年十一月离开了这里。随后，派我到一个炮兵测位连担任指挥工作。在这个职位上，我在前线一直干到一九四五年二月被逮捕。事情发生在东普鲁士，那是个很大程度与我的命运攸切相关的地区。早在一九三七年，还是一名大学一年级学生时，我曾选定写一篇关于一九一四年东普鲁士“沙姆索诺夫惨案”的文章。我研究了有关材料，并去了那个地区。

我被捕的原因，是检察机关发现了我与一个同学在一九四四年至一九四五年之间的通信，主要由于信中涉及一些对斯大林不够恭敬的话，尽管我们谈到他时用语比较隐晦。作为“指控”的进一步依据，是在我的文具箱里查出了我的小说和笔记的文稿。这些对于“起诉”当然并不充分，一九四五年六月，按照当时惯用的程序，根据OSO（一个苏联秘密警察特别委员会）的决定，在我本人缺席的情况下，我被“判处”八年徒刑（这在当时是较轻的判决）。

起初，我在几个综合型劳改营里服刑（《拓荒者与流浪汉》一剧对这种类型的劳改营有所描述）。一九四六年，我以一名数学家的资格，被转遣到内务部与国家安全部共同隶属的一所科研机构。在这座“特殊监狱”里，我度过了刑役的中期（《第一圈》）。一九五〇年，我又被转往新建的只备关押政治犯的特别劳改营。在位于哈萨克斯坦的埃斯伯斯吐兹镇的这所劳改营中（《伊凡·杰尼索维奇的一天》），我做过矿工、砌砖工和铸造工。在那儿，我长了一个肿瘤，尽管动了手术，但病情并未见好转（直到后来肿瘤的性质才被确定）。

八年刑满后一个月，在没有任何新的判决，甚至连一项“OSO决议”都没有的情况下，来了一项行政决定，大意是我不会被释放，相反要终身流放到南哈萨克斯坦的库克——特里克。这一做法并非针对我一个人，在当时这是一种很常见的现象。

从一九五三年三月（三月五日斯大林逝世的消息公开后，我第一次被准许可在没有监护下行动）至一九五六年六月，我一直处在这种流放中。这期间，我的肿瘤急剧恶化，一九五三年底我已濒临死亡边缘。我无法进食，彻夜不眠，病魔剧烈地侵袭着我。不管怎样，我还能够到塔什干一家肿瘤诊所去治疗，并于一九五四年在这里治愈（《癌病房》《公正的手》）。在漫长的流放年月里，我在一所中学教数学和物理，艰难和孤独伴随着我，我偷偷地写小说（在劳改营里我只能凭记忆写诗）。无论如何，我都设法保存住我写的东西，并把它们随身带到了祖国的欧洲部分。先是在弗拉基米尔区（《玛特辽娜的家》），后来在梁赞，在外界看来，我仍以同样的方式从事教书工作，私下里我则致力于写作。

在一九六一年以前的年月，我不仅确信在自己有生之年，我的作品一个字也不会发表，而且我也几乎不敢让任何好友读到我写的东西，唯恐因此被外界知道。这种无声无息的创作活动在我四十二岁时，使我再也按捺不住。关键问题是我担心这些作品得不到具有文学修养的有关人员鉴定。一九六一年苏共二十二大召开，当时特瓦尔多夫斯基[①]有个报告。我决定露面，并首先拿出了《伊凡·杰尼索维奇的一天》。

---

① 特瓦尔多夫斯基（1910—1971），俄罗斯诗人。曾任苏联作家协会主办的《新世界》杂志主编和苏联作协书记处书记。索尔仁尼琴的《伊凡·杰尼索维奇的一天》即发表在他做主编期间的《新世界》杂志上。——译者注

对我来讲，这样做是要冒很大风险的，这可能会使我的稿子一去不复返，并招致杀身之祸。但在当时那种气候下，事情竟成功了。经过不懈的努力，一年后特瓦尔多夫斯基准许出版我的小说。但是，出版工作几乎立即被禁止下来，当局查禁了我的剧本和小说《第一圈》。这部小说连同我过去写的手稿，在一九六五年一同被查抄，这时期从我来讲，由于过早地拿出作品而犯了一个不可饶恕的错误。正因为如此，我无法挽回这个结局。

如果想要评价你刚刚经历的那些事情，并通过事情结局的启示来理解它们的寓意，大多总是不可能的。对我们来说，更为不可预测和更为令人惊异的，将是未来事情的进程。

一九八六年译

一九九一年二月修改

译自英文版《索尔仁尼琴档案》一书

附录一　苇岸生平及创作年表

一九六〇年

一月七日，生于北京市昌平县北小营村。

一九七三年

入北小营中学学习。其间对文字和文学产生兴趣，写过童话、寓言及小说片段习作。

一九七八年

时为国家恢复高考制度的第二年，于夏季考入中国人民大学一分校哲学系，翌年春正式入学。其间与文学社同学广泛来往，并接触正在校园传播的朦胧诗，由此喜欢并开始诗歌写作，结识了一些朦胧诗人。在校期间曾因病休学一年。

一九八二年

第一首诗歌《秋分》，在《丑小鸭》第十一期发表。

一九八四年

七月，大学毕业，到北京昌平职业教育学校任教。

八月，友人顾城和谢烨骑车来昌平旅行，游览了十三陵和北小营。写《童话诗人》一文，次年刊于《诗歌报》。

一九八五年

《五台山》（季刊）第二期刊载诗歌《冬日的田野》《古镇》《夜行》三首。

《新潮》第二期刊登诗歌《五月》。

十一月六日，《诗歌报》刊登《童话诗人——记青年诗人顾城》。

冬（或一九八六年初），结识海子。

一九八六年

《新潮》第一期刊登《图像与花朵》（组诗）。

《新潮》第二期刊登诗歌《冬天》。

九月底至十月初，首次单独短途旅行，到内蒙古赤峰、海日苏一带和河北围场的坝上林场。

秋，参加“北京市第二届青年文学创作会议”。

十二月，经海子推荐读到美国作家亨利·戴维·梭罗的散文集《瓦尔登湖》。

十二月三十一日，《中国交通报》刊登诗歌《黎明颂》。

一九八七年

因《瓦尔登湖》，写作由诗歌彻底转向散文。

《新潮》第二期刊登诗歌《美好如初》。

八月，独自到东北旅行，主要去了小兴安岭、黑龙江边的嘉荫镇和长白山。

后写作散文《美丽的嘉荫》《从汤旺河到黑龙江——边防检查站一日》。

《滇池》第八期刊载诗歌《谣曲》《我的村庄》二首。

八月十一日，《拉萨晚报》刊载《你们的悲剧——致诗人们》。

九月五日，《北京晚报》刊登诗歌《乡村少年》。

十一月十八日，《中外产品报》刊载《谈茶》（署笔名“傅叶”，“副业”的谐音）。

一九八八年

开始写作开放性系列散文作品《大地上的事情》。

一月三十一日，《北京晚报》刊登诗歌《太阳鸟》。

五月十四日，《中外产品报》刊登《去看白桦林》。

六月一日，《北京晚报》刊登诗歌《麦田》。

十月一日，《中外产品报》刊登诗歌《黎明颂》。

十月七日，《北京日报·郊区版》刊登《秋天的大地》。

十二月四日，《科技日报·读书界》副刊刊登《人必须忠于自己——梭罗与人类自救之路》。

一九八九年

三月四日，《中外产品报》刊登诗歌《人类——献给和平》。

三月二十六日，《科技日报·嫦娥》副刊刊登《马贡多与癞花村》。

四月二十五日，《科技日报·嫦娥》副刊刊登《海子死了》。

五月十三日，《中外产品报》刊登《论幸福》。

八月十二日，《中外产品报》刊登《现代的孩子》。

八月，独自去山西和陕西旅行。

九月二日，《消费时报》摘登《现代的孩子》。

十二月，《读者文摘》第十二期摘登《现代的孩子》。

十二月二日，《中外产品报》刊登诗歌《产品》。

一九九〇年

五月一日，《中外产品报》刊登诗歌《五月》。

六月三十日，《北京晚报》刊登诗歌《东方》。

八月，独自去新疆旅行，从哈密、吐鲁番、乌鲁木齐、库尔勒、库车、喀什、和田、于田、民丰、且末、若羌再至库尔勒，环塔克拉玛干沙漠边缘一周，行程一个月。

九月四日,《北京晚报》刊登诗歌《结实》。

十一月二十七日,《中国引进报》刊登《本土歌手》。

十一月二十八日,《消费时报》刊登《美丽的嘉荫》。

十二月二十五日,《中国引进报》刊登《库车笔记》。

一九九一年

二月,《读书》第二期刊载《古希腊抒情诗选》。

三月,《散文百家》第三期刊载《大地上的事情》(九则)。

四月十七日,《消费时报》刊登《去看白桦林》。

五月，散文、随笔选《大地散笔》(郭枫主编，百花文艺出版社出版),选入《去看白桦林》。

散文选《寸心集》(郭枫主编，百花文艺出版社出版)，选入《幸福》。

六月，新时期散文重要选本《上升——当代中国大陆新生代散文选》(老愚编，北方文艺出版社出版)，选入《美丽的嘉荫》、《大地上的事情》(二十一则) 和《海子死了》。

新生代散文的概念逐渐被散文界及评论界接受。

成为新生代散文主要作者之一。

八月，去泸州、峨眉山旅行。

八月七日,《消费时报》刊登《海日苏》。

九月，中秋节，与李松结婚。

九月八日，《中国青年报》刊登译文《英国当代诗人——格林·琼斯答问录》。

十月，偕妻子去西安、洛阳旅行。

十一月，《延安文学》（双月刊）第六期刊载《海日苏》。

十一月二十五日，《石河子报》刊登诗歌《雪》。

一九九二年

二月一日，《文汇读书周报》刊登《天堂之声》（《作家生涯》之三十一，原标题《天堂的声音》）。

三月十八日，《石河子报》刊登诗歌《三月》。

四月四日，《人民公安报》刊登《诗人本色》。

四月十五日，《消费时报》刊登诗歌《三月》。

五月，《散文百家》第五期刊载《天边小镇》。

五月二十七日，《石河子报》刊登《天边小镇》。

七月，李复威、蓝棣之主编《八十年代文学新潮丛书》中的《群山之上——新潮散文选萃》（老愚选编，北京师范大学出版社出版），选入《大地上的事情》（十七则）。

七月八日，《石河子报》刊登诗歌《麻雀》。

八月一日，《文汇读书周报》刊登《复活的先知》（《没有门户的宝库》之七）。

八月，应邀与北京另两位新生代散文作者到武汉参加“中国当代散文研讨会”。

十月，《中国当代校园散文诗选》（丁一、刘阳选编，学林出版社出版）选入《大地上的事情》（六则）。

十一月四日，《石河子报》刊登《事物的名称》。

十二月，《膜拜的年龄——最新中国校园随笔选萃》（老愚选编，北京师范大学出版社出版），选入《放蜂人》《天边小镇》《海日苏》《库车笔记》。

十二月十一日，《中国船舶报》刊登诗歌《冬天》。

十二月二十六日，《文艺报·原上草》副刊刊登《海日苏》。

一九九三年

一月，《美文》第一期刊载《大地上的事情》（六则）。

一月九日，《文汇读书周报》刊登《英雄的粮食》（《没有门户的宝库》之四）。

三月一日，《北京日报》刊登《武汉的东湖》。

《北京文学》第三期刊载《放蜂人》。

四月，《美文》第四期刊载《关于海子的日记》。

六月，散文集《东湖文萃：好美一个湖》（鲁长青等编，湖北科学技术出版社出版），选入《武汉的东湖》。

六月二十六日，《文汇读书周报》刊登《托尔斯泰的故事》（《没有门户的宝库》之十，原标题《伟大的故事》）。

七月二十一日，《石河子日报》刊登《放蜂人》。

八月，《湖南文学》第八期刊载《诗人是世界之光——关于海子的日记》。

九月，《美文》第九期刊载《鸟的建筑》。

九月三日，《中国青年报》刊登《悠悠扬扬行走河者》。

十月，《当代散文潮流回顾·写作艺术借鉴丛书》（楼肇明、老愚主编，北京师范大学出版社出版）六卷散文之一《九千只火鸟——新生代散文》，选入《大地上的事情》（三十八则）、《美丽的嘉荫》、《放蜂人》、《诗人是世界之光》。

《山东文学》第十期刊载《大地上的事情》。

一九九四年

一月，《中国文学年鉴（1993）》（中国社会科学院文学研究所《中国文学年鉴》编辑委员会编，社会科学文献出版社出版），载楼肇明理论文章《散文"文体意识"的新觉醒——读老愚编"新生代"散文选〈上升〉》，文中予以重点评介。

《美文》第一期刊载《四姑》。

一月二十四日，《光明日报》刊登《我的邻居胡蜂》。

一月二十九日，《文汇读书周报》刊登《〈大地上的事情〉序》。

三月，《中国当代散文精品》（老愚选编，春风文艺出版社出版），选入《美丽的嘉荫》。

三月二十日，《中国船舶报》刊登《土地道德》。

为供职学校教研刊物撰写教研文章《哲学与寓言——谈寓言在我的哲学教学中的运用》。

四月，应《诗探索》(季刊)之约写《怀念海子》。

五月三十一日,《中国合作经济报》刊登《一件小事》。

六月,《美文》第六期刊载《没有门户的宝库》。

六月八日,《北京日报》刊登《观〈动物世界〉》。

六月，在北京怀柔，参加中华文学基金会与北京市作家协会共同主办的“当代散文理论研讨会”。

七月,《诗探索》(季刊)第三期刊载《怀念海子》。

八月十二日,《中国合作经济报》刊登《土地道德》。

九月,《山花》第九期刊载《上帝之子》。

九月八日,《南疆开发报》刊登《一件小事》。

九月二十六日,《光明日报》刊登《大地上的事情》(六则)。

十一月,《中华散文》(双月刊)第六期刊载《作家生涯》(七则)。

十一月四日,《中国青年报》刊登《大地上的事情》(六则)。

十一月八日,《武汉晚报》刊登《一件小事》。

十一月二十六日,《文艺报·原上草》副刊刊登《一件小事》。

十一月二十八日,《光明日报》刊登《素食主义》。

十二月五日,《北京日报》刊登《进程》。

一九九五年

《诗探索》（季刊）第一期刊载《最后的浪漫主义者》。

二月十四日，《武汉晚报》刊登《进程》。

《江南》（双月刊）第二期刊载《作家生涯》。

《山花》第三期刊载《世上最好的事业》。

《山花》同期刊载陈旭光评论《新潮散文：文体革命与艺术思维的新变》，文中予以重点评论推介。

四月，楼肇明主编《游心者笔丛》（中国对外翻译出版公司出版），列入散文集《大地上的事情》。

《西藏文学》第四期刊载《怀念海子》。

加入北京市作家协会。

四月三日，《北京晚报》刊登《事物的名称》（《大地上的事情》第三十三则）。

四月八日，《文艺报·原上草》副刊刊登“新生代散文”专辑，选入《一个人的道路》。

四月九日，《中国青年报》刊登《观察者》（《自序》）。

《中华散文》（双月刊）第五期刊载“新生代散文”专辑，选入《鸟的建筑》。

六月七日，参加《北京文学》举办的中青年散文作家研讨会。

六月二十一日，《中国土地报》刊登《人道主义的僭妄》。

七月九日，《中国青年报》刊登《文心点滴》（六则）（原标题《作家生涯》)。

七月十一日,《杂文报》刊登《人道主义的僭妄》。同日,《武汉晚报》刊登《作家生涯》(四则)。

七月、十月,在《武汉晚报》开设的《文学对话录》专栏中,分别参与关于散文热及新生代散文的讨论,均获得较好评价。

九月一日,《文艺报·原上草》副刊刊登“新生代散文专辑”,选入《作家生涯》(五则)。

十月,《延水长流》(魏瑜、史小溪主编,陕西旅游出版社出版),选入《海日苏》。

十一月十四日,《武汉晚报》刊登《散文的可能》。

十二月,与友人合编《蔚蓝色天空的黄金——当代中国60年代出生代表性作家展示》(小说、诗歌、散文各一卷,中国对外翻译出版公司出版);主编散文卷,辑入十位新生代散文作家作品,各约两万五千字;其中选入苇岸《大地上的事情(五十则)》《上帝之子》《鸟的建筑》《一个人的道路》。

十二月七日,《北京青年报·文化导刊》刊登执笔的《蔚蓝色天空的黄金·序》。

《北京文学》第十二期刊载新生代散文作家十四人作品辑,选入《作家生涯》;安民撰写评论《新生代散文取向》。

《博览群书》第十二期刊载《人道主义的僭妄》。

一九九六年

二月九日，《杂文报》刊登《鸟与人》。

三月九日，《闽北日报》刊登《大地上的事情》（八则）。

四月二十一日，《中国科协报》刊登《大地上的事情》（五则）。

五月三日，《文艺报·原上草》副刊刊登《我的邻居胡蜂》。

五月七日，《北京青年报》刊登《美消逝了》。

五月十四日，《北京青年报》刊登《漂泊者》。

六月十八日，《武汉晚报》刊登《大地上的事情》（五则）。

七月二十四日，《中华读书报》刊登评价文章《苇岸　大地的理念》。

八月，在《中国当代散文报告文学发展史》（佘树森、陈旭光著，北京大学出版社出版）一书的《新时期散文的多元艺术变革》章节，予以重点评介。

与诗人黑大春赴山东，之后沿黄河大堤向西，从东明步行至河南开封，行程约四天。

八月二十四日，《人民铁道》报刊登《观散文杂志》。

八月二十七日，《武汉晚报》刊登《观散文杂志》。

九月，《博览群书》第九期刊载一平撰写的关于《大地上的事情》书评《光明的豆粒——读〈大地上的事情〉》。

《鸭绿江》第九期刊载《从汤旺河到黑龙江》。

九月二日，《中华第三产业报》刊登《大地上的事情》。

十月，《书摘》第十期摘登《幸福》。

十月十三日，《中国青年报》刊登《我的邻居胡蜂》。

十月二十五日，《中国合作经济报》刊登《海日苏》。

十一月，《神奇的地球村（中国卷）》（黎先耀、梁秀荣选编，经济日报出版社出版），选入《放蜂人》。

《散文天地》（双月刊）第六期刊载“跨世纪青年散文家作品专号”，选入《大地上的事情》（八则）。

十一月一日，《中国合作经济报》刊登《天边小镇》。

十二月，《山花》第十二期刊载《大地上的事情》。

十二月二十七日，《文艺报·原上草》副刊刊登《观散文杂志》。

一九九七年

一月，《中国当代散文检阅·新锐卷》（朱鸿、周东坡选编，陕西人民出版社出版），选入《没有门户的宝库》《四姑》。

一月十五日，《社会保障报》刊登《我的邻居胡蜂》。

《台港文学选刊》（封二）第一、二、四、五、七、八、九、十一、十二期连载《大地上的事情》，共刊载九则。

一至四月间，在《为您服务报》开设《谨读赠书》专栏十二期。

二月十五日，《武汉晚报·微型作家论》专栏刊登陈旭光评介文章《苇岸：倾听神秘与回到本真》。

三月，《山东文学》第三期刊载《大地上的事情》(十六则)。

五月，加入中国作家协会。

《散文天地》(双月刊)第三期刊载《我的散文观》。

《美文》第五期刊载《谨读赠书》(五则)。

六月七日，《武汉晚报》刊登《在散文的道路上》。

六月十六日，《北京晚报》刊登《住在昌平》。

七月，《博览群书》第七期刊载《关于〈蔚蓝色天空的黄金〉》。

七月八日，《中国文化报·书与人版》刊登《在散文的道路上》。

七月十日，《为您服务报》刊登《素食主义》，并配作者漫画头像。

七月十五日，《人民铁道》报刊登《当代散文的轨迹》。

八月，《人民铁道》报《艺术家走访》专栏刊登王京生文章《苇岸：大地上的事情》。

八月八日，《中国经济时报》刊登《在散文的道路上》。

八月十四日，《中华第三产业报》刊登《大地上的事情》(五则)。

八月十四日，《生活报》刊登《素食主义》。

八月二十三日，《武汉晚报》刊登《少数的意义》。

九月，《美文珍藏本》(美文杂志社编，太白文艺出版社出版)，选入《谨读赠书》。

参加《世界文学》和中华文学基金会共同主办的“世界文学与发展中的中国文学”研讨会。

《山花》第九期刊载《关于〈蔚蓝色天空的黄金〉》。

九月二十九日，《京郊日报》刊登《大地上的事情》（二则）。

十月一日，《中华读书报》刊登《少数的意义》。

《读者》第十期摘登《大地上的事情》（一则，摘自《台港文学选刊》第七期）。

十月二十五日，《文艺报·原上草》副刊刊登《鸟兽》《大地上的事情》（二则）。

十一月，《散文天地》（双月刊）第六期刊载“新生代散文专号”，收入《大地上的事情》（六则）。

《文艺百家》（双月刊）第六期刊载《谨读赠书》（八则）。

《中外书摘》第十一期摘登《现代的孩子》。

十一月十一日，《北京晚报》刊登《邻居》《大地上的事情》（一则）。

与妻子李松离异。

十二月，《散文年鉴 1995》（刘锡庆主编，北京师范大学中文系当代文学教研室编，漓江出版社出版），选入《鸟的建筑》。

十二月五日，《中华周末报》摘登《现代的孩子》（摘自《中外书摘》一九九七年第十一期）。

十二月十八日，《中华第三产业报》刊登《大地上的事情》

（五则）。

十二月二十七日，《人民政协报》刊登《谨读赠书》（三则）。

一九九八年

一月，《读者》第一期，摘登《大地上的事情》中的《现代的孩子》，更名为《现代的城市孩子》。

《美文》第一期刊载《少数的意义》。

《华人文化世界》（双月刊）第一期刊载《作家与编辑》。

一月八日，《生活报》刊登《人道主义的僭妄》。

一月十九日，《济南时报》刊登《我热爱的诗人——弗朗西斯·雅姆》。

二月，为《一九九八　廿四节气》拍摄和记录。

《山花》第二期刊载“大地上的事情”（九则）。

《散文选刊》第二期刊载“新生代散文特辑”，选入《大地上的事情》。

《东南西北》第二期摘登《大地上的事情》中的《现代的孩子》。

二月十八日，《中华读书报》刊登《我热爱的诗人——弗朗西斯·雅姆》。

三月二十四日，《中国土地报》刊登《第二条黄河》。

四月二日，《作家报·青年散文家档案》专栏刊登《第二条黄河》。

四月十三日，《中国青年报》刊登《第二条黄河》。

四月二十一日，《中国文化报·书与人版》刊登《梭罗意味什么》。

四月二十八日，《文艺报·原上草》副刊刊登《作家与编辑》。

六月，应邀参加中国作家协会与《散文选刊》在河南焦作举办的“中国当代散文创作研讨会”。

《美文》第六期刊载《梭罗意味什么》。

六月二十五日，《光明日报》刊登《艺术家的倾向——致友人书》。

七月，《美文》第七期刊载《艺术家的倾向》。

《青春》第七期刊载《我热爱的诗人——弗朗西斯·雅姆》。

七月十三日，《济南时报》刊登《重现“白银时代”》。

七月二十一日，《文艺报·原上草》副刊刊登约稿《去看食指》，加副标题《精神病院中的诗人，开一代诗风的先驱》。

八月六日，《中国土地报》刊登《重现“白银时代”》。

九月五日，《武汉晚报》刊登《梭罗意味什么》。

九月七日，《济南时报》刊登《去看食指》(上)。

九月十四日，《济南时报》刊登《去看食指》(下)。

十月，应《世界文学》(双月刊)《中国作家谈外国文学》专栏之约写的《我与梭罗》一文，载该刊第五期。

《山东文学》第十期刊载《我与梭罗》。

十月十二日，《济南时报》刊登《美文》“关于九十年代散文写作随访”书面访谈。

十一月，《美文》第十一期刊载“关于九十年代散文写作随访”书面访谈《〈美文〉问答》。

《诗探索》（季刊）第四期刊载《写诗是我保留的一个权利——诗人田晓青访谈录》。

正式开始写作《一九九八　廿四节气》。

十二月，被列为“1998年中国散文排行榜”推选委员会委员。

一九九九年

一月，与全国二十位著名散文作家、评论家一同被列为“1999年《散文选刊》特邀评刊委员”。

在病中写出最后一则《廿四节气　谷雨》。

一月十一日，《济南时报》刊登《太阳升起以后》。

一月二十七日，《科学时报》刊登《散文的殊荣——致谢大光先生》。

二月三日，《武汉晚报》刊登《廿四节气　立春》。

二月四日，《北京晚报》刊登《廿四节气　立春》。

二月二十四日，《武汉晚报》刊登《廿四节气　雨水》。

三月，《大学生》第三期刊载《我认识的海子》。

三月三日，《武汉晚报》刊登《廿四节气　惊蛰》。

三月十二日，《中国建材报》刊登《太阳升起以后》。

三月二十五日，《光明日报》刊登《廿四节气　春分》。

三月三十一日，《武汉晚报》刊登《廿四节气　春分》。

四月，《河南画报》（双月刊）刊载《一九九八　廿四节气》（六则）。

四月六日，《文艺报·原上草》副刊刊登《廿四节气　清明》。

四月七日，《武汉晚报》刊登《廿四节气　清明》。

四月二十日，《文艺报·原上草》副刊刊登《廿四节气　谷雨》

四月二十八日，《武汉晚报》刊登《廿四节气　谷雨》。

四月二十九日，《中国环境报》刊登《廿四节气　立春》。

五月，《人民文学》第五期刊载《一九九八　廿四节气》（六则）。

五月十三日，《中国环境报》刊登《廿四节气　雨水》。

整理书稿。

五月十九日十九时，因肝癌医治无效辞世。终年三十九岁。

五月二十二日，苇岸遗体告别仪式在北京昌平殡仪馆举行，亲属、京内外文学界人士及读者朋友前往哀悼、送别。

五月二十七日，《文艺报·新闻版》刊登讣告《散文家苇岸逝世》。

附录二　苇岸作品的后续传播

一九九九年

六月九日，为纪念早逝的成长于昌平的作家苇岸，昌平电视台制作、播出专题片《昌平百姓昌平人——苇岸逝去》。

六月二十二日，《文艺报·原上草》副刊刊登林莽纪念文章《告别苇岸》。

七月，《1998中国最佳随笔》(韩小蕙选编，辽宁人民出版社出版)，选入《我与梭罗》。

《散文选刊》第七期刊载《廿四节气　惊蛰》。

《美文》第七期刊载《散文的殊荣——致谢大光先生》。

九月，《中国当代文学作品精选(1949—1999)·散文卷》(巴金、谢大光主编，北京十月文艺出版社出版)，选入《大地上的事情》。

《芙蓉》(双月刊)第五期刊载“苇岸专辑”，选入《大地上的事情》(五十则)、《一个人的道路》、《最后几句话》、《苇岸生平年表》。

十一月，《散文天地》（双月刊）第六期刊载《一个人的道路》。

《北京文学》第十一期刊载《一九九八　廿四节气》（六则）。

十二月，《中文自修》第十二期刊载周佩红评析文章《不一样的观察笔记——苇岸〈大地上的事情〉（节选）读讲》（选自周佩红著《美文精读与写作——中国现当代卷》一书，上海古籍出版社一九九九年十二月出版；修订本《跟着名家读美文——精读写作课（现代卷）》，人民文学出版社二〇一九年五月出版，续选该文）。

二〇〇〇年

四月，《读者》选摘《大地上的事情》。

五月，《旷世的忧伤·散文卷》（邵燕祥、林贤治主编，大众文艺出版社出版），选入《去看白桦林》《我的邻居胡蜂》。

生前亲自编就的散文集《太阳升起以后》，由中国工人出版社出版。

五月十九日上午，苇岸逝世一周年纪念会暨《太阳升起以后》首发式，由中国工人出版社在京举办。

下午，与会部分文学界人士、苇岸生前好友由其家人带领参观昌平水关新村苇岸故居，并来到其出生地昌平北小营村外撒放骨灰的土地祭奠。诗人树才朗诵了苇岸喜爱的法国诗人弗朗西斯·雅姆的诗《为同驴子一起上天堂而祈祷》。

五月二十三日，《文艺报·原上草》副刊刊登林贤治评论文章《未曾消失的苇岸》，对其创作实践、土地道德信念及精神价值予以全面、深入解读。

六月，《散文天地》（双月刊）第六期推出苇岸逝世一周年纪念专辑。

《散文选刊》第六期《我记忆中的好散文》专栏，选载《大地上的事情》。

《散文选刊》第六期刊载“百年百篇优秀散文”篇目，《一九九八　廿四节气》入选。

六月六日，《武汉晚报》以“苇岸与我们时代的文学”为题，辟专版纪念苇岸逝世一周年，刊登张守仁《苇岸与大地同在——为纪念年轻散文家逝世一周年而作》、林莽《最后的礼物》、茹冰《大地上的异乡者》、宁肯《济济一堂怀苇岸》、王晓龙《渴望宁静清新的大地》五篇文章。

七月一日，《人民日报·大地周刊》刊登王家新纪念文章《大地守望者》。

当月，《初中语文课本（实验本）第三册》（浙江教育出版社出版），选入《大地上的事情》（四则）。

九月，《当代中国文学最新作品排行榜 1997—1999》（《北京文学》编辑部编，时代文艺出版社出版），选入《一九九八·节气》。

二〇〇一年

一月，《城市牛哞：人文知识分子的思想碎片》（牧歌编，太白文艺出版社出版），选入《一九九八·节气》（六则）。

三月，《新语文读本·高中卷1》（王尚文、吴福辉、王晓明主编，广西教育出版社出版），选入《大地上的事情》。

《新语文读本·初中卷5》（王尚文、吴福辉、王晓明主编，广西教育出版社出版），选入《人必须忠于自己》。

四月，散文集《上帝之子》出版（袁毅编，湖北美术出版社）。

《灵魂的窗口：名家文化散文·思想随笔精品集》（何锐编，北京图书馆出版社出版），选入《大地上的事情》。

五月，《美丽如初：10年精短散文100篇》（百花文艺出版社出版），选入《大地上的事情》。

七月，《语文大视野（初中卷）初中一年级》（西渡编，山西人民出版社出版），选入《放蜂人》。

《语文大视野（高中卷）高中一年级》（陈旭光编，山西人民出版社出版），选入《大地上的事情》。

《语文大视野（高中卷）高中二年级》（王家新编，山西人民出版社出版），选入《我的邻居胡蜂》。

九月，《益阳师专学报》（双月刊）第五期刊载伍振戈论文《关于大地的伦理学和美学——苇岸论》。

二〇〇二年

一月，《1979—2001　人文随笔》（筱敏编选，中国工人出版社出版），选入《少数的意义》《梭罗意味什么》《我热爱的诗人——弗朗西斯·雅姆》。

五月，《20世纪中国名家美文100篇》（吾人编，中国广播电视出版社出版），选入《美丽的嘉荫》。

《中国散文年度排行榜（1998—1999）》（王剑冰主编，长江文艺出版社出版），选入《惊蛰》。

七月，《大语文——高中一年级》（王治编，中国大百科全书出版社出版），选入《大地上的事情》。

《大语文——高中二年级》（王治编，中国大百科全书出版社出版），选入《我的邻居胡蜂》。

九月，《百年百篇经典散文（1901—2000）》（王剑冰主编，长江文艺出版社出版），选入《大地上的事情》。

十月，别一种散文《人间：个人的活着　1990—2002》（冯秋子主编，青海人民出版社出版），选入《我与梭罗》。

二〇〇三年

三月，《山东师范大学学报：人文社会科学版》（双月刊）第二期刊载冯济平论文《化澄阔为神秘——论苇岸大自然散文的审美特质》。

五月，《百年百篇经典美文（1901—2000）》（王剑冰主编，长江文艺出版社出版），选入《惊蛰——一九九八　廿四节气之三》。

六月，《巧绘华章——写作技巧谈》（孙移山编著，山东教育出版社出版），选入《麻雀》。

八月，《中国现当代散文三百篇》全三册（林非编选，中国社会科学出版社出版），选入《鸟的建筑》。

九月，《寻找另一种声音——我读外国文学》（余中先选编，外国文学出版社出版），选入《我与梭罗》。

十二月，《新时期中国散文精选》（林非主编，林非、李晓虹、王兆胜选编，花城出版社出版），选入《大地上的事情》（三十则）。

《白话的中国——20世纪人文读本2》（严凌君主编，商务印书馆出版），选入《大地上的事情》。

《现当代散文诵读精华（初中卷）》（教育部基础教育课程教材发展中心编，人民教育出版社出版），选入《大地上的事情》（节选）。

《现当代散文诵读精华（高中卷）》（教育部基础教育课程教材发展中心编，人民教育出版社出版），选入《放蜂人》。

二〇〇四年

四月，《特区文学》连载《泥土就在我身旁——苇岸日记选一》（冯秋子编，选自一九八八年日记）。

五月，《情境语文 新课程读本小学四年级》（李吉林主编，东北师范大学出版社出版），选入《我的邻居胡蜂》。

六月，《特区文学》连载《泥土就在我身旁——苇岸日记选二》（冯秋子编，选自一九八八年日记）。

十一月六日，《文艺报·原上草》副刊刊登《人必须忠于自己，忠于土地》。

十二月，《社会科学论坛》第十二期刊载张志军论文《来自大地的声音——读苇岸〈大地上的事情〉》。

二〇〇五年

一月，《特区文学》连载《泥土就在我身旁——苇岸日记选三》（冯秋子编，选自一九八八年日记）。

二月，《特区文学》连载《泥土就在我身旁——苇岸日记选四》（冯秋子编，选自一九八八至一九八九年日记）。

三月，《特区文学》连载《泥土就在我身旁——苇岸日记选五》（冯秋子编，选自一九九〇年日记）。

《南京师大学报：社会科学版》（双月刊）第二期，刊载韦清琦论文《生态意识的文学表述：苇岸论》（江苏省哲学社会科学研究“十五”规划课题-04WWB006）。

三月五日，《文艺报·原上草》副刊刊登《我喜爱梭罗的原因》。

七月，《半小时阅读——八年级》（洪建斌编，浙江少年儿童出版社出版），选入《鸟的建筑》。

九月，《遗失的日记：散文随笔卷》《〈北京文学〉55年典藏》（刘恒、章德宁主编，同心出版社出版），选入《作家生涯》（五则）。

二〇〇六年

六月，《百年中国经典散文·挚爱卷》（林非、李晓虹、王兆胜选编，内蒙古出版社出版），选入《四姑》。

《百年中国经典散文·哲理卷》（林非、李晓虹、王兆胜选编，内蒙古出版社出版），选入《大地上的事情》（五则）。

《百年中国经典散文·人生卷》（林非、李晓虹、王兆胜选编，内蒙古出版社出版），选入《我与梭罗》。

二〇〇七年

一月，《我的秘密书架》（马明博、肖瑶选编，中国青年出版社出版），选入《我与梭罗》。

七月，有声读物《中外百篇经典散文 第二十四集》（徐敏编，太平洋影音公司出版），选入《大地上的事情》。

《文苑》第十一期刊载《大地上的事情》。

二〇〇八年

一月二十九日，以《天边小镇》制作的电视散文《且末小镇》，于新疆且末广播电视台播出。

五月，《武汉科技大学学报：社会科学版》（双月刊）第三期，刊载史元明论文《土地道德的辛勤耕耘者——苇岸散文及思想研究》。

五月，《广场上的白头巾——中国作家的精神还乡史（1917—2007）》（林贤治、肖建国主编，花城出版社出版），选入《去看白桦林》、《美丽的嘉荫》、《我的邻居胡蜂》（一）、《我的邻居胡蜂》（二）、《一九九八　廿四节气》。

九月，《大学语文》（王尚文、王建华、西渡主编，浙江人民出版社出版），选入《一九九八　廿四节气》。

十二月，《阅读与鉴赏（高中）》第十二期刊载《大地上的事情》。

二〇〇九年

一月，《瓦尔登湖》（梭罗著，许崇信、林本椿译，译林出版社出版），选入《我与梭罗》，为其导读一。

《第二课堂：高中版》第一期刊载《大地上的事情》。

四月，《中国新文学大系 1976—2000·第十八集散文卷二》（总主编王蒙、王元化，本卷主编吴泰昌，上海文艺出版社出版），选入《大地上的事情》。

苇岸逝世十周年，《文学界》（专辑版）第四期刊载“苇岸专辑”，选入《人在路上》《我的邻居胡蜂》《我与梭罗》《泥土就在我身旁——一九八八年日记选》《作家的着眼点——致楼肇明先生》《少数的意义——致一平》《一个人的道路——我的自述》；另有林莽的《青青的麦田》、黑大春的《大祭酒——四季的祭祀》、妹妹马建秀的《怀念二哥》三篇纪念文章。

五月九日，《文艺报·原上草》副刊刊登《一九九八　廿十四节气》（三则）。

五月十六日，《光明日报》刊登冯秋子纪念文章《过去是怎样活在今天的》。

五月二十四日，《北京晚报》刊登《一九九八　廿四节气》之《立春》《雨水》。

六月，《文艺争鸣》第六期刊载吴景明论文《守望大地：苇岸散文的生态意识》。

十月，散文集《最后的浪漫主义者》出版（冯秋子编，广州花城出版社）。

十二月，《三十年散文观止》（上、下卷，李晓虹、温文认选编，花城出版社出版），选入《大地上的事情》（三十则）。

二〇一〇年

三月，《捧出心里的阳光》（《文艺报》二〇〇九散文随笔卷，阎晶明主编，冯秋子选编，作家出版社出版），选入《一九九八　廿四节气》（六则）。

四月，《青年文摘作文宝典（高二卷）：专题写作训练》（周京昱、苏蓉、邵牧春编著，中国青年出版社出版)，选入《去看白桦林》。

《南京师范大学文学院学报》(季刊)第二期，刊载汪树东论文《生态意识与苇岸散文》。

五月五日，《文艺报·原上草》副刊刊登《大滩》。

十一月，《云梦学刊》(双月刊)第三十一卷第六期，刊载赵树勤、龙其林论文《〈瓦尔登湖〉与苇岸生态散文》。

二〇一一年

五月，《中共郑州市委党校学报》(双月刊)第三期，刊载雷鸣、顾香云论文《诗意地栖息于大地之上——散文家苇岸的人格写作以及土地道德探析》。

七月，《三峡大学学报：人文社会科学版》(双月刊)第四期，刊载宋俊宏论文《苇岸论：化爱为墨的生态书写者》。

《文教资料》(旬刊)第二十八期，刊载龚紫斌论文《“关于人的改善的努力”——论苇岸及其散文》。

二〇一二年

《信阳师范学院学报：哲学社会科学版》(双月刊)第二期，刊载苏文健论文《重识苇岸及其散文的价值》。

二〇一三年

五月，《新语文学习：中学教学》（双月刊）第三期，刊载吴周文论文《二十世纪最后一位泥土诗人——苇岸的〈大地上的事情（节选）〉解读》。

《名作欣赏》（旬刊）第三十五期，刊载张克锋评论《苇岸的精神价值》。

二〇一四年

一月，《山东社会科学》第一期刊载董国艳论文《苇岸散文的生态意识探析》。

五月，散文集《大地上的事情》，由广西师范大学出版社出版。

五月十七日，《新京报》刊登蔡朝阳长文《相遇：苇岸在二十一世纪的地平线上》。中国作家网即日予以转载。

六月二十日，《大地上的事情》新书首发式在北京三联书店举办，王家新、冯秋子、西川、宁肯、孙小宁、张杰等文学、新闻、出版界人士、苇岸妹妹马建秀及部分读者参与活动。

七月八日，《中国青年报》记者桂杰以《〈大地上的事情〉诠释自然文学写作》为题，报道苇岸散文《大地上的事情》《我的邻居胡蜂》等近年陆续被选入不同版本中学语文教材，且作为必修篇目，很大程度上体现整个社会对“苇岸大地主题”的认知与焦虑。文章指出，苇岸的自然主题，代表了语文教学中一个重要方向。

九月二十四日，《中华读书报》刊登苏七七文章《苇岸散文中的诗意》。

二〇一五年

三月，《人民文学》英文版《路灯》春季号，刊载英译《去看白桦林》《我与梭罗》。

五月十二日，《光明日报》刊登北京市朝阳区教研中心高中语文教研室主任、语文特级教师何郁文章《我们为什么需要苇岸——阅读苇岸散文集〈大地上的事情〉》。

《江西教育》（旬刊）Z四期，刊载吕新辉评论《这是一部启示录　也是一部赞美诗——读〈大地上的事情〉有感》。

《名作欣赏》（旬刊）第十期，刊载蔡朝阳评论《写作即行动——苇岸与非暴力思想》。

八月，《丰富的安静：最美的诵读/散文》（丰子恺等著，王开岭点评，希望出版社出版），选入《大地上的事情》（节选）。

二〇一六年

一月，《天津中德职业技术学院学报》（双月刊）第一期，刊载李春明论文《大地的守望者　心灵的守护者——谈梭罗与苇岸的生态伦理观》。

二月二十五日，豆瓣读书榜单载魏小河评论《再读苇岸》。

二〇一七年

《学园》（旬刊）第二十六期，刊载厉开选论文《论苇岸散文〈大地上的事情〉生态价值取向》。

二〇一八年

四月，《中国书写：二十四节气》（庞培、赵荔红主编，上海文艺出版社出版），选入《一九九八　廿四节气》（六则）。

十一月，《江苏大学学报：社会科学版》（双月刊）第六期，刊载刘略昌论文《苇岸生态散文与梭罗自然写作：影响与契合》。

二〇一九年

五月，苇岸去世二十周年纪念文集《未曾消失的苇岸：纪念》出版，选入林贤治等五十四位师友、家人撰写的文章（冯秋子主编，广西师范大学出版社出版）。

五月十九日，苇岸逝世二十周年纪念会暨《未曾消失的苇岸：纪念》首发式，由广西师范大学出版社在北京 SKP 举办，苇岸的亲朋、文学界、社科界、新闻界、出版界人士和读者百余人参加。

五月二十日，《南方都市报》刊登专题报道《纪念散文家苇岸逝世 20 周年：怀念他使我们变得更加朴素更加善良》，这是张守仁发出的共识性认知，“怀念他使我们变得更加朴素更加善良，怀念他使我们变得像他那样生活简朴，促使我们向大地做出应有的贡献。”文章强调，“北京文坛因为苇岸有了它崇高圣洁的一面”。

五月二十一日，“新浪读书”载《苇岸逝世二十周年纪念文集出版：众好友回忆“中国的梭罗”》。

五月二十三日，《北京晚报·五色土》副刊刊登冯秋子文章《纪念，为了什么》。

同日，《北京晚报·五色土》副刊以《二十年后忆苇岸：他像植物一样年年生长》为标题，记述林莽、树才、高兴、兴安、周晓枫、鲁太光、袁毅等多位作家对苇岸的解读和追忆。

五月二十四日，中国作家网刊发记者陈泽宇文章《纪念 苇岸逝世二十周年：唯善意不可征服》。

同日，《北京晚报》北晚新视觉刊发张玉瑶文章《北京散文家苇岸逝世20周年，为何称他为“中国的梭罗”？》。

八月，《新中国70年文学丛书·散文卷》（彭程编，作家出版社出版），选入《大地上的事情》（七十五则）。

二〇二〇年

一月，《文苑》第一期，刊载《美丽的嘉荫》。

十月，作品集《大地上的事情》（增订版）出版，选入散文、随笔、诗歌、翻译作品（冯秋子编，广西师范大学出版社出版）。

十一月，三集日记《泥土就在我身旁》（一九八六至一九九九年）出版（冯秋子编，广西师范大学出版社出版）。

最后几句话

1. 二十世纪这辆加速运行的列车已经行驶到二十一世纪的门槛了。数年前我就预感到我不是一个适宜进入二十一世纪的人，甚至生活在二十世纪也是一个错误。我不是在说一些虚妄的话，大家可以从我的作品中看到这点。我非常热爱农业文明，而对工业文明的存在和进程一直有一种源自内心的悲哀和抵触，但我没有办法不被裹挟其中。

2. 五月开始整理、修订自己的全部作品。在这之中我深感自己写的作品数量很少。我曾在一篇短文中说到：在写作上我没有太大的奢求，一生能够留下二十万字的自己满意的文字就感到非常欣慰了。但我尚未度过半生，许多想写的作品都未能如愿。本来我将四十岁作为一个新的开端，四十岁确是人生价值、写作观念、写作方法成熟的一个转折。同时我最大的遗憾即是没能写完我悉心准备了一年的《一九九八　廿四节气》

一文。

3. 我平生最大的愧悔是在我患病、重病期间没有把素食主义这个信念坚持到底（就这一点，过去也曾有人对我保持怀疑）。在医生、亲友的劝说及我个人的妥协下，我没能将素食主义贯彻到底，我觉得这是我个人在信念上的一种堕落。保命大于了信念本身。

4. 我的文字很少，原因之一就是我很难说不，很难拒绝于人。当作品集中起来，人们会看到里面有许多应景的文字。这令我很不安，它使我下决心在一九九八年改变这种状况，而在这件事上也让我“得罪”了一些很好的朋友，这同样让我非常不安。

5. 关于我生病的事，我首先要诚挚地感谢刘丽安女士和李虹大姐；其次是林莽、王家新、冯秋子、宁肯、树才夫妇、黑大春夫妇、周晓枫、宫苏艺、郭路生、田晓青、孙小宁、杜丽、于君、彭程、薛燕平、邹静之、周所同、唐晓渡、姜诗元、徐晓、孙文波、高兴、韦锦、索杰、关键、周新京、李宝瑞；《人民文学》的陈永春，《散文选刊》的王剑冰、葛一敏、江海巧，《散文》杂志的谢大光，《散文天地》的楚楚，《美文》的穆涛、陈长吟及贾平凹先生、王大平先生；刘烨园、王开林、袁毅、安民、张锐锋等。过去，我没有给过他们什么帮助或更多的帮助。现在，他们出乎意料地给了我许多情谊上的帮助，不带任何私利的大量帮助。今生我已无法回报他们了，我只能永远地祝福他们。

苇岸口述，妹妹马建秀执笔

一九九九年五月十三日

后　记[1]

最后借此机会，我想就本书的出版准备过程，作几句必要的、事务性的说明。

还是一年前，我曾应出色地编辑过数种散文书籍、供职于某出版社的一位编辑之约，编就一本同名但篇幅不多的个人散文随笔集，并请我的朋友，上海的青年画家丁乙，画了作者肖像及数幅插图。后出版工作因故一直搁置。[2]

今年八月中旬，我忽然收到楼肇明老师的一封急信。信说应中国对外翻译出版公司之约，正编一套散文随笔丛书，在人选上已将我列入，十月十五日为交稿日期。我写作一向很慢，对我来说，达到要求的字数是个大的问题。正是由于肇明师的

---

① 此为苇岸第一部散文集《大地上的事情》(中国对外翻译出版公司出版，一九九五年四月)的后记，作于一九九四年十二月。——编者注

② 书中插图，是上海画家丁乙一九九三年应约为苇岸做出版准备的第一部散文集《大地上的事情》绘制，后出版工作因故搁置，插图未及使用。时隔二十七年，苇岸去世二十一周年后出版的《大地上的事情》(增订版)中，首次呈现丁乙的插图，也圆了苇岸的愿望。——编者注

鼓励，使我敢于应允下来，并借助我过去的笔记，在短短的一两个月里，赶写出了四万余字的作品。因此对于本书，我首先要感谢肇明师的指导与鼓励。同时，对于方晴兄的厚爱，以及在我的写作上给予过我帮助的师长和朋友，在此一并谨表谢意。为了丛书的统一，原有的插图最终不得不放弃，特向丁乙表示深深的歉意。

为了《游心者笔丛》完美地出版，中国对外翻译出版公司的贾辉丰先生和林燕女士，付出了很多心血。特别是本书的责任编辑林燕女士，不仅认真通读了全稿，而且悉心修订了作者在行文和修辞上的一些疏漏与谬处。这里，作者谨向他们表示应有的敬意和谢意。

最后我想说，这本书虽然署了我的名，里面实际也包含着我的妻子李松的大量工作。她不仅打印了全部书稿，数年来也是我的写作的尽心支持者和中肯批评者。一个作家，命定是一个文学的献身者。对此我为我的家庭和妻子，因我而为文学付出的牺牲，一生感谢不尽。

编后记

有成与未尽

《大地上的事情》(增订版),以苇岸生前亲自编定出版的版本(《大地上的事情》,中国对外翻译出版公司出版,一九九五年四月)为基础,新增未曾辑录成书的散文、随笔作品二十篇,诗歌二十二首,书信一封,译文二篇,为苇岸作品目前为止最全版本。新增内容,汇聚着与苇岸“大地上的事情”写作同样的精神元素和艺术特质。

苇岸的散文、随笔,在中国当代散文随笔的写作向度,无论思想性和艺术性都在相当的品质高度。其中两点窃以为难得,一是艺术地表达,并且艺术地表达了深刻的思想与方法,使艺术思想的有效性成为可能和事实,并具有了延伸与撬动文字的巨大魔力;二是贯穿作品其间的纯粹的人文意识,庄重而熠熠生辉的大地道德信念。这些思想深邃、艺术精湛的篇章,持续地打动着读者,以至其文学修养和艺术魅力不断发酵,穿越了时间和读者的心灵,留驻于世间。苇岸恪守着对于自己的指望和要求,虽然理智上明白,“谁能在今天绝对摆脱现代文明的影响呢？”至于个人，至少能够把握住，“在今天这个世界上，我不是消费最少的人，也不是消费最多的人，但我是个自觉减少消费的人”。（一九九八年十一月二十四日日记）这一执念，浸洇于他的写作，极简的文字，准确地出语和落脚。在他表面上看来有些刻板的生活中，蓄积着丰富的精神内涵，那种消耗多日的探索与发现，艰苦思维和写作完成以后的欣悦，所获得的精神升跃，使他更为自觉地开放视界，愈加理性地关注事物的本源，毫不懈怠地去阅读、体会、思考和写作，在此过程始终保持着敏捷的思维和诚实的本色。

一九九八年八月十七日的日记，苇岸记录当晚，“电视《读书时间》介绍了散文作家周同宾。他出版了一本书《皇天后土》，内容是河南南阳地区九十九位农民的自述（改革以来农村的变化）。这个节目忽然使我萌生了去昌平全县一百个村庄采访一百个五十岁以上的农民，由他们自述二十年来环境变化的想法”。由之可见，除了未完成详察细究全部的《一九九八 廿四节气》，还有采访北京昌平一百个不同村庄的一百位五十岁以上农民，请他们讲述二十年来环境变化的大的写作计划，未及铺展、完成。记述农民亲历的环境变化这一构想，看似即兴而起，其实缘于苇岸内心深处窝巢一般坐落日久的思虑，有结实的理性基础。这一意念，触发、牵动的，是他内心痛彻和紧迫的历史与现实，与他的大地伦理道德的价值观，以及长期对于自然生态、文化生态、经济和政治生态以及人文生态的观照、考察、研究、思索，同质、并相。可惜天不假年，三十九岁，疾患而终，留下遗憾重重。

《大地上的事情》（增订版）新增的内容，也在《苇岸生平及创作年表》及《苇岸作品的后续传播》中有所体现。

苇岸妹妹马建秀，在二〇二〇年初瘟疫肆虐、行止思忧的大环境里，和我保持着联系。我隔三岔五从内蒙古老家发出信息，就某一时间，苇岸的某一篇什，刊于何处……或者已知其中几项、未知某一项，请她能够的时候帮着查询。有时，我们分别从日记查证、核实并转告对方、相互订正。而建秀及其大哥、弟弟、侄子一俟疫情有所缓减，即争取可能进到苇岸故居查核所需的资料。很感谢苇岸妹妹建秀及其他家人给予的积极支持、大力协助。其时我苦于手腕骨伤，手边资料所限，但凡想到的方式即去尝试，好在经历过共同的时代和文学景致，加上记忆、印象，便从保存的资料及网络上贮蓄的信息中捻出，从与众多文坛师友的寻访交流中，从建秀不断提供的依循原稿的线索里，一点点清晰明了。直至四月上旬疫情稍缓返回北京查核藏书和留存报刊，补充并落实了一些有疑点的条目，建立起现有的关于苇岸生平和创作的信息规模和较为简洁的呈现方式。

《苇岸生平及创作年表》及其《苇岸作品的后续传播》，辑录了部分专家学者对于苇岸的写作所做研究文章的条目，意在记录留存这一特殊的学术现象，一位英年早逝的文学写作者，如苇岸，何以个人文学艺术的方式，从一隅发出声音，从一己践行的脚力和实绩，对于文学本身，对于社会及其文明进程的意义和影响，在苇岸身后，引目鉴赏，于社会大众，于中国和世界，自发生长出非凡的意味，具有长久不歇的力量。《苇岸生平及创作年表》及《苇岸作品的后续传播》同时注重辑录苇岸作品《大地上的事情》所载其作品中小学生刊物的信息，之所以如是选择，着眼于苇岸的写作对中小学生一直具有吸引力，关注后生、助益后生，契合苇岸的社会责任意念，只是资源有限，在列难免挂一漏百。不过仍感觉到文学的柔软和坚硬的质能，在苇岸这里，和谐共生，形成了自然而积极的合力。

感谢林贤治先生的鼓励和支持，早前曾就要不要重修原有《苇岸生平年表》，请教林先生，他认为有必要。之前的《苇岸生平年表》辑录内容，止于苇岸一九九九五月十九日去世，侧重记述生平，创作有一些记载，尚不完整。苇岸身后，其作品继续以不同形式呈现，对他的创作研究和评论不仅未减反而逐年增多，研究、发掘也在继续深化。苇岸对于文学艺术品质的创造性贡献，对于大地道德的深刻阐释，提供给文学界与学术界更为深远的认识空间。这在中国当代文学艺术思想实践中，是一种特别现象。为阅读和研究保存更翔实的文档史料，重修《苇岸生平及创作年表》及《苇岸作品的后续传播》责无旁贷。我把编定的《苇岸生平及创作年表》及《苇岸作品的后续传播》发给林贤治先生，请他帮着整体把握一下，尤其学术界研究论著的信息收入其中，包括表述方式妥当与否。林先生细细看过，认同并予鼓励。新的《苇岸生平及创作年表》及《苇岸作品的后续传播》也得到苇岸家人和广西师范大学出版社的认可和支持。在此，还要感谢无私提供建议和帮助的筱敏，为帮我搜索几条“年表”等需要的信息，她放下自己的写作，用两三天时间，翻阅了十几年堆积如山的书刊。筱敏比我们年长一些，但她也是能够为朋友尽大力气的人。还有林莽、素素、周佩红、韩小蕙、王兆胜、宫苏艺、彭程、施战军、多马、王剑冰、周新京、朱鸿、杜丽、衣丽丽等朋友，不辞辛苦协助提供与核实了其中部分条目。《苇岸生平及创作年表》及《苇岸作品的后续传播》，已辑入苇岸作品集《大地上的事情》（增订版）和苇岸三集日记《泥土就在我身旁》中。在此一并对诸位师友、对精益求精的编辑多加女士表示深深的敬意和谢忱。

不仅助力完成《苇岸生平及创作年表》及《苇岸作品的后续传播》，苇岸妹妹马建秀对上述新增的大部分苇岸作品，给予了支持。当我从苇岸的日记或者作品中，获悉他曾有过什么创作意念和行动，即与建秀联系，请她帮忙查寻，于是发现了一些苇岸遗存的信息资料，经审阅、选择，取得一致意见后收入《大地上的事情》（增订版）。建秀的开明，和她认真的态度，对这部作品集得以现在的规模和成色呈献给读者，是重要的。

需要说明的是，苇岸写过量不算大的诗歌作品，未曾结集出版，这里辑选的是早期苇岸自选订册的部分诗歌，他因海子介绍阅读梭罗的《瓦尔登湖》后，深受影响，由诗而倾力投入散文、随笔写作。前期创作的诗歌作品，在苇岸逝世二十一周年时，与他后期的写作际会，自是幸事。而英译作品中，看似开启了个人的另一种兴趣和能力尝试，实是因为渴求阅读，无论外国文学作品，还是其他学科译著，读到好的作品，苇岸愿意推荐给他人。他曾写信给时为天津百花文艺出版社副总编辑、也是散文作家的谢大光先生，建议出版哪些外国卓越作家的重要散文、随笔著作即是一例。若生命能够延伸，苇岸在这一方向的勤耕细作，会长出怎样饱满的庄稼呢？

作为编者，我也很想见识一九九四年三月，苇岸为供职的昌平职业教育学校教研刊物撰写的文章《哲学与寓言——谈寓言在我的哲学教学中的运用》。以他行事的专注、认真，以他的哲学专业背景、多年教学实践和文学研修功力，不大会匆促而就。它成文于二十七年前，那时尚无网络信息可资借鉴，应不会雷同他人（因该校体制已去，无从找到学校方面的联系人。为了寻求这篇文章，我试着通过网络查寻线索，却见网络流转与苇岸文章标题内容相近，只有一两个修饰性字词之别的众多教研文章）。期待知悉者提供本名马建国，撰写、刊登于一九九四年北京昌平原职业教育学校校刊的该文线索，在此谨致谢意。

整理、编辑过程获得的支持，温暖着、也激励着编者，尽量往细做，做到一个人所能有的力气和程度，对读者，对苇岸，对出版社，对苇岸的家人和朋友，对时间，能够少点遗憾，多些诚意和实在的帮助。愿望和现实有时会有距离，加上能力所限，尽着往前赶路，免不了遗留下不尽如人意之处，敬请读者朋友不吝指教，以待再版时修正。

“大地上的事情”，和苇岸，有成亦是，未尽亦是。

冯秋子

二〇二〇年五月六日